1

Jeder Mensch ist ein Abgrund,
es schwindelt einem, wenn man hinabsieht.

Georg Büchner, *Woyzeck*

Hài hat abgeschlossen mit Berlin. Und mit allem, was damit zu tun hat: der Polizeidienst, die Drogen, der Alkohol, die Frauen. Vor allem die Frauen.

Doch dann kommt der Anruf von seinem ehemaligen Vorgesetzten. Kommissar Kleeberg braucht Hilfe bei der Jagd auf einen brutalen Mörder. Ein Opfer nach dem anderen wird gefunden, übersät mit Stichwunden, in denen sich Unmengen von japanischem Meerrettich findet. Was ist die Verbindung zwischen den so unterschiedlichen Opfern? Und wie viele Menschen müssen noch sterben?

Hài heftet sich an die Fersen des Mörders; und seine alten Dämonen – die Drogen, der Alkohol, die Frauen – heften sich an seine. Nach und nach versteht er: Diese Jagd ist ein Tanz am Abgrund. Und unten lauern schon die Hyänen der Berliner Großstadtwüste.

Johannes Zacher, Jahrgang 1966, aufgewachsen auf der Schwäbischen Alb, wohnhaft in Berlin, ist das Pseudonym eines preisgekrönten Filmemachers und Krimiautors.

Johannes Zacher

DAS LACHEN DER HYÄNEN

Thriller

Berlin Verlag Taschenbuch

MIX
Papier aus verantwortungsvollen Quellen
FSC® C019821

Februar 2014

Umschlaggestaltung: ZERO Werbeagentur, München
unter Verwendung eines Bildes von © Ilona Wellmann / Trerillion Images
Typografie: Andrea Engel, Berlin
Gesetzt aus der Dante von Greiner & Reichel, Köln
Druck und Bindung: C. H. Beck, Nördlingen
Printed in Germany
ISBN 978-3-8333-0936-6

www.berlinverlag.de

WIR

Wir glauben, wir haben nichts damit zu tun. Wir reden uns ein, das sind nicht wir, das sind die anderen. Wenn wir die Zeitung aufschlagen und die Schlagzeilen lesen, ertappen wir uns bei der Frage, ob auch uns so etwas passieren könnte. Wenn wir die Nachrichten hören, fällt es uns schwer, die böse Welt da draußen als Realität zu akzeptieren. Wo unsere eigene Welt doch so heil und friedlich ist. Wir schütteln den Kopf. Ausgeschlossen, da gibt es keinen Zusammenhang, keine Berührungspunkte, wir stehen auf der anderen Seite.

Irrtum.

Denn wenn wir dann im Auto sitzen, und jemand nimmt uns dreist die Vorfahrt, ohne einen Hauch von Unrechtsbewusstsein, spüren wir, dass sich etwas in uns regt. Etwas, was da nicht sein sollte. Uns überkommt die leise Ahnung, wie schrecklich es wäre, würde dieses Etwas aus uns hervorbrechen.

Wenn unser Kind die halbe Nacht schreit und sich einfach nicht beruhigen lassen will, wenn es strampelt, beißt und spuckt und wir es übermüdet in den Armen wiegen, und es schreit immer noch, als würden wir es schändlich misshandeln, ertappen wir uns bei dem Impuls, es an die Wand schmettern zu wollen, damit endlich Ruhe ist. Wir erschrecken vor uns selbst, werden rot vor Scham. Wir verachten uns für den barbarischen Gedanken.

Doch für einen Moment haben wir gespürt, welche Abgründe in uns schlummern, und wie schnell wir zur Bestie verkommen könnten.

Wir drängen das Gefühl zurück, das wie ein giftiges Insekt mit unendlich vielen Beinchen langsam vom Magen aus die Speiseröhre nach oben krabbelt. Wir scheuchen es in den hintersten Winkel unseres Körpers, dorthin, wo es dunkel ist, weil wir hoffen, es dann nicht sehen zu müssen und es auf diese Weise vergessen zu können. Bis es sich wieder unerwartet meldet. Plötzlich wird uns klar: Wir können es nicht loswerden. Niemals.

Irgendwo in uns ist ein Ort des Grauens, eine Schaltstelle des Bösen, ein Tummelplatz der Irrationalität. Es liegt alles in uns.

Auf einmal ahnen wir, dass in jedem von uns ein Abgrund ist. Kommen wir ihm zu nahe, zieht es uns in die Tiefe. Auf ewig.

ER

Er weiß, sie werden ihn nicht kriegen. Er weiß, er ist ihnen immer mindestens einen Schritt voraus. *Sie haben keine Spur*, denkt er, *nicht mal eine Ahnung.* Sie rennen kopflos umher, wie mit verbundenen Augen in die verkehrte Richtung und wundern sich, dass sie nichts sehen können.

Sie handeln genauso, wie von ihm geplant und vorhergesehen. Sie werden ihn erst kriegen, wenn *er* es will. Davon ist er überzeugt. Doch bevor es so weit ist, will er noch einiges klarstellen, einiges erledigen.

Er lächelt und zieht die blutigen Einweghandschuhe aus, steckt sie in seine Jackentasche. Er wird sie so lange an der Nase herumführen, bis er sie genau da hat, wo er sie haben möchte. Anschließend ist es nur noch ein Fingerschnipsen, und alles ist gut.

Er schaut auf den blutigen Körper hinunter. Noch lebt er. Noch ist er nicht tot. Flehentlich blicken ihn die hervorquellenden Augen an, in denen sich Angst, Unverständnis, die Bitte um Erbarmen und abgrundtiefe Hoffnungslosigkeit spiegeln. *So sieht der Tod aus, wenn er an der Tür scharrt*, denkt er und lächelt. Es ist kein Mitleid in ihm, keine Trauer, keine Gnade. Nur Genugtuung.

Er setzt sich auf den Sessel vor dem Fenster und wartet. Der Vorhang ist einen Spalt weit aufgezogen. Draußen ist es dunkel. Die Kugel des Fernsehturms leuchtet. Er hat alle Zeit der Welt. Er blickt wieder in die Augen des anderen, wartet auf dessen Tod. Er will teilhaben an seinem Sterben. Er will sehen, wie es mit ihm zu Ende geht, langsam, qualvoll. Wie das Leben aus dem Körper weicht. Er will die Angst des anderen sehen, die Schmerzen, das Entsetzen. Dabei scheint der sich keiner Schuld bewusst.

Dieses Schwein, denkt er. *Er glaubt sich frei von Verantwortung. Er glaubt, er kann andere benutzen, demütigen, um sie dann wegzuschmeißen wie ein vollgerotztes Papiertaschentuch, ohne die geringsten Folgen. Für die eigene Eitelkeit, das Imponiergehabe.*

Er schüttelt den Kopf.

Worte können zerstören, weißt du? Sogar töten. Deine Worte haben getötet. Vielleicht war es dir nicht bewusst, aber das entschuldigt nichts. Das taugt für keine Rechtfertigung.

»Das hält dich nicht am Leben«, sagt er laut, als wäre der Andere schon tot.

Du und alle anderen, ihr müsst lernen, dass ihr für eure Taten und deren Folgen verantwortlich seid. Ihr müsst Rechenschaft ablegen und werdet bestraft. Nicht im Jenseits, nicht vor Gott. Gott hat kläglich versagt. Jemand anders muss die Verantwortung übernehmen. Ich.

Es ist seine Pflicht, die Gerechtigkeit wiederherzustellen. Mit allen Mitteln. Das hat er ihr versprochen. Bei seinem Leben. Ein Leben, das ohne sie kaum mehr lohnenswert erscheint.

Es war einfach für ihn, in das Zimmer zu gelangen. Ehrenfeld glaubte, die Vietnamesin sei zurück und öffnete ahnungslos die Tür, nur das Badetuch um die Hüfte.

Für einen Sekundenbruchteil starrte er in die Mündung der Pistole, dann bekam er auch schon den Lauf auf den Kopf geschmettert. Von da an war er gefügig, unterwürfig, flehte um Gnade. Von seiner Arroganz war nichts mehr übrig.

Er riss Ehrenfeld das Handtuch vom Leib und kettete ihn mit den Handschellen nackt an die Bettpfosten. Dann klebte er ihm den Mund zu und wickelte ihm das Klebeband aus Polyester um den Kopf.

Das Letzte, was Ehrenfeld über die Lippen kam, war: »Bitte … ich!«

Selbst in den letzten Minuten seines Lebens dachte dieses Arschloch nur an sich selbst. Allein dafür hatte er den Tod verdient. Einen langsamen, schmerzhaften Tod.

Das Teppichmesser liegt mit ausgefahrener Klinge auf dem kleinen Tisch neben ihm. Blut klebt daran. Daneben der gläserne Aschenbecher mit drei Kippen. An allen befinden sich Lippenstiftreste.

»Das hättest du nicht gedacht, was?«, sagt er und sieht dabei vollkommen zufrieden aus. Unter dem Polyesterklebeband dringt dumpfes Gejammer hervor. So klingt Verzweiflung. Aussichtslosigkeit.

»Das Jüngste Gericht ist da!«, sagt er und lächelt, als wäre er der Überbringer der frohen Botschaft. »Gleich hast du es geschafft, halleluja!«

Obwohl er sich wünscht, es würde länger dauern. So lange wie nur möglich. Damit dem Opfer die größtmögliche Qual widerfährt, was wiederum ihm die allergrößte Genugtuung bereiten würde. Er lässt ihn nicht aus den Augen. Er sitzt im Sessel, die Beine übereinandergeschlagen, ganz entspannt.

»Erinnerst du dich?«, fragt er. Er schließt die Augen und spricht leise. Es hört sich an wie auswendig gelernt: »So ein schöner, fester, grauer Himmel; man könnte Lust bekommen, ein' Kloben hineinzuschlagen und sich daran zu hängen, nur wegen des Gedankenstrichels zwischen Ja und wieder Ja – und Nein.«

Er schlägt die Augen auf.

»Du erinnerst dich, nicht wahr?«

Keine Reaktion. Dennoch weiß er, dass Ehrenfeld sich erinnert. Er sieht ihm an, dass die Worte ihn nicht kaltlassen. Er greift nach dem Teppichmesser, steht auf und tritt neben das Bett und den blutüberströmten Körper.

»Schau mich an.«

Ehrenfeld reagiert noch immer nicht.

»Du sollst mich anschauen!«

Ehrenfeld bewegt langsam den Kopf.

Er beugt sich zu ihm hinunter, ganz nahe an das Gesicht, sodass er ihn beinahe berührt. Dann spricht er leise, flüsternd: »Ist das Nein am Ja oder das Ja am Nein Schuld? Der Mensch ist ein Abgrund, und du bist ein Schwein!«

Ehrenfelds Atem geht keuchend. Ein letztes Mal reißt er die Augen auf. Das Leben weicht aus seinem Blick. Er ist leer, ausdruckslos, wie bereits tot. Nach einem kurzen, heftigen Aufbäumen sinkt sein Körper in die Kissen, zittert, zuckt ein paar Sekunden und liegt dann still.

Jetzt ist er tot, denkt sein Mörder, *endlich*.

Er ist erleichtert. Der Todeskampf hat nicht so lange gedauert wie gedacht. Vielleicht hätte er nicht so oft zustechen sollen. Der Mistkerl wäre langsamer verreckt. So langsam, dass er noch etwas gelernt hätte in den letzten Augenblicken seines Daseins – über sich selbst, das Leben, über Moral, Schuld und Verantwortung.

Die Erleichterung weicht der Wut. Er nimmt das Teppichmesser und ritzt Ehrenfeld die Halsschlagader auf. Ein Blutschwall ergießt sich auf den Boden.

Das Laken ist blutgetränkt. Die Augen scheinheilig und weit aufgerissen. Ein Blick wie ein Abgrund. Der

Mund ist noch immer zugeklebt. Im Polyesterband sind die letzten Worte für die Ewigkeit aufgesogen. Stummes Leiden. Stumme Qual. Geglückte Rache. Sein Tod war voller Schmerzen. Die tiefen Wunden am Körper und der Wasabi darin zeugen davon.

Das wird ihnen Kopfzerbrechen bereiten, denkt er, *damit können sie nichts anfangen. Hierfür taugen nicht mal die abgenutzten Erklärungsmuster: pervers, verrückt, Psychopath. Lachhaft! Die Furcht vor der Wiederholung beherrscht ihre Gedanken. Zu Recht. Auch bei ihnen soll Angst sein. Angst, Ungewissheit und das Zittern bis zum nächsten Opfer.*

Er steckt das Messer in die Jacke, dazu zwei der Zigarettenkippen mit dem Lippenstiftabdruck darauf.

Dann geht er.

ICH

Ich hasse diese Stadt. Ich hasse dieses Land. Ich hasse mich selbst. Am meisten hasse ich mich dafür, dass es mir nicht einerlei ist: die Stadt, das Land, ich selbst. Meine Gelassenheit ist dahin. Mal wieder. Ich schwitze bestialisch und verfluche mich dafür, dass ich zurückgekommen bin. Zugleich ist es eine Genugtuung: Sie hatten mich davongejagt wie einen räudigen Hund, einen Aussätzigen. Jetzt holen sie mich zurück, als hätten sie etwas gutzumachen. Als hätten sie sich geirrt und diesen Irrtum eingesehen, spät zwar, aber immerhin.

Schon von der Straße aus erkenne ich ihn hinter der Scheibe. Kleeberg hat sich nicht verändert. Sitzt da und isst, als wäre das seine einzige Bestimmung. Es war seine Idee, sich im Madam Bian mit mir zu treffen. Das Lokal, eine Mischung aus vietnamesischem Imbiss und Sushiladen, liegt mitten in der Stadt, Alte Schönhauser. Draußen in der Abendsonne sitzen die Schickimickis aus Berlin-Mitte auf Bänken an Holztischen und stopfen sich asiatische Köstlichkeiten zwischen die geschminkten Lippen in den Schlund. Früher war das hier mein Viertel. Heute versuche ich die Erinnerung daran zu liquidieren.

Als ich den Imbiss betrete, hebt er die Hand, ohne von seinem Teller aufzublicken, als hätte er Augen im Rücken.

»Ich hab schon mal angefangen«, sagt er mit vollem Mund, noch immer mit Blick auf den Teller. Er isst Sushi. »Setzen Sie sich. Möchten Sie auch etwas? Ich mag das Essen hier.«

Ich nicht.

»Was zu trinken?« Er sieht mich noch immer nicht an.

»Was wollen Sie?«, sage ich.

Er schiebt mir mit seinem Bambusstäbchen ein Schälchen hin. »Ich mag vor allem die Schärfe.« Er steckt das Stäbchen in das Wasabi und führt es an den Mund. Mit der Zunge schleckt er den grünen Meerrettich ab. Es sieht widerlich aus. Ich schaue weg.

»Stellen Sie sich mal vor, das gelangt in Ihren After.«

»Ich würde sagen, dann brennt mir der Arsch«, antworte ich.

Er legt das Stäbchen zurück auf den Tisch, nimmt die Serviette und wischt sich damit den Mund ab. Dann schaut er mich das erste Mal an. Seine Augen haben sich verändert. Sein Blick ist kalt, feindselig. Er schaut mir direkt ins Gesicht.

»Im Anus des Opfers haben wir hundertfünfzig Gramm davon gefunden.« Er ballt die Hand zur Faust. »So einen Haufen.«

Scheiße.

Er lächelt, greift in seine Jackentasche und holt ein Kuvert heraus. Er legt es neben das Schälchen auf den Tisch. Ich will danach greifen, doch er schlägt mir mit dem Stäbchen auf die Hand.

»Sie sollten es sich jetzt lieber nicht anschauen. Auf nüchternen Magen bekäme es Ihnen wahrscheinlich nicht.«

Ich ziehe die Hand zurück.

»Wir gehen davon aus, dass der oder die Täter aus dem asiatischen Milieu stammen.«

Es macht langsam klick.

»Wir vermuten, dass Sie sich im Milieu einen leichteren Zugang verschaffen können als irgendjemand sonst.«

Er zieht sein rechtes Auge mit dem Zeigefinger zu einem Schlitz. Dabei grinst er.

»Deswegen sind Sie unser Mann, verstehen Sie? Nur deswegen. Sie wissen ja, ich arbeite normalerweise nicht mit …«, er zögert, sticht mit einem der Stäbchen in ein Sushiröllchen, »… Abtrünnigen zusammen.«

Ich gähne demonstrativ und halte mir die Hand vor den Mund.

»Müde?« Er lächelt wieder.

»Aber wenn es nicht anders geht«, erwidere ich, »greifen Sie auch auf Versager zurück, nicht wahr?« Ich betone das Wort »Versager« und lächle ebenfalls. Es wirkt angestrengt.

Kleeberg lacht, lauter als noch zuvor. Seine schadhaften Zähne sind zu sehen. »Das haben Sie gesagt.«

»Und wenn ich Nein sage?«

»Ersparen Sie uns diese Spielchen. Sie wissen doch, dass *wir* ganz genau darüber informiert sind, wie es um Sie steht.«

»Und wie steht es um mich?«

»Nicht gut, stimmt's?«

Er fängt wieder an zu essen, wenn auch mit Schwierigkeiten. Immer wieder fällt das Sushiröllchen von den Stäbchen. Es sieht unbeholfen aus, als wäre Sushi alles andere als sein Lieblingsgericht.

»Wir kennen Ihre derzeitige Lage bestens. Emotional, wirtschaftlich, alles. Sie wissen genau, dass Ihnen gar nichts anderes übrigbleibt, als unser Angebot … oder sagen wir lieber, unseren Auftrag … anzunehmen. Außerdem sind Sie uns noch etwas schuldig. Das wollen wir doch nicht vergessen, oder?«

Sie haben mich vor zwei Jahren fristlos entlassen und

beteuert, sie hätten nicht anders gekonnt. Die Sachlage sei eindeutig. Einhundert Gramm Kokain. Der Stoff stammte aus einem erfolgreichen Einsatz, bei dem ein Drogenkartell ausgehoben worden war. Es war mit 80 Kilogramm eine der größten Drogenmengen, die jemals in Berlin beschlagnahmt worden war.

Hundert Gramm fanden sich einen Tag später in meiner Sporttasche. Wie der Stoff dorthin gekommen war, war mir ein Rätsel. Irgendjemand musste mir das Zeug untergeschoben haben. Wer und warum, weiß ich bis heute nicht. Jeder Versuch einer Verteidigung wurde abgeschmettert. Sie glaubten mir nicht. Ich musste gehen, aus disziplinarischen Gründen, wie es lapidar hieß. Eine Anzeige blieb mir erspart. Aus Gutmütigkeit und Kulanz.

»Ich hoffe, Sie wissen das zu schätzen«, sagt Kleeberg nun.

»Sie glauben, dass Sie mich in der Hand haben?«, entgegne ich, ohne ihn anzuschauen.

»Ach, mein Lieber, wer würde denn solch hässliche Worte benutzen.« Er greift zwischen zwei Bissen in seine Tasche und legt einen Schlüssel neben seinen Mango Lassi. Dann nimmt er einen großen Schluck und rülpst lautlos. Der Schlüssel liegt anklagend auf dem Tisch.

»Wo haben Sie sich die letzten sechs Monate eigentlich herumgetrieben?« Es klingt beiläufig, beinahe desinteressiert.

Was soll das jetzt? frage ich mich. Ich weiß, dass sie zu jeder Zeit genau wussten, wo ich wann war. Sie kannten jeden meiner Schritte.

»Island.«

»Aber ich habe Sie doch in diesem Kloster im Donautal angerufen, irgendwo im Schwäbischen.«

»Warum fragen Sie, wenn Sie es wissen?«

Er lacht wieder. Dieses Mal klingt es gekünstelt.

»Sie mögen mich nicht, was?«, sagt er.

»Sie mögen mich doch auch nicht.«

»Stimmt.«

»Aber Sie brauchen mich.«

»Ich fürchte, das stimmt auch«, sagt er. Sein Lachen klingt nun weniger künstlich. Es klingt ironisch. Es ist ein Lachen, das man mit der Faust zurück in das verzerrte Maul schlagen möchte. »Die beste Voraussetzung für eine zukünftige Zusammenarbeit, finden Sie nicht?«

Jedes Mal, wenn sie nicht mehr weiterkommen, brauchen sie einen wie mich. Jetzt kommen sie nicht mehr weiter, und meine Aufklärungsquote ist ausgezeichnet.

»Ihre Aufklärungsquote ist gut.«

Vor allem, was die aussichtslosen Fälle betrifft, denke ich.

»Vor allem, was die aussichtslosen Fälle betrifft«, sagt er. »Besonders Ihr letzter Fall in München. Sehr beeindruckend. Wenn wir auf Sie verzichten könnten, würden wir es tun, das können Sie mir glauben.«

Wenigstens ist er ehrlich.

»Ich sage das nicht, weil ich ehrlich bin. Ich sage es, weil Sie es wissen.«

Wenn sie Angst haben, den Weg der Legalität zu verlassen, brauchen sie jemanden, der sich nicht fürchtet. Mich. Was schert mich das Gesetz? Was kümmern mich ihre Regeln? Sogar meine eigenen Regeln sind mir suspekt und können sich schon morgen geändert haben.

»Sie sollten es trotzdem nicht übertreiben«, sagt er.

Das hat er auch früher immer gesagt, wenn er nicht mehr wusste, was er sonst noch von sich geben sollte. Womöglich sagt er es auch, weil er es sagen muss. Damit er auf der sicheren Seite ist, falls ich über die Stränge schlage. Bestimmt läuft ein kleines Band in seinem Sakko mit.

»Ich werde Sie nicht enttäuschen«, sage ich und gebe mir keine Mühe, die Ironie zu verbergen.

Er legt eines der Stäbchen zur Seite, greift erneut in die Innentasche seiner Jacke und legt ein leicht verschwommenes Foto vor mich auf den Tisch.

»Wer ist das?«

»Wenn wir das wüssten, bräuchten wir Sie nicht.«

Die Frau auf dem Schwarz-Weiß-Foto ist ein wenig unscharf. Das Bild ist stark vergrößert und pixelig, dennoch erstaunlich gut für die Aufnahme einer Überwachungskamera.

»Die Frau ist vermutlich Chinesin, Vietnamesin oder so was.« Wieder greift er sich mit dem Zeigefinger ans Auge und zieht den Augenwinkel ein wenig zur Schläfe. Wieder grinst er dabei hässlich.

Er nickt, ohne mich anzusehen, und schiebt den Schlüssel über den Tisch zu mir herüber. »Das ist doch ein Heimspiel für Sie, sozusagen.«

Sehr witzig.

»In der Wohnung finden Sie alles, was Sie brauchen. Beeilen Sie sich. Wir haben wenig Zeit. Die Wohnung ist gleich um die Ecke, in Sichtweite zum Alexanderplatz, Memhardstraße 2, zwölfter Stock mit Panoramablick über die Stadt. Für Sie nur das Beste. Geld liegt in der Wohnung. Ich hoffe, es reicht.«

Ich weiß jetzt schon, dass es nicht reicht.

»Es muss reichen«, sagt er.

»Das ist das erste und letzte Mal«, sage ich.

Er lacht. »Der war gut!«

Ich hasse diesen Kerl. Ich hasse mich. Ich hasse die Abhängigkeit von ihm. Ich stecke das Kuvert und den Schlüssel ein und stehe auf. Das Foto behalte ich in der Hand.

Er isst weiter, ohne mich anzuschauen. Ich drehe ihm den Rücken zu und bleibe stehen. Als hätte er im Rücken tatsächlich Augen, fragt er: »Ist noch was?«

»Sie wissen, wer mir damals die Drogen untergeschoben hat, oder?«

»Alte Geschichten. Ich glaube, wir sollten die Vergangenheit ruhen lassen, meinen Sie nicht?«

»Sie glauben, das geht?«

Sie kann sich nicht erinnern. Es ist alles weg. Für Minuten, Stunden ist alles weg, als wäre es nie da gewesen. Manchmal sogar für Tage. Dann ist die Erinnerung plötzlich zurück und löst die Gegenwart ab, für ein paar Augenblicke, als gäbe es sie gar nicht. Dann geht es ihr gut. Dann ist sie glücklich.

Jetzt fühlt sie sich leer. Überflüssig. Wie tot. Und klein, winzig klein. Wie ein Insekt. Eine Ameise. Ein Ameisenkind. Alles um sie herum wirkt monströs. Es macht ihr Angst. Das Bett, der Tisch, das Fenster, die Gitter davor. Der Teller, die Tasse; sie sieht sich selbst auf dem Boden der Tasse sitzen, zusammengekauert, nackt. Vor sich die steilen Wände aus Keramik, rutschig, ohne Halt. Sie versucht, nach oben zu klettern, rutscht immer wieder zurück. Bis sie erschöpft liegen bleibt. Sie singt, summt. Reden kann sie schon lange nicht mehr. Mit niemandem. Nur manchmal, ganz selten, mit sich selbst. Immer wenn sie den Mund aufmacht, glaubt sie zu ersticken. Sie würgt, spuckt. Ihre Augen füllen sich mit Tränen, die sie für immer wegzuschwemmen drohen.

Das Lied, die Melodie kommt ihr bekannt vor. Es klingt nach Kindheit, nach Softeis, nach Sandförmchen. Sie lacht. Das erste Mal seit Gott weiß nicht wie langer Zeit. Die Sandförmchen aus Plastik fangen an zu atmen. Sie bewegen sich. Sie werden zu Fleischklumpen, die wie blutige Embryonen aussehen. Mit einem Gesicht, das ihrem eigenen ähnelt. Ihre Münder bewegen sich und formen Worte, die auf ihrer Haut schmerzen wie der japanische Meerrettich in einer frischen Wunde.

»Das hast du jetzt davon!«

Sie hält sich die Ohren zu, doch die Worte bleiben. Sie werden sogar noch lauter, noch drängender. Sie windet sich auf dem Boden, strampelt. Die Münder lachen. Es hört sich an wie das Lachen von Hyänen. Sie schreit, bis sie erschöpft liegen bleibt.

Manchmal besucht sie ein Mann, den sie nicht kennt. Sie schaut ihn an und kann sein Gesicht nicht begreifen. Es sieht aus wie alle Gesichter, die der Schwestern, der Ärzte, der anderen Patienten. Er ist alle, und sie glaubt, nichts zu sein. Nichts von Belang. Sie will sich vergessen. Der Mann hält ihre Hand und redet auf sie ein. Sie versteht kein Wort. Sie hört seine Stimme, den Klang, die Melodie und erinnert sich. Sie weiß aber nicht, woran. Es fühlt sich wie Erinnerung an. Wie eine Zeit, in der sie glücklich war. Die lange her ist. Sehr lange. Die ihr im Moment so verschwommen vorkommt, als wäre sie gar nicht gewesen. Als wäre sie selbst gar nicht gewesen.

»Was ist?«, fragt die Stimme und streicht über die verschorften Wunden auf ihrem Arm.

Sie weiß es nicht.

ICH

Es ist nicht nur Mord, es ist eine Hinrichtung. Es ist widerlich. Die Fotos anzuschauen ist eine Qual. Laut Obduktion wurden dem Körper achtunddreißig kleinere und größere Messerstiche zugefügt, zum Teil waren es mehrere Zentimeter lange Verletzungen. In allen Wunden befand sich Wasabi in großen Mengen. Auch die Geschlechtsteile und der Anus wurden mit dem Messer bearbeitet und mit Wasabi eingerieben. Das Opfer wurde bestialisch zu Tode gefoltert.

Die Polizei geht davon aus, dass die Frau auf dem Foto der Überwachungskamera womöglich dafür verantwortlich ist. Die Gesichtszüge der Frau sind eindeutig asiatischer Natur. Sie hat lange schwarze Haare, einen schmächtigen Körper, trägt einen Minirock und Stöckelschuhe. Über der Schulter hängt eine Handtasche. *Womöglich eine Nutte*, geht es mir durch den Kopf. Aber warum sollte eine Nutte ihren Freier umbringen? So grausam ermorden?

Ich sitze auf dem Bett der kärglich eingerichteten Wohnung im zwölften Stock. Vor den offenen Fenstern ist es dunkel. Es ist eine schwüle Nacht. Die stickige Luft wabert herein. Der Fernsehturm am Alexanderplatz ist beleuchtet. Die Spitze blinkt in regelmäßigen Abständen, als wolle sie mir Botschaften übermitteln, die ich nicht verstehen kann.

Das Opfer heißt Dr. Stefan Ehrenfeld und ist fünfundfünfzig Jahre alt. Studierter Literaturwissenschaftler und Journalist. Ein bekannter Gaststättenkritiker, verheiratet, zwei erwachsene Kinder, wohnhaft in Potsdam. Warum steigt so ein Mann im Park Inn ab? In regelmäßigen Abständen, immer alle zwei, drei Wochen. Immer am Wochenende. Die Antwort liegt auf der Hand und scheint mit der asiatischen Frau zu tun zu haben.

Ich stehe vom Bett auf und betrachte das Bild an der Wand. Es kommt mir irgendwie bekannt vor. Es ist ein merkwürdiges Gestrüpp aus Pflanzen, Blumen. Es könnten Orchideen sein, Lilien. Das Bild wirkt unbeholfen und verstörend zugleich. Es erinnert mich an die Art-brut-Maler. An Adolf Wölfli. An die Künstler aus der psychiatrischen Anstalt im österreichischen Gugging. Ich will es von der Wand nehmen, aber es ist angeschraubt.

Das Apartment ist nur notdürftig eingerichtet. Ein Flachbildschirm hängt an der anderen Wand. Ein Tisch, ein Stuhl. Auf dem Tisch ein Handy und ein Umschlag, darin Geld. Zweitausend Euro in kleinen Scheinen. Daneben eine Plastikkarte als Legitimation für kriminalistische Ermittlungen, mit dem Stempel der Berliner Kripo drauf. Für alle Fälle. Keine Waffe. Ich lege das Foto zur Seite und tippe Kleebergs Nummer ein.

»Wo ist die Waffe?«

Schallendes Gelächter am anderen Ende der Leitung. Dann: »Wozu brauchen Sie eine Waffe? Beherrschen Sie nicht diese asiatische Kampfsportart?« Dann lacht er wieder, als wäre ihm dieser Witz besonders geglückt.

Ich lege auf. Wenige Sekunden später bekomme ich eine SMS von ihm. *Der volle Kühlschrank muss reichen.*

Ich schaue nach. Der Kühlschrank ist leer bis auf drei Flaschen Wodka. Im Gemüsefach liegt eine große Tube Wasabi. Das scheint Kleebergs Art von Humor zu sein. Ich kippe zwei Flaschen in den Ausguss. Bei der dritten fangen meine Hände immer stärker an zu zittern. Scheiße! Ich nehme einen Schluck. Dann noch einen. Ich lege mich angezogen aufs Bett inmitten der Fotos vom Opfer, und starre zur Decke.

Fängt das schon wieder an? Muss ich nur die sichere Umgebung verlassen, um wieder in den alten Trott zu verfallen? Mir wird klar, dass ich noch nicht so weit bin, noch nicht so gefestigt wie erhofft. Ich müsste jetzt aufstehen, die Wohnung verlassen und zurückfahren. Ich liege wie gelähmt auf dem Bett, starre auf das Bild an der Wand und kann mich nicht bewegen. Einzig der Arm, der die Flasche zum Mund führt, erhebt sich.

Als die Flasche fast leer ist, fällt mir auf, dass irgendetwas mit dem Foto der Überwachungskamera nicht stimmt. Doch ehe ich den Gedanken fassen kann, schlafe ich ein.

Das Gesicht ist wieder da! Ganz plötzlich taucht es in meinem Rücken auf, tippt mir auf die Schulter, sieht mich mit seinen erschrockenen Augen an. Der Junge hat ein Mobiltelefon in der Hand, so groß wie ein Ziegelstein. Unzählige Finger tippen auf dem Ding herum, als wäre es eine Computertastatur. Es klappert und scheppert. Nicht weit von mir entfernt höre ich die Geräusche von Schaubuden und Fahrgeschäften.

»Wer haut den Lukas?«, schreit jemand, während das Gesicht mich noch immer betrachtet, als wäre ich ein Abgrund, in den es sich gleich hineinstürzen möchte. Ich renne los, ohne mich umzudrehen, laufe rückwärts, immer schneller, stolpere, ohne zu stürzen. Auf einmal explodieren überall Sprengkörper, als wäre Silvester mitten im Sommer. Mülleimer wirbeln durch die Luft. Und Menschen. Es regnet Extremitäten. Beine, Arme, auch

Köpfe und Gesichter. Sie sehen alle gleich aus. Sie sehen aus wie das Gesicht mit den erschrockenen Augen, das mich immerzu anstarrt, als wollte es sagen, *Tu es nicht!* und *Du bist schuld!*

Ich versuche es abzuschütteln, haste weiter, vorbei an den Fahrgeschäften, Autoscootern, Schiffsschaukeln, Zuckerwattebuden, Losverkäufern, bis ich das Gefühl habe, im Kreis gelaufen zu sein. Alles beginnt von neuem: die Sprengkörper, die Mülleimer, die durch die Luft fliegenden Menschen. Das Gesicht mit den erschrockenen Augen öffnet den Mund, als wollte es mich verschlucken. In seinem Rachen erscheint eine Landschaft, Berge, Wüste. Angezogen von dem sich öffnenden Rachen, drifte ich immer weiter auf das Gesicht zu. Auch wenn ich mich wehre, um mich schlage, die Beine in den Boden stemme, kann ich nicht verhindern, dem Gesicht immer näher zu kommen. Bis ich in den offenen Mund stürze, durch die Landschaft falle, die Berge, die Wüste …

»Nein!«, schreie ich und höre ein Geräusch, als hätte der Puck vom Hau den Lukas die Klingel getroffen. Das Geräusch ist direkt neben mir. Ich schrecke hoch, reiße die Augen auf. Das Gesicht ist weg, der Albtraum zu Ende, die Wohnung mit dem Bild an der Wand wieder zurück. Ich bin durchgeschwitzt.

Da war es wieder, das Gesicht.

Kaum bin ich hier, ist es wieder zurück, und nichts scheint erledigt. Verdammt!

Es klingelt noch immer. Vor den Fenstern geht die Sonne auf. Der Fernsehturm blinkt nicht mehr. Mir ist schlecht. Das Handy neben mir leuchtet, vibriert und klingelt, alles auf einmal.

»Na, wie viel haben Sie weggekippt?«, fragt Kleeberg und erklärt mir damit meine Übelkeit. Die leere Flasche auf dem Boden sieht mich tadelnd an. Ich verfluche mich und stoße die Flasche unters Bett.

Noch ehe ich etwas erwidern kann, sagt Kleeberg: »Wir haben einen weiteren Toten. Weinbergspark. In dreißig Minuten.«

Leck mich, antworte ich stumm.

Dann stehe ich auf und stelle mich unter die Dusche.

Pater Hubertus klopfte an meine Zellentür, wie immer mit drei sanften Knöchelschlägen. Mit einer Stimme, die sich nicht zwischen Zurückhaltung und Rechthaberei entscheiden konnte, sagte er: »Telefon für Sie, Herr Hài.«

Ich hätte auf meiner Pritsche liegen bleiben sollen. Ich hätte liegen bleiben sollen, weil ich wusste, wer da am anderen Ende der Leitung nach mir verlangte. Aber ich lag auf der Pritsche und dachte immerzu dasselbe. Meine Gedanken kreisten um sich selbst. Wie schon die Monate zuvor. Seit München. Seit Oktober, seit meinem letzten Auftrag, der mir beinahe das Genick gebrochen hatte.

Mir ging dieses Gesicht nicht mehr aus dem Kopf. Der verzerrte Mund, die erschrockenen Augen. Mein Schuss, der dieses Gesicht für immer ausgelöscht und mir zwischen die Hirnhälften gelegt hatte. *Sie haben alles richtig gemacht und Schlimmeres verhindert*, hatte es geheißen. Die Zeitungen waren voll davon. Mein Name war überall zu lesen, auch wenn der Nachname oft abgekürzt war. Sogar der Polizeipräsident gratulierte mir und sagte, es sei leicht ausrechenbar, was passiert wäre, hätte ich nicht eingegriffen. So aber gab es nur einen Toten, und Hunderte Menschen wurden gerettet. Mir wurde der Verdienst an der Verhinderung eines terroristischen Anschlags auf dem Oktoberfest durch feige fundamentalistische Islamisten, wie es hieß, zugesprochen.

Was die Sicherheitskräfte, das BKA, die Polizei, die Kripo, die Spezialeinheiten im Kampf gegen den Terror nicht verhindern konnten, war mir gelungen. Praktisch im Alleingang.

Ich hatte verhindert, dass die Bombe in einem Mülleimer mitten auf dem Festgelände hochging. Ich war zur Stelle, als der Junge den Sprengstoff zünden wollte. Ich musste mich entscheiden: schießen oder gewähren lassen. Einen töten und womöglich Hunderte dadurch retten. Oder nicht töten und das Leben von Hunderten riskieren. Ich schoss. Vorher rief ich ihm noch »Schalom!« zu. Der Junge musterte mich erstaunt, als verstünde er mich nicht. Als fragte er sich, was es zu bedeuten hatte, als er meine Pistole sah, die direkt auf ihn zielte. Ich, einer von ihnen, einer der Hardliner, einer, der sich radikaler gab als die meisten. Einer, der mehr auf dem Gebetsteppich lag, als er auf beiden Füßen stand. Einer, dem sie vertrauten, der sich ihr Vertrauen über Monate hinweg erschlichen hatte. Ich. Ich schoss.

Anschließend tauchte ich ab, verschwand von der Bildfläche. Manche vermuteten aus Angst vor den Islamisten und deren Rache. Blödsinn. Ich wollte nur zur Ruhe kommen und das Gesicht in meinem Kopf loswerden. Was bei den Mönchen im Kloster immer besser gelang. Dort rauchte ich nicht mehr. Keine Drogen, kein Alkohol, kein Sex. Nur einmal legte Pater Aurelius mir die Hand in den Schoß und sagte, wenn ich nicht mehr nur allein sein möchte, könne ich gerne zu ihm kommen. Später vielleicht, antwortete ich. Für den Moment war alles genau so, wie es sein sollte.

Niemand wusste, dass ich dort war. Nur meine Mutter. Und das auch nur durch Zufall, weil ich ihr in einem Augenblick der Schwäche erzählt hatte, dass ich ins Donautal fahre, immer wenn ich Ruhe brauche.

»Du bist doch nicht gläubig«, hatte sie gesagt und fassungslos den Kopf geschüttelt.

»Na und?«

Ich stand auf, ging barfuß den langen Flur entlang. Es roch nach feuchter Mauer, nach verschwitzten Messgewändern und Weihrauch. Ich liebe diesen Geruch. Er erinnert mich an eine andere, bessere Welt. Der Holzfußboden war kühl, uneben, beinahe zerklüftet, als hätte er sich jeden Fuß gemerkt, der in den Jahrhunderten über ihn hinweggegangen ist. An der Pforte lag der Telefonhörer neben dem Apparat, er sah aus wie ein totes Tier.

»Soll ich rausgehen?«, fragte Pater Hubertus.

»Nicht nötig.« Ich nahm den Hörer auf. »Ja?«

»Tut mir leid, dass ich Sie störe, aber es ist wichtig.« Kleeberg. Ich erkannte seine Stimme sofort. Dennoch verschlug es mir für einen Moment die Sprache.

»Sehr wichtig sogar«, fuhr er fort. »Ich mache es kurz, wir brauchen Ihre Hilfe.«

Spätestens da hätte ich mich besinnen müssen und auflegen sollen. Ich legte nicht auf. Stattdessen hörte ich ihm zu, wie er mich köderte, wie er mir Honig ums Maul schmierte und zuletzt auch noch sagte, ganz unterwürfig, mit echtem Bedauern, dass es ihm leidtue wegen damals. Ich solle nicht vergessen, dass die Zeit Wunden heile und dass alles in weniger grässlichem Licht erscheine, wenn man es aus einiger Distanz betrachtete. Ich fühlte mich geschmeichelt. Scheiß Eitelkeit!

Insgeheim hoffte ich auf Kompensation, vielleicht auf Vergeltung. Mein Kopf schwirrte von seinen Worten, bis Kleeberg mich schließlich fragte, wann ich kommen könne.

»Alles in Ordnung?«, wollte Pater Hubertus wissen, nachdem ich aufgelegt hatte.

Zwei Stunden später fuhr Pater Aurelius mich mit dem Wagen nach Sigmaringen zum Bahnhof.

SIE

Er ist schon wieder da. Sie weiß nicht, wer er ist und was er will. Sein Gesicht ist weiß, ohne Kontur, keine Nase, keine Augen, kein Mund. Die Haare sind eine Fläche, wie ein schmutziger Putzlappen, braun.

Die Ärztin sagt ihm, es sei besser, wenn er nicht mehr komme. »Ich glaube, es ist zum jetzigen Zeitpunkt besser für sie.«

Der Mann streicht ihr über den kahlen Kopf.

»Sie können ihr jetzt nicht helfen«, sagt die Ärztin.

Er scheint jeden Moment in Tränen auszubrechen.

Sie zerläuft. Sie rinnt aus sich heraus. Alles ist verflüssigt. Die Wunden, die Schnitte in ihren Armen und Beinen sind verschorft. Sie reißt die Haut auf. Es blutet.

»Nein!«, sagt der Mann an ihrem Bett. »Bitte nicht.«

Ein Nebel liegt über ihr, über allem. Wie Wasserdampf.

»Ich muss dringend mit Ihnen reden«, sagt die Ärztin zu dem Mann.

Worüber will sie reden? fragt sich die junge Frau. *Und mit wem? Und wer ist der Mann, der aussieht, als wolle er gleich weinen?*

»Kommt ein Schwarzer in die Kneipe mit einem Papagei auf der Schulter«, sagt sie. »Fragt der Wirt: ›Sag mal, wo hast du den denn her?‹ Sagt der Papagei: ›Aus Afrika!‹«

Niemand lacht. Sie auch nicht.

»Das hat er mir erzählt«, sagt sie. »Ich habe gelacht, bis mir die Tränen kamen.«

»Wer?«, fragt die Ärztin. »Wer hat das erzählt?«

»Er«, antwortet sie. »Er, er, er«, immer lauter. »Er, er, er!« Sie schreit so laut, dass ihre Stimme sich überschlägt. »ER, ER, ER!«

»Wer ist er?«

»Das verstehst du nicht, du Fotze!«

Die Ärztin schließt sie in die Arme, während der Mann den Kopf schüttelt. Er weiß nicht, was er sagen soll.

Schließlich steht die Ärztin auf, geht zur Tür, bleibt noch einmal stehen und sagt: »Kommen Sie.«

ICH

Der Weinbergspark in Berlin-Mitte ist abgesperrt. Überall rot-weiße Bänder. Bullen, wohin das Auge blickt. Ich bin zwanzig Minuten zu spät. Ich sehe Kleeberg schon von weitem. Als er mich bemerkt, winkt er mich zu sich. Neben ihm steht ein Mann in Anzug und Krawatte, ungefähr in Kleebergs Alter. Er sieht mich an, als wäre ich der Täter.

»Na endlich!«, sagt Kleeberg. Er scheint aufgeregter zu sein als gestern. »Sie sind zu spät.«

»Ist er das?« Der Mann neben ihm fragt es, als könne er es sich kaum vorstellen. Ich habe das Gefühl, er betrachtet mich wie ein exotisches Tier, ein hinterhältiges Biest, das undurchschaubar ist und dem man auf keinen Fall trauen sollte.

»Das ist er«, kommt von Kleeberg, woraufhin der Blick des Mannes eine Spur entspannter wirkt. »Das ist KD Dr. Wenger«, stellt Kleeberg ihn mir vor. »Sie wissen schon, der Leiter der Kriminaldirektion.«

Ich weiß es nicht, nein. Auch während meiner Zeit bei der Polizei habe ich den Kriminaldirektor nie zu Gesicht bekommen.

»So hoher Besuch«, sage ich und will ihm die Hand geben, sehe dann aber, dass er kein Interesse hat.

»Ich will ganz offen sein, ich war dagegen«, sagt Kriminaldirektor Dr. Wenger, wobei sein Blick deutlich seine Abneigung unterstreicht. »Ich halte nichts davon, ehemalige Beamte als verdeckte Ermittler einzusetzen. Wer draußen ist, ist draußen. Wer aus eigenem Verschulden draußen ist, soll da auch bleiben. Für immer, verstehen Sie?« Er atmet durch, als müsste er Anlauf nehmen, um über ein zu hohes Hindernis zu kommen, und wirft dann einen nervösen Blick auf die zugedeckte Leiche keine drei Meter von uns entfernt. »Nun ja«, sagt er dann, »ungewöhnliche Fälle bedürfen ungewöhnlicher Methoden. Behauptet Kleeberg zumindest.« Dr. Wenger schaut Kleeberg an, der Zustimmung signalisiert; dann mustert er wieder mich. »Ich bin mir da nicht so sicher.«

»Wenn es der Wahrheitsfindung dient«, sagt Kleeberg und lacht. Dr. Wenger lacht ebenfalls. Anschließend sind sie wieder so ernst, dass man Angst vor ihnen bekommen könnte.

»Ich erwarte eine baldmöglichste Aufklärung«, sagt Wenger dann zu mir. »Nur das rechtfertigt Ihren Einsatz. Wenn Kleeberg recht hat, können Sie uns vielleicht tatsächlich helfen.« Er sieht nicht so aus, als ob er daran glauben wollte. »Viel Glück.«

Ohne sich zu verabschieden, lässt er uns stehen und schreitet in seinem teuren Markenanzug durch den Park wie ein Feldherr auf der Rückkehr von der ersten verlorenen Schlacht. Mit der Befürchtung, dass noch viele folgen werden.

»Dann wollen wir mal«, sagt Kleeberg und hebt die Plane hoch.

Was ich sehe, verschlägt mir den Atem. Es ist widerlich, es ist grausam. Ich könnte mich ohrfeigen, mich auf diese Sache eingelassen zu haben. Was ich da vor mir habe, sieht aus wie auf den Bildern aus dem Hotel, nur viel unmittelbarer, direkter. Es ist echt, es riecht, und es ist ganz dicht vor meinen Augen. Scheiße, ich bin das nicht mehr gewohnt. Mir wird schlecht. Bestimmt spielt auch der Alkohol vom Vorabend eine Rolle. Der Albtraum, das Gesicht. Das fehlende Frühstück. Ich mache zwei Schritte zur Seite und muss mich übergeben.

»Sag mal, spinnst du?« Es ist ein weißer Overall von der Spurensicherung, der mich anschnauzt. »Willst du die wenigen Spuren versauen, die wir haben?«

»Tut mir leid …«

Kleeberg reicht mir sein Taschentuch. Ich wische mir den Mund ab. Die ehemaligen Kollegen sind offenbar nicht gut auf mich zu sprechen. Jeder Blick ist feindselig, jedes Wort ein Vorwurf. Ich stecke das Taschentuch ein.

»Ohne die Obduktion abzuwarten, sieht alles danach aus, dass sie ein zweites Mal zugeschlagen hat«, sagt Kleeberg und zeigt auf die Leiche.

»Sie?«

Kleeberg sieht mich an, als wäre ihm nicht klar, ob ich es ernst meine.

»Die Asiatin«, sagt er. »Es ist exakt dieselbe Vorgehensweise.«

»Nur das Opfer scheint jemand völlig anderes zu sein.«

»Allerdings«, sagt Kleeberg. »Da ein älterer Mann, hier eine junge Frau. Aber vielleicht gibt es einen Zusammenhang.«

»Wenn die Täterin nicht völlig durchgeknallt ist und wahllos und willkürlich Menschen foltert und tötet, dann gibt es den mit Sicherheit.«

»Finden Sie es raus.«

Als ob du das zu bestimmen hättest. »Was haben wir denn bis jetzt?«

»Laura Tessloff, neunundzwanzig, Buchhändlerin, wohnt in Prenzlauer Berg, nicht weit von hier, Fehrbellinerstraße. Die Kollegen sind schon da. Sie arbeitet im Kulturkaufhaus Dussmann in der Friedrichstraße. Sie war mit dem Fahrrad unterwegs.« Kleeberg zeigt auf ein Damenrad, das mitten auf dem schmalen asphaltierten Weg vor der Parkbank steht.

»Das Opfer muss die Täterin gekannt haben«, sage ich mit Blick auf das Rad.

»Wie kommen Sie darauf?«

»Das Fahrrad steht mitten auf dem Weg, auf dem Ständer. Entweder die Täterin hat auf das Opfer gewartet oder umgekehrt. Sie waren verabredet. Wäre sie überwältigt worden, stünde das Rad bestimmt nicht auf dem Ständer. Es läge auf der Erde.«

»Klingt gut, klingt einleuchtend, ja.« Kleeberg ist erstaunt. Er nickt in einer Mischung aus Bewunderung und Skepsis.

Eine Frau stößt zu uns, streckt mir die Hand entgegen. »Mechthild Gotthoff«, stellt sie sich vor.

»Meine Assistentin«, ergänzt Kleeberg, als ich mit der Frau nichts anzufangen weiß. Sie lächelt, mehr zwanghaft als entspannt. Ich nicke ihr zu. Sie ist weder hübsch, noch macht sie den Eindruck, auffallen oder sich in den Vordergrund drängen zu wollen. Sie wirkt eher unscheinbar, als wäre sie besser im Innendienst einer Finanzbehörde aufgehoben als an der kriminalistischen Front. Was sie mir, im Gegensatz zu Kleeberg, sofort sympathisch macht. Ihr Händedruck ist erstaunlich fest und passt so gar nicht zu ihrem zerbrechlich wirkenden Äußeren. Sie vermittelt etwas Zupackendes und scheint mir gegenüber keine Ressentiments zu haben wie die anderen Kollegen.

»Sie ist nach Ihrer Zeit zu uns gestoßen«, sagt Kleeberg, als wäre das die Erklärung.

»Wir haben ein paar Schuhabdrücke neben der Parkbank auf der Erde gefunden«, sagt Gotthoff, ohne auf

Kleebergs Kommentar einzugehen. »Gestern Nacht hat es geregnet. Ob die Abdrücke von der Täterin stammen, ist ungewiss. Ach so, ja, und das Handy fehlt.«

»Vielleicht hat sie keins«, versuche ich mich an einer Erklärung.

Kleeberg grinst dümmlich.

»Buchhändlerinnen leben in einer anderen Welt. Die brauchen keine Handys«, sage ich.

Kleebergs Grinsen verschwindet. Er scheint ernsthaft darüber nachzudenken.

»War 'n Witz.«

Mechthild Gotthoff schmunzelt. »Außerdem haben wir neben der Parkbank eine Zigarettenkippe gefunden.« Sie hält einen durchsichtigen Beutel hoch.

»Ich bin sicher, die DNA ist identisch mit der auf der Kippe der Asiatin aus dem Hotelzimmer«, ergänzt Kleeberg.

»Wenn die Frau jetzt noch ihre Visitenkarte hinterlegt hätte«, werfe ich ein, »könnten Sie gleich anschließend bei ihr vorbeifahren.«

Kleeberg weiß nicht, ob er lachen oder wütend auf mich sein soll.

»Sie *hat* ihre Visitenkarte hinterlegt«, sagt er, »nur können wir nicht lesen, was draufsteht. Noch nicht.«

Irgendetwas stört mich an dem ganzen Arrangement. Irgendetwas stimmt hier nicht. Es ist nur ein Gefühl, aber ich bin sicher, dass das alles nicht zusammenpasst. Vielleicht ist es aber auch nur der Eindruck, dass es sich zu perfekt ineinanderfügt. Oder sind es die weiß ausgegossenen Schuhabdrücke im Erdreich, die auf den ersten Blick zu groß für eine zierliche Asiatin scheinen? Dabei fällt mir ein, dass ich schon einmal hier war. Hier, in diesem Park. Eigentlich war ich erst ein einziges Mal hier.

Meine Erinnerung kehrt immer deutlicher zurück, je länger ich neben der ermordeten Frau stehe. Es muss fast zwei Jahre her sein, kurz bevor man mich aus dem Polizeidienst entlassen hatte. Ich war zu einem Fest im Nola's geladen, der Gaststätte mitten im Park, keine zwanzig Meter von diesem Tatort entfernt. Es war die Premierenparty eines Films, den ich aus polizeilicher Sicht und während der Dienstzeit beratend unterstützt hatte. In dem Film ging es um den effizienten Zugriff von Einsatzkräften bei Drogendelikten. Die Schauspieler waren völlig ahnungslos, sodass aus dem geplanten halben Tag gleich drei wurden.

Je länger ich am Tatort stehe, umso mehr Details von damals fallen mir ein. Ich erinnere mich, von einer Frau mitten in der Nacht auf der Party abgeschleppt worden zu sein. Die Frau gehörte zur Produktionsfirma und hatte mich während der Zeit am Set betreut. Ich weiß nur noch, dass sie ziemlich gut aussah, blond war und extrem schlank. Wir knutschten und vögelten, nicht weit von dieser Parkbank entfernt, am Zaun zum Kinderspielplatz. Der Gedanke daran erregt mich.

»Ich lasse Ihnen einen Bericht zukommen.« Kleebergs Stimme schreckt mich auf.

»Was ist?«, fragt seine Assistentin.

»Nichts.«

Es ist einfach für ihn, sie dahin zu bestellen, wo er sie haben will. Ihr anfängliches Misstrauen kann mit ihrer Neugierde nicht konkurrieren. Sie lacht, als er sagt, er rufe im Auftrag von Kittys Seele an. Als er behauptet, er solle ihr von Kittys Seele eine Nachricht übermitteln, vergeht ihr das Lachen.

»Und welche?«, fragt sie und er hört die Mischung aus Angst und Faszination in ihrer Stimme.

»Nicht am Telefon«, sagt er. »Das ist nicht die angemessene Art für solche Mitteilungen. Verstehen Sie?«

Sie schweigt einen Moment. Dann ist sie bereit, sich mit ihm zu treffen.

»Im Weinbergspark auf der Parkbank hinter dem Brunnen kurz nach Mitternacht«, sagt er.

»So spät? Können Sie nicht früher?«

Er lacht leise. »Ich schon, aber Kittys Seele nicht.«

Sie kommt mit dem Fahrrad. Er kann sie schon von weitem sehen. Sie schiebt das Rad neben sich her, bleibt vor der Parkbank stehen, blickt sich mehrmals um und ruft leise: »Hallo? Wo sind Sie?«

»Setz dich«, sagt er und tritt hinter dem Gebüsch hervor.

Sie erschrickt, lacht dann angestrengt. »Haben Sie mir einen Schreck eingejagt!«

Sie erkennt ihn nicht. Wie auch, er ist ihr bisher noch nie aufgefallen. Obgleich sie sich schon mal begegnet sind. Sie hat ihn schon mal gesehen. Er hat ihr nachspioniert. Mehrere Wochen lang. Er hatte sich extra für sie freigenommen. Fünf Tage, nur für sie. Er kennt ihren

Alltag, ihre Gewohnheiten, ihre Interessen. Ihre Freunde. Er saß stundenlang im Kulturkaufhaus Dussmann in der Sachbuchabteilung auf den roten Ledersofas und beobachtete sie. Sie schien nichts zu merken.

»Entschuldigung, das wollte ich nicht. Setzen Sie sich. Bitte.«

Sie nimmt auf der Parkbank Platz. Er setzt sich neben sie.

»Und?«, fragt sie. »Was sollen Sie mir ausrichten?« Sie wirkt nervös und ein wenig unbeholfen. Ihre Selbstsicherheit, mit der sie sonst oft durch die Gegend stolziert, scheint dahin.

Er erzählt ihr von sich, leise und mit der beruhigenden Stimme eines orientalischen Märchenerzählers. Sie hört zu, als wäre es bereits Teil der zu überbringenden Seelenbotschaft.

»Als ich so alt war wie Sie, war ich eine Zeit lang glücklich. Ich stellte mir vor, dass dieses Glück nie aufhören würde, dass es immer weitergeht, verstehen Sie?«

Er sieht, wie sie überlegt. Sie versteht nichts, versucht ihm aber auf die Schliche zu kommen.

»Das war ein Irrtum. Das Glück ging nicht weiter. Das Glück endete ganz plötzlich, ohne mein Zutun. Ich konnte nichts dafür. Es wurde mir entrissen, einfach so, von jetzt auf gleich, und blieb verschwunden, bis es sich nach über zwanzig Jahren wieder bei mir gemeldet hat. Es klingelte an meiner Tür, ich machte auf, und da stand es, das Glück. Es hatte mich wiedergefunden. Und ich wusste, ich würde *alles* tun, es nie wieder zu verlieren. Nie wieder, verstehst du?«

Er sieht sie an. Sie schüttelt den Kopf, fragt schließlich: »Was hat das mit Kitty zu tun?«

»Das weißt du nicht?«

»Nein.«

»Aber du warst doch eine Freundin von ihr.«

»Das schon, aber …«

»Du hast ihr doch Tipps gegeben. Du wusstest doch immer, was für sie am besten ist, nicht wahr?« Er lässt sie nicht aus den Augen.

»Was soll das?« Sie rutscht unruhig auf der Bank hin und her. »Worauf wollen Sie hinaus?«

»Ich habe mich immer gefragt, wie du sicher sein kannst, was gut und schlecht ist, richtig und falsch. Nicht nur für dich, auch für andere. Woher willst du das wissen?«

»Was?«

»Hattest du nie Zweifel, dass für andere schädlich sein könnte, was gut für dich selbst ist?«

Sie rückt ein wenig von ihm ab. »Wer sind Sie? Was wollen Sie?«

»Ich kenne dich besser, als mir lieb ist.«

Sie lacht. Für einen Moment ist ihre Überheblichkeit zurück. Er lässt sich davon nicht beeindrucken.

»Ich bin gleich fertig«, sagt er seelenruhig, noch immer mit einer Stimme wie aus 1001 Nacht, und erzählt weiter. Sie traut sich nicht, aufzustehen, hört ihm weiter gebannt zu, scheint langsam eine Ahnung zu bekommen, wovon er erzählt.

»Einmal saß ich mit dir sogar am selben Tisch. Bei Starbucks in der Friedrichstraße, in deiner Mittagspause. Ist hier noch frei, fragte ich und setzte mich dir direkt gegenüber, erinnerst du dich? Daneben saß deine Freundin Greta. Sie heißt doch Greta, nicht wahr?«

Sie nickt in den dunklen Park hinein.

»Ich habe jedes Wort verstanden, das ihr gesprochen habt, und in mich aufgesogen, während ich so getan habe, als wäre ich ganz in meine Zeitung vertieft. Ihr habt doch gedacht, dass ich in meine Zeitung vertieft bin, nicht wahr?« Er macht eine kurze Pause. Sie reagiert nicht.

»Als ihr den Tisch verlassen habt, hast du gelächelt. Weißt du, was ich gedacht habe? Schlange, habe ich gedacht. Das Lachen wird dir schon noch vergehen!«

Ihre Unsicherheit weicht dem Zorn. Sie scheint ihren ganzen Mut zusammenzunehmen und sagt: »Wenn Sie mir nicht auf der Stelle sagen, was Sie von mir wollen, gehe ich!«

Sie erinnert ihn in diesem Moment an seine Frau, damals, vor mehr als zwei Jahrzehnten. Derselbe fordernde Gesichtsausdruck, dieselbe Überheblichkeit in der Stimme, dieselbe eingeschnappte Art.

Sie zögert, will aufstehen. Völlig überraschend greift er nach ihr, packt sie mit der einen Hand am Hals. Mit der anderen schlägt er ihr so heftig ins Gesicht, dass sie auf die Parkbank zurückfällt und für Augenblicke das Bewusstsein verliert. Als sie wieder zu sich kommt, ringt sie nach Luft und hustet. Sie spürt einen Druck am Hals und ein breites Klebeband auf ihrem Mund. Zwischen Nase und Kinn ist der Kopf mehrmals damit umwickelt. Sie sitzt noch immer auf der Parkbank, nur sind ihre Arme jetzt weit ausgestreckt, denn Handschellen ketten ihre Hände an das Gestell der Bank. Ihre Nase blutet.

Er steht vor ihr und überlegt, ob er die Geschichte weitererzählen soll. Einfach weitersprechen, da, wo er aufgehört hat. Er entscheidet sich dagegen. Stattdessen zieht er sich die Einweghandschuhe an und nimmt ein Teppichmesser aus der Jackentasche, fährt die Klinge aus und zerschneidet ihr T-Shirt. Dann trennt er am Brustbein den BH auf. Die weiße Haut ihrer kleinen Brüste schimmert marmorn. Er zögert einen Moment, dann lächelt er wieder.

»Deine schamanische Reise beginnt«, sagt er und schreibt mit der Klinge Zeichen auf ihre Haut.

Die marmorne Oberfläche wird von Blut überschwemmt. Sie schreit, strampelt mit den Beinen. Das Kunststoffklebeband schluckt die Worte, macht das Geschrei zu einem gedämpften Gejammer. Sie pisst sich voll. Die Jeans ist nass bis zu den Knien.

Er lächelt wieder.

»Kittys Seele verlangt nach dir«, sagt er und schneidet ihr tief ins Fleisch.

Sie schüttelt den Kopf, immer wieder, immer heftiger, und jault wie ein Hund, als er das Wasabi auf ihren Wunden verteilt.

»Jetzt wärst du froh, wenn du alles rückgängig machen könntest, nicht wahr?«

Ihr Widerstand lässt nach.

»Leider ist es zu spät.«

Sie schaut ihn erschöpft an, mit fragendem Blick, als verstünde sie nichts. Erst als er seinen Namen nennt, scheint der Groschen zu fallen. Nun ergibt die Qual einen Sinn. Sie scheint auch zu begreifen, was noch folgen wird, und strampelt wieder wie ein ungezogenes Kind. Die Haut an ihren Handgelenken ist aufgeschürft und blutet.

Er schneidet mit dem Teppichmesser tiefer in ihre Arme, in den Bauch, die Brüste, und durch die Jeans in ihre Beine. Sie schließt die Augen, um wenigstens nichts mehr sehen zu müssen.

»Das hilft nichts«, sagt er, ganz nahe an ihrem Ohr. »Nichts hilft mehr, weil du schuldig bist, verstehst du?«

Sie reagiert nicht mehr.

»Du bist schuld«, sagt er, noch immer mit der Stimme des Märchenonkels, leise, beinahe geflüstert. Sie hört ihn nicht mehr. Ihr Kopf ist zur Seite gefallen. Sie hat das Bewusstsein verloren. Er ritzt ihre Halsschlagader auf. Blut spritzt, strömt über die Brüste und tränkt den Jeansstoff ihrer Hose.

Endlich, denkt er, *endlich ist sie tot, die Hexe.* Er ist erleichtert, froh. Regen setzt ein. Er streift die Einweghandschuhe ab, steckt sie zusammen mit dem Teppichmesser in die Tasche, nimmt eine Zigarettenkippe aus einer Klarsichthülle und wirft sie auf den Boden. Dann durchquert er den Park. Niemand ist zu sehen.

Er geht die Invalidenstraße entlang, vorbei an der roten Polizeiwache, in der noch Licht brennt. Außer ein paar Versprengten, die ihm torkelnd und mit Bierflaschen in der Hand entgegenkommen, ist hier um diese Zeit kein Mensch mehr unterwegs.

Ein weiterer Punkt auf der Liste ist abgehakt, denkt er. Das Ziel rückt näher. Er fühlt sich leicht und beschwingt wie lange nicht mehr.

ICH

Einen Tag nach dem Mauerfall verließen meine Mutter und ich Ostberlin und die DDR. Mein Vater nicht. Er war Mitte der Siebzigerjahre als Vertragsarbeiter aus Vietnam in die DDR gekommen und hatte meine Mutter kennengelernt, sich aber kurz nach meiner Geburt von ihr getrennt.

Mein Vater blieb in seinem vietnamesischen Imbiss zurück. Worüber ich nicht traurig bin. Er spielt in meinem Leben kaum eine Rolle. Mich verbindet wenig mit ihm, außer vielleicht ein paar Gene, die mir nach der Wende in Westdeutschland das Leben nicht einfacher machten. *Schlitzauge, Fidschi, China-Böller* und *Gelbe Gefahr* sind noch die harmloseren Bezeichnungen, die mir die Kinder auf Stuttgarts Schulhöfen hinterher riefen. Irgendwie sind die schwäbischen Kinder zu blöd, um zu kapieren, dass ich kein Chinese bin, sondern Vietnamese, und das auch nur zur Hälfte.

Die Erinnerung an meinen Vater reduziert sich auf den Geruch nach heißem Bratfett. Immer wenn meine Mutter in den ersten Jahren meines Lebens eine Auszeit von meiner Erziehung brauchte, was meistens mit einem neuen Liebhaber einherging, schob sie mich für ein paar Stunden, auch mal tageweise, zu meinem Vater in die Dimitroffstraße ab. Da saß ich dann hinter dem Tresen im Dunst der kleinen Garküche und schaute meinem Alten zu, wie er Frühlingsrollen frittierte, Suppenhühner zerkleinerte, Nudeln briet und Fischsaucen zubereitete.

Mein Vater schien ebenfalls wenig Interesse an mir zu haben. Er redete nie mit mir, schaute nur ab und zu in meine Richtung, um sich zu vergewissern, dass ich noch da war.

Nur einmal blieb ihm nichts anderes übrig, als sich für mich zu interessieren. Ich saß nicht weit vom Wok entfernt, als das heiße Fett plötzlich herausspritzte und mich am Oberschenkel traf. Das Fett brannte sich in meine Haut und hinterließ ein geldstückgroßes Feuermal in der Form eines Herzens. Ich schrie, glaubte vor Schmerz zu sterben, sodass mein Vater mich das erste und einzige Mal in meinem Leben liebevoll umsorgte.

Wenn ich nach Stunden aus der Garküche zu meiner Mutter zurückkam, roch sie jedes Mal an meinem Pullover, an meiner Jacke. »Du stinkst ja erbärmlich!«, sagte sie dann, und: »Ausziehen, sofort!«

Noch im Hausflur zog ich mich ganz aus, und sie stopfte meine Sachen in die Waschmaschine. Anfangs glaubte ich noch, es sei wirklich der Geruch, der sie störte. Später war ich sicher, dass es die Erinnerung an alles Asiatische war, die sie auf diese Weise auszulöschen versuchte.

Bei meiner Mutter schienen sich die Lebensumstände durch den Umzug in den Westen schlagartig zu verbessern. Sie arbeitete bei Daimler, hatte nach wie vor wechselnde Liebhaber und in kürzester Zeit einen immer weiter anwachsenden Freundeskreis. Ich hingegen fühlte mich in meinem neuen Zuhause nie richtig wohl. Nicht nur die Anfeindungen aufgrund meines Aussehens nahmen zu. Ich war ein Fremdkörper, ein Außenseiter unter diesen westdeutschen Kindern und schwäbischen Jugendlichen, und ich fühlte mich auch so. Es hatte sicher auch mit mir selbst zu tun. Ich war ein schwieriges, verschlossenes Kind. Aber umso hübscher. Was vor allem die Erwachsenen ihre Vorurteile schneller vergessen ließ.

Als ich in die Pubertät kam, wurde ich aggressiv, mitunter gewalttätig. Schulhofschlägereien waren an der Tagesordnung. Ich hatte manchmal das Gefühl, meine Mutter sei öfter in der Schule bei den Lehrern als ich selbst. Bis ich schließlich herausfand, dass sie mit einem von ihnen eine Affäre hatte. Was sich aber nicht vorteilhaft auf meine Noten auswirkte. Ich wurde noch widerspenstiger, widersetzte mich jeglichen Disziplinarmaßnahmen, schwänzte manchmal tagelang die Schule und tauchte dann auch zu Hause nicht auf. Es trieb meine Mutter allmählich zur Verzweiflung und meine Lehrer zur Weißglut.

Die Hochachtung in den Augen meiner Mitschüler aber stieg linear zu meinen Eskapaden. Der traut sich was, hieß es und, Hài scheißt sich nichts! Irgendwann hatte ich mir auch mit den Fäusten genügend Respekt verschafft, dass mich selbst die Jungs aus den oberen Klassen in Ruhe ließen. Dann fingen auch die Mädchen an, sich für mich zu interessieren. Und ich mich für sie. Es störte meine Mutter, wenn ich immer wieder andere Mädchen mit nach Hause brachte, als wäre sie die Einzige in der Familie, die Anspruch auf wechselnde Geschlechtspartner hätte.

Als im Deutschunterricht in der elften Klasse des Gymnasiums Berufswünsche diskutiert wurden, war ich offenbar der Einzige, der nicht wusste, was er werden wollte. Als die Lehrerin nicht lockerließ und mich zu einer Aussage drängte, sagte ich mehr aus Trotz als aus Überzeugung: »Ich werde Bulle«, was Gelächter hervorrief. Das wiederum provozierte mich noch mehr. Ich legte nach: »Wenn ihr's genau wissen wollt, ihr Penner, ich werde Kriminalkommissar!« Das Gelächter nahm zu.

Es mischten sich spöttische Zwischenrufe wie »Derrick!« oder »Columbo!« darunter.

Nach dem Abitur begann ich tatsächlich eine Ausbildung bei der Polizei und studierte anschließend auf der Polizeihochschule. Meine Mutter schien das erste Mal stolz auf mich zu sein. Erstaunlicherweise lief es während der Ausbildung gut, aber natürlich gab es auch Vorbehalte vonseiten der Kollegen.

»Was will das Schlitzauge hier?«, hieß es anfangs, feige hinter vorgehaltener Hand. Bei den Vorgesetzten wiederum war ich nicht nur der Vorzeige-Ossi, sondern auch der Quoten-Ausländer, den man wie eine exotische Frucht präsentierte, als Beweis für eine geglückte Integration. Nach dem Motto: Seht her, auch bei den Bullen verschließt man sich nicht der gesellschaftlichen Weiterentwicklung. Wenn es schon schwule Oberbürgermeister gibt, grüne Außenminister und schwarze Fußballnationalspieler, darf es auch schlitzäugige Bullen geben.

Mich kümmerte das wenig. Das Argument der Fäuste hatte ich längst durch das der Leistung ersetzt. Ich punktete mit Qualität. Mein unschlagbarer Vorzug war, dass ich besser war als die meisten anderen. In allem. Es gab kein Fach, in dem ich die anderen nicht abhängte. Natürlich rief das Neid hervor, vor allem aber Respekt.

Die Schlitzaugen traten in den Hintergrund. Der Karriere stand nichts mehr im Weg. Nach dem Studium schlug ich den Weg zum gehobenen Polizeivollzugsdienst ein. Nach meinem Abschluss als Jahrgangsbester ließ ich mich nach Berlin versetzen und arbeitete beim Drogendezernat. Ab und zu wurde ich für Sonderaufgaben abgestellt, zu Vorträgen vor Schulklassen zum

Beispiel, oder zur Betreuung von Schauspielern am Filmset.

»Da schicken wir unsere Geheimwaffe Hài hin«, sagten die Vorgesetzten, wenn es wieder mal darum ging, die Polizei in ein gutes Licht zu rücken. Zu Recht. Ich sah im Vergleich zu meinen Kollegen überdurchschnittlich gut aus, sprach mehrere Sprachen und hatte mit dem Klischee eines Bullen so viel gemein wie der Bulle mit einem Menschen. In den Augen meiner Vorgesetzten repräsentierte ich die Polizei vorzüglich. Außerdem hatten die wenigsten Lust, sich mit aufgedrehten Schauspielerinnen oder pubertierenden Schülern herumzuschlagen. Mir machte es Spaß, denn es war eine willkommene Abwechslung zum Polizeialltag.

Außerdem fielen dabei auch hin und wieder ein paar Geschlechtspartnerinnen ab. Die anfängliche Leidenschaft wurde bald zur Sucht, bei der es nur noch darum ging, möglichst schnell möglichst viele Eroberungen zu machen. Die Affären wurden zu meinem zwanghaften Hobby. Nach wenigen Nächten, manchmal auch nur einer, zog ich weiter und hinterließ enttäuschte Gesichter und gebrochene Herzen.

»Du bist bindungsresistent«, warf mir eine meiner Liebhaberinnen vor. Eine andere behauptete, ich sei beziehungsunfähig und würde die Frauen nur für meine Sexsucht benutzen – ein Begriff, der mich zuerst amüsierte, dann beunruhigte. Auch Drogen spielten in dieser Zeit eine Rolle. Wenn man im Drogendezernat arbeitet, ist der Zugang zu diversen Rauschmitteln nicht schwer. Ich konsumierte regelmäßig Kokain und betrank mich manchmal bis zur Besinnungslosigkeit. Irgendwie schien ich mein Leben in eine Sackgasse manövriert zu haben.

Ich war froh, dass nach vier Jahren im Drogendezernat und einigen nicht unwesentlichen Erfolgen plötzlich eine neue Herausforderung auf mich wartete. Der Leiter des Morddezernats wurde auf mich aufmerksam und ließ mich wissen, dass er mich gerne in seinem Team hätte. Und es war nicht nur eine Herausforderung, es war auch die Chance, beruflich und privat, eingefahrene Mechanismen und Gewohnheiten zu überdenken. Die Sackgasse offenbarte sich als Überholspur. Ich nahm die Versetzung in die Mordkommission an, kokste kaum noch und schien die Sache mit dem Sex ebenfalls in den Griff zu bekommen. Kleeberg wurde mein Vorgesetzter. Die neuen Kollegen schienen niveauvoller, die Fälle interessanter, das Arbeitsklima entspannter. Die ersten Wochen liefen bestens, und ich war überzeugt, alles richtig gemacht zu haben.

Dann ging es plötzlich bergab.

Natürlich ist es nicht erlaubt. Natürlich darf niemand es wissen. Aber in meinem Metier ist die Grenzüberschreitung vorprogrammiert. Das Verbotene die Normalität. Um etwas herauszufinden, muss ich manchmal den ausgewiesenen Pfad verlassen, um über Umwege und Seitenstraßen ans Ziel zu gelangen, abseits der Hauptverkehrsadern.

Mit der von Kleeberg ausgestellten Plastikkarte, die mich als Mitarbeiter der Kriminalpolizei ausweist, ist die Tür schnell zu öffnen. Auch das Siegel der Kollegen hindert mich nicht daran, in die Wohnung einzudringen. Sicher, ich hätte Kleeberg um Erlaubnis bitten können. Er hätte mir den Zutritt garantiert nicht verwehrt. Doch meine Methode bewegt sich im Geheimen, auch Kleeberg gegenüber. Er weiß nicht, dass ich hier bin. Er weiß nicht, wie ich vorgehe.

»Ist mir egal«, hat er gesagt. »Hauptsache, Sie liefern Ergebnisse, und das schnell. Wir haben mittlerweile zwei Tote, und wenn meine Erfahrung mich nicht täuscht, werden weitere folgen. Es sei denn, wir machen den oder die Täter vorher unschädlich.«

Es ist eine typische Singlewohnung. Ein Raum, Küche, Bad mit Klo, kleiner Flur. Ostzuschnitt. Es ist eine Wohnung, in der die Spurensicherung bereits ihre Spuren hinterlassen hat. Schubladen stehen offen, ebenso die Tür des Kleiderschranks. Es ist auch eine typische Buchhändler-Wohnung. Überall liegen und stehen Bücher herum, sogar im Flur und in der Küche. Mir ist unverständlich, wie man sich auch noch zu Hause mit Büchern abgeben kann, wenn man schon beruflich den ganzen Tag damit zu tun hat.

An allen Wänden stehen Regale. Neben dem Schreibtisch hängen ein paar Postkarten und zwei Fotos an einer Pinnwand. Es sind nur Frauen darauf zu sehen. Lesbisch, vermute ich, und setze mich auf das Bett, über dem eine Tagesdecke mit afrikanischem Muster ausgebreitet ist. Im Bücherregal vor mir kann ich die Titel auf den Buchrücken lesen. *Die Anatomie der Kraft – Wege des Herzens*, und *Die Schamanische Reise – der spirituelle Weg zu sich selbst*. Daneben *Die Anderswelt-Reise – ein Praxisbuch*.

Mehrere Reihen sind voll mit solchen Titeln. Offenbar habe ich es hier mit einer Eso-Tante zu tun. Mir fallen die Bilder an den wenigen freien Wänden auf. Scheußliche Machwerke. »Gräsertanz« heißt eines. Erdige Töne und violettblaue, in sich verschlungene Schnüre, daneben pastellfarbene Blumen.

Ich drücke auf den Knopf des CD-Players neben dem Bett. Trommeln sind zu hören. Gesänge. Schnell beende ich den Krach. Einen Augenblick später höre ich an der Wohnungstür einen Schlüssel im Schloss. Ich springe vom Bett auf. Ein hektischer Blick durchs Zimmer bestätigt die Aussichtslosigkeit. Hier gibt es keine Möglichkeit, mich zu verstecken.

Ich setze mich zurück aufs Bett. Die Tür fällt ins Schloss. Schritte kommen den Flur entlang. Ein spitzer Schrei ertönt. Vor mir in der Tür steht eine Frau, ungefähr so alt wie das Opfer. Als Erstes fällt mir auf, dass sie ziemlich hübsch ist. Immer wenn ich eine Frau sehe, ordne ich sie ganz von selbst einer meiner Kategorien zu. Die hier passt in die Schublade der Frauen, mit denen ich auf den ersten Blick gerne etwas zu tun hätte. Laura Tessloff, das Opfer, hingegen gehörte zur Kategorie »Pfoten weg«.

»Was machen Sie hier?« Die Frau fixiert mich, die Hände wie zum Schutz vor der Brust. An der rechten Schulter schaut der Träger ihres BHs hervor. Ich bleibe sitzen und versuche, gelassen zu wirken.

»Dasselbe könnte ich Sie fragen.«

»Sind Sie von der Polizei?«

»So was Ähnliches, ja.«

»Können Sie sich ausweisen?«

Ich stehe auf und zeige ihr die Plastikkarte. Sie wirft einen flüchtigen Blick darauf und scheint zufrieden.

»Und Sie?«, frage ich. »Wer sind Sie?«

»Greta. Ich bin eine Freundin von Laura.«

»Laura ist tot«, sage ich.

»Ich weiß. Der Kommissar war schon bei mir.« Sie zieht sich das T-Shirt über die Schulter. Der rote Träger verschwindet. »Was machen Sie hier?«

Gute Frage, denke ich. *Was mache ich hier eigentlich?* Ich weiß nur, dass die Fotos der Spurensicherung immer höchstens einen unzureichenden Ausschnitt zeigen und den Gesamteindruck nicht ansatzweise wiedergeben können.

»Ich versuche mir einen Überblick zu verschaffen.«

»Worüber?« Die Antwort scheint ihr nicht zu genügen.

»Über den Gräsertanz.« Ich zeige auf das Bild über dem Bett.

»Scheußlich, nicht wahr?«

»Geschmackssache.«

»Finde ich nicht«, sagt sie. »Über *diesen* Geschmack kann man nicht streiten. Laura hat es gemocht.«

»Und Sie?«

»Ich habe andere Vorlieben.«

»Was für welche?«

»Ich dachte, Sie wollen sich einen Überblick über Laura verschaffen.«

»Eben.« Manchmal versteht man eine Person besser, wenn man eine andere begreift.

Ich mache einen Schritt auf sie zu und stehe ihr genau gegenüber. Greta ist so groß wie ich; mein Näherkommen scheint sie nicht zu beeindrucken. Ich gehe zum Regal.

»Die Bücher.« Ich fahre mit der Hand an den Buchrücken entlang.

»Das war ihre Leidenschaft. Ihr Leben.«

»Ich meine nicht die Bücher, ich meine …«

»Ich auch.«

»Die Schamanische Reise – der spirituelle Weg zu sich selbst?«

»Richtig. So wie das hier.« Sie zeigt an der Tür vorbei in die Küche. Auf dem Tisch liegt ein Puzzle. Viele hundert Teile, fast fertig. Ein Tiermotiv.

»Hyänen«, sagt Greta. »Das waren ihre Lieblingstiere. Ständig hat sie diese Puzzles gemacht. Wenn sie fertig waren, hat sie sie verschenkt. Ich habe vier Stück. Sie liegen bei mir im Keller. Die kann man sich ja nicht aufhängen, oder?«

Genauso wenig wie den Gräsertanz, denke ich.

»Warum haben Sie eigentlich einen Schlüssel zu dieser Wohnung?«, erkundige ich mich.

Gretas Replik gefällt mir: »Haben Sie keinen von Ihrer besten Freundin?«

»Nein.«

»Sie haben gar keine beste Freundin, was?« Es scheint, als wollte sie sich ebenfalls einen Überblick verschaffen.

Ich gehe nicht darauf ein. »Was wollen Sie eigentlich hier?«

»Meinen iPod. Ich hab ihn Laura geliehen.« Sie geht zum Schreibtisch, auf dem das Gerät liegt. Die Kopfhörer hängen vom Tisch und baumeln wie tote Tiere in der Luft.

Von hinten sieht Greta noch verführerischer aus. Ihre Beine sind gebräunt. Unter dem Kleid, das bis zu den Knien reicht, zeichnen sich die Umrisse ihres Slips ab. Als spüre sie meine Blicke, dreht sie sich abrupt um.

Ich fühle mich ertappt. »Na denn«, sage ich und will gehen.

»Schon fertig?«

»Schon fertig.«

Ich gehe an ihr vorbei und rieche ihr Parfüm. Es ist ein Männerparfüm. Ich habe es erst kürzlich gerochen, weiß aber nicht mehr, wo und an wem.

»Wiedersehen.«

Ich bin schon im Flur, als ich mich noch einmal umdrehe. Greta steht wieder in der Tür zum Zimmer und blickt mir hinterher, so wie ich zuvor sie betrachtet habe.

»Ach so, ja. Wo kann ich Sie finden?«, frage ich.

»Wegen dem Überblick?«

»Auch.«

»Die andere Seite.«

»Was?« Sie genießt meine Verwirrung.

»So heißt der Club, in dem ich arbeite. Da bin ich von Dienstag bis Sonntag. Ab zehn.«

»Und wo finde ich den?«

»Das schaffen Sie schon.«

Sie hat recht. Ich gehe und habe das Gefühl, dass auch sie sich ein Wiedersehen vorstellen könnte.

SIE

Sie lässt sich treiben. Seit Stunden. Ihr kommt es vor wie eine Ewigkeit. Sie hat die Zeit vergessen, und die Zeit scheint auch sie vergessen zu haben. Sie fährt mit der Ringbahn immer wieder im Kreis um die Stadt. Dann steigt sie in die S-Bahn um. Irgendwann steigt sie an der Friedrichstraße aus.

Sie ist erschöpft. Dennoch ruhelos. Unter der Brücke am Bahnhof steht ein Akkordeonspieler. Die Melodie kommt ihr bekannt vor, aber sie will sich nicht erinnern. Sie will sich an nichts erinnern. Sie ist müde, spürt ihre Hände kaum, und ihre Füße sind Eisschollen, die durch den Schneematsch auf der Straße dahintreiben wie kleine Flöße auf dem Weg durch einen alles verschlingenden Ozean. Der Kopf lastet wie ein Betonklotz auf ihr, drückt, als wollte er alles unter sich zerquetschen, während in ihrem Bauch etwas zu ihr spricht, immer wieder, immer lauter. Eine Stimme? Es ist eine Stimme, die Worte sagt, die sie nicht versteht, unverständliche Laute. Sie kommt sich vor wie das Kind, wie der kleine Johan in *Das Schweigen* von Ingmar Bergman, der im Zug sitzt und von einem Blatt Papier Worte einer fremden Sprache zu lesen versucht, während seine Mutter den Kopf aus dem Zugfenster in den Regen hält.

Sie versteht nicht, sie begreift nicht und wird von den Worten dennoch so eingenommen, dass sie alles andere um sich herum vergisst. Die hupenden Autos. Die Bremsgeräusche. Sie überquert bei Rot die Straße. Passanten bleiben stehen, schütteln den Kopf, schreien, halten die Hand vor den Mund. Autofahrer zeigen ihr den Vogel.

Sie bekommt das alles nicht mit, verschwindet unbeschadet im Kulturkaufhaus Dussmann. Taucht ein in die Welt der Bücher. Liest, ohne zu verstehen. Kaum hat sie einen Satz gelesen, hat sie ihn schon wieder vergessen. Dennoch wird die Stimme leiser, bis sie nur noch ein Summen ist.

»Kann ich helfen?« Eine junge Buchhändlerin steht vor ihr. »Suchen Sie etwas Bestimmtes?«

Die Stimme ist verschwunden.

»Laura«, sagt die junge Frau neben ihr. »Ich heiße Laura. Kann es sein, dass du jemanden brauchst, der dir hilft?«

Sie kann noch immer nichts sagen, nur schauen, immerzu schauen in dieses Gesicht, das langsam Konturen bekommt. Die weiße Fläche löst sich auf. Strukturen erscheinen, Physiognomie entsteht: eine Nase, Augen, die freundlich blicken, ein Mund, der spricht, zuversichtlich, als wisse er Bescheid.

Laura drückt ihr ein Buch in die Hand. »Das hilft«, sagt sie. »Wenn du willst, können wir uns heute Abend treffen, nach Feierabend. Ich wohne in der Nähe vom Weinbergspark in Prenzlauer Berg.«

Sie liest, und plötzlich sind die Worte nicht gleich wieder verschwunden. Sie kann die Sätze behalten, auch wenn sie ihr noch immer nichts sagen. Sie erscheinen ihr wie kostbare Gebilde, funkelnde Kristallketten, wie Girlanden über einem Abgrund. Oder wie die DNA eines seltsamen Organismus. Stundenlang sitzt sie auf dem roten Sofa in der dritten Etage und liest in der *Schamanischen Reise*, erschafft sich eine Welt aus Wortgebilden und Satzbauten, in der sie sich nicht fremd fühlt.

Bis um zwanzig Uhr wieder Laura vor ihr steht, erneut mit einem Gesicht, einem Mund wie ein Versprechen, und fragt: »Gehen wir?«

Sie nickt, behält das Buch in der Hand, als wären sie eins. Das Buch, die Hand, sie selbst.

Laura lächelt. Das Versprechen wird zur Absichtserklärung.

»Das schenke ich dir.«

Sie sind mal wieder in die Falle getappt, diese Tölpel, geht es ihm durch den Kopf. *Wie leicht sie auszutricksen sind. Eine Zigarettenkippe am Tatort, und alles scheint klar für sie. Ein lächerliches Indiz, und schon ist es der alles entscheidende Beweis. Die hochtechnologische Kriminaltechnik stützt den Irrtum. DNA. Dumm Nach Ansage!*

Das Urteil wirkt wie in Beton gegossen. Die Technikgläubigkeit vernebelt die Sinne, den gesunden Menschenverstand. Früher wurde der eigene Verstand noch aktiviert, wurde kombiniert, analysiert, dabei immer auch das Gegenteil mitbedacht und nichts ausgeschlossen. Heute steht die forensische Information im Vordergrund. Daktyloskopie, chemische und biologische Analytik sind das Nonplusultra. Sie geben den Takt vor, sind die Melodie, nach der gespielt wird. Alles andere wird als Misston verpönt. Wenn die vergötterte Kriminaltechnik in die eine Richtung weist, wird der Blick in die andere zum Ungehorsam. Zur Blasphemie. Dennoch ist an ihrer falschen Analyse etwas Wahres dran. Derselbe Täter, schlussfolgern sie.

Ja, denkt er, *sie haben recht. Und sind trotzdem auf dem Holzweg. Arme Idioten.*

Es ist tatsächlich derselbe Täter und doch ein ganz anderer. Das zweite Opfer innerhalb weniger Tage. Die Zeitungen sind voll davon. Vor allem die Boulevardpresse reagiert hysterisch, sucht Zusammenhänge, wo keine zu sein scheinen. Eine neunundzwanzigjährige Buchhändlerin und ein fast sechzigjähriger Journalist, ein renommierter Gaststättenkritiker. Beide auf dieselbe bestialische Weise ermordet. Beide grausam gefoltert.

Auf welche Art und Weise, halten die Ermittlungsorgane mit Verweis auf die schwierige Ermittlungsarbeit im Anfangsstadium erst einmal geheim. Der leitende Staatsanwalt spricht bei einer Pressekonferenz von einem schrecklichen Anblick, von gefesselten Opfern, unzähligen Messerstichen und einer gesteigerten Brutalität der oder des Täters. Das Wasabi erwähnt er nicht.

RITUALMORD prangt auf den ersten Seiten der Hauptstadtzeitungen. Das Fragezeichen ist verschwindend klein. Details über die Opfer werden bekannt. Dr. Stefan Ehrenfelds Ehe soll am Ende gewesen sein. Laut gut informierten Kreisen wollte seine Frau, eine wohlhabende Fabrikantentochter und Millionenerbin aus Potsdam, die Scheidung. Von angeblicher Homosexualität des Gaststättenkritikers ist die Rede. Ein Escort-Service versucht zu dementieren und verweist alles in den Bereich der Spekulation.

Schade, dass ihm das erspart bleibt, denkt er. *Eine Demütigung mehr hätte nicht geschadet.*

Auch die Buchhändlerin wird in ein zwielichtiges Licht gerückt. Einige Zeitungen berichten, sie habe einer Sekte angehört. Andere behaupten, sie habe eine schamanische Ausbildung gemacht. Die *B. Z.* verknüpft beides und schreibt, Laura T. sei Mitglied einer dubiosen schamanischen Sekte gewesen. Der Druck auf die Ermittler wächst.

Sie werden nervös, denkt er. *Über kurz oder lang werden sie weitere Fehler machen.*

Immer mehr Details werden bekannt, sowohl über die Opfer als auch über die Taten. Schließlich erobert das Wasabi doch noch die Schlagzeilen. *Der Wasabi-Mörder*, titelt der *Berliner Kurier*, und die *B. Z.* glaubt zu wissen:

Die Wasabi-Morde führen ins asiatische Milieu. Die *Berliner Morgenpost* versucht sich prosaischer: *Ritualmord – oder ist es die Liebe zum japanischen Meerrettich?*

Am Ende aller Artikel aber steht immer dieselbe Frage: Wer macht so etwas?

So habe ich Kleeberg noch nie erlebt. Er flippt aus. Wusste gar nicht, dass der schreien kann. Dann auch noch so. Seine Mitarbeiter stehen wie eingeschüchterte Pennäler um ihn herum, die Schultern hochgezogen, die Blicke gesenkt. Nur Mechthild Gotthoff scheint Kleebergs Wutausbruch nichts anhaben zu können. Sie schaut zu mir herüber und verdreht die Augen, während ihr Gesicht ansonsten völlig neutral bleibt.

Kleeberg hält einen Packen Zeitungen in der Hand. Eine nach der anderen hebt er hoch. »Der Wasabi-Mörder!«, schreit er und schleudert die Zeitung zu Boden. »Woher wissen die das? Asiatisches Milieu!« Die nächste Zeitung fliegt zu Boden. »Kann mir das jemand verraten, hä? Wie kommt das in diese Schmierenblätter? Guckt euch diese Scheiße an!«

Die Mitarbeiter blicken nicht auf. Auch Gotthoff verdreht nicht mehr die Augen.

»Das sind Interna! Woher wissen das diese Arschlöcher? Kann mir das einer von euch sagen? Also, von mir haben die das nicht.«

Er wirft die restlichen Zeitungen zu Boden und fährt sich mit der Hand durchs Gesicht. Dann blickt er jeden Kollegen einzeln an. Kaum einer wagt es, seinem Blick standzuhalten, bis auf seine Assistentin, sodass Kleeberg rasch von ihr ablässt.

»Ich warne euch! Wenn ich die undichte Stelle aufspüre … den zerreiß ich in der Luft! Der wird fristlos entlassen!«

»Und kommt durch die Hintertür wieder rein.« Es ist Kupfer, einer der älteren Kollegen von der Spurensicherung, der es leise vor sich hin murmelt. Natürlich ist das auf mich gemünzt.

Es wird ganz still im Besprechungszimmer. Auch Kleeberg sagt nichts mehr. Er geht langsam, fast in Zeitlupe, auf Kupfer zu.

»Was hast du da gesagt?«

»Das weißt du ganz genau.« Kupfer pariert seinen Blick.

»Und ob ich das weiß. Falls du auf den da anspielst«, er zeigt auf mich, »kann ich dir nur sagen, dass es einen Grund hat, dass er hier verdeckt ermittelt. Der Grund ist, dass wir – du und du«, er zeigt auf die Kollegen, »und auch du, Kupfer, dass wir unfähig sind, diesen verschissenen Fall zu lösen. Dass wir sogar unfähig sind, interne Informationen für uns zu behalten. Verstehst du, Kupfer? Und dadurch«, er stampft auf den Zeitungen herum wie ein ungezogenes Kind, »wird alles nur noch schlimmer! Du kannst dich gerne mal mit dem Staatsanwalt unterhalten, Kupfer, oder mit Dr. Wenger, dann möchte ich mal sehen, ob dir eine derartige Bemerkung noch mal über die Lippen kommt. Soll ich gleich einen Termin für dich machen?«

Kupfer kapituliert, senkt den Kopf und scheint auf Kniehöhe nach einem Versteck zu suchen.

Irgendwie sieht der wütende Kleeberg albern aus. Ich muss schmunzeln.

»Was gibt's denn da zu grinsen?« Kleeberg sieht mich an, als wäre ich der Nächste, den er mit Worten filetieren will.

Ich schüttle den Kopf.

»Raus! Alle!«

Auch ich will mich davonmachen.

»Sie bleiben!«

Während die Kollegen den Raum verlassen, fordert Kleeberg mich auf, Platz zu nehmen. Ich bleibe stehen. Irgendwie scheint er sich beruhigt zu haben. Irgendwie scheint ihm der Gefühlsausbruch peinlich zu sein. Er sammelt die Zeitungen vom Boden auf und legt sie auf den Konferenztisch.

»Sie können jederzeit aussteigen.« Seine Stimme klingt wieder gefälliger. »Aber wenn Sie weitermachen, wenn Sie weiter verdeckt ermitteln, dann erwarte ich, dass alles, was Sie herausfinden, alles, was ich Ihnen sage, absolut *alles* vertraulich zu behandeln ist. Ist das klar?«

»Ich habe nichts damit zu tun.« Mein Blick ruht auf den Zeitungen.

»Ich weiß.«

Das überrascht mich dann doch. Er wendet sich ab und blickt auf die Tafel an der Wand, an der die Fotos der beiden Mordopfer hängen, dazu Hinweise und Erkenntnisse der Spurensicherung.

»Ich glaube Ihnen.« Er schaut mich noch immer nicht an. »Aber mein Vorgesetzter und einige Kollegen sind sich da nicht so sicher.« Er dreht sich wieder zu mir. »Es war schwer genug, denen klarzumachen, dass wir Sie brauchen. Die zweifeln an Ihren Methoden. Die zweifeln an Ihnen. Und die bezweifeln auch, dass Sie entscheidend zur Aufklärung des Falles beitragen können.«

Ich zucke mit den Schultern.

»Und Sie?« Ich blicke auf das vergrößerte Foto der asiatischen Frau von der Überwachungskamera des Hotels. Irgendetwas irritiert mich. Irgendetwas auf dem Foto sieht falsch aus.

»Ich weiß, dass Sie uns helfen können.« Auch Kleeberg

scheint meine kurzzeitige Irritation zu bemerken. »Aber nicht, weil ich Ihnen traue.« Sein Blick pendelt zwischen dem Foto an der Tafel und mir. »Ich traue Ihnen *nicht*, und das wissen Sie längst. Aber ich weiß, was Sie zu leisten imstande sind. Sie haben es schon mal unter Beweis gestellt. In München, Sie erinnern sich?«

Das ist wieder eine dieser Kleeberg'schen Frechheiten. *Sie erinnern sich?* Ich erinnere mich nicht nur daran, es bereitet mir seither schlaflose Nächte. Das Gesicht mit den erschrockenen Augen gehört seitdem zu meinem Leben. Ähnlich wie die fristlose Kündigung des Polizeidienstes vor zwei Jahren. Davon habe ich mich bis heute nicht erholt. Kleeberg scheint das zu wissen. Er lächelt hinterhältig.

»Haben Sie die Asiatin eigentlich schon ermittelt?«

»Noch nicht.«

Es ist eine vollkommen andere Welt. Asien in Europa. China, Japan, Pakistan, Thailand, Indien, Vietnam mitten in Deutschland. Hier haben in Berlin die Schlitzaugen das Sagen. Das Dong-Xuan-Großhandelscenter in Lichtenberg ist der Vorratsbunker des fernen Ostens für Menschen aus der Hauptstadt. Hier kaufen die Berliner Asiaten ein. Aus allen Schichten. Auf dem alten Industriegelände in Lichtenberg bieten Hunderte von Händlern Textilien, Lederwaren, Spielzeug und Lebensmittel in mehreren Hallen an. Von gebleichten Jeans, Polyamid-Socken und sprechenden Tannenbäumen bis hin zu Uhren, Schmuck, Elektronik, Reizwäsche und Plastikpflanzen gibt es hier alles, was das asiatische Herz begehrt.

Ich war vorher noch nie hier. Ich meide in der Regel Orte, an denen zu viele Menschen derselben Ethnie, Nationalität oder Konfession zusammenkommen. Hier sind mir zu viele Asiaten, vor allem Vietnamesen auf einem Haufen. Man sagt, dass es hier neben dem alltäglichen Schrott auch alles gebe, was man sonst noch zum Leben zu benötigen glaubt. Aber auch das, was den unnatürlichen Tod herbeiführen kann, ist hier zu bekommen: Kalaschnikows, Makarovs, Schlagringe, Springmesser, Drogen. Des Öfteren gab es hier in der jüngsten Vergangenheit Razzien der Zollfahnder.

Wo man allerhand illegale Waffen und bewusstseinserweiternde Substanzen erwerben kann, dort dürfte auch ein Hinweis zur Identität der Frau mit den asiatischen Gesichtszügen auf dem Foto der Überwachungskamera zu finden sein. Zumal es hier im größten Asia-Markt der

Hauptstadt für Prostitution höchstwahrscheinlich ebenfalls eine eigene Halle gibt.

Und tatsächlich, es dauert nicht lange, da treffe ich auf einen alten Bekannten, der aber offenbar keinen großen Wert darauf legt, an diese Bekanntschaft erinnert zu werden. Es ist ein Vietnamese, der während meiner Zeit bei der Drogenfahndung Stammkunde bei uns war.

»Keine Angst, ich bin nicht wegen deiner Geschäfte hier«, sage ich, damit die Angst nicht seine Zunge lähmt. »Mich interessiert vielmehr, wer das hier ist.« Ich halte ihm das Foto der Überwachungskamera unter die Nase. Er sagt nichts, zuckt nur gleichgültig mit den Schultern, als wäre sein Name Hase und er wüsste von nichts.

»Du kennst sie?«, sage ich, als wandere der Hase gleich in den Kochtopf. In seinen Körper kommt Bewegung. Er schüttelt vehement den Kopf.

»Soll das heißen, ich muss in anderer Funktion wiederkommen?«

Er sieht mich mit großen Augen an, als verstünde er mich nicht.

»Entweder du sagst mir jetzt, wer das da ist«, ich tippe auf das Foto, »oder ich bin in kürzester Zeit mit einem Einsatzkommando wieder hier und nehme deinen kleinen beschissenen Laden und deine Wohnung auseinander.« Ich schaue mich um und betrachte seinen Kosmetikgroßhandel – oder das, was er dafür hält. Ich habe noch nie so viel hässlichen Plunder auf einem Haufen gesehen. Das sind keine Kosmetikartikel, das sind Tausende künstlicher Fingernägel in Farben, die in den Augen schmerzen. Ebenso viele Parfümflaschen, Döschen mit Puder, Pasten, von denen ich gar nicht erst wissen will, woraus sie bestehen, und sonstige Präparate, auf die der Gesundheit zuliebe möglichst verzichtet werden sollte.

»Ich schwöre dir, dass wir irgendwas finden, was dich nicht gerade erfreuen wird, verstanden?«

Er nickt eingeschüchtert und macht das erste Mal den Mund auf.

»Ich weiß nichts. Aber frag doch mal da vorne beim Friseur nach.« Er zeigt den Gang entlang.

»Beim Friseur? Du meinst, der weiß Bescheid?«

Er nickt kaum merklich. Das Dong-Xuan-Center ist nicht nur ein riesiges Einkaufsparadies für Asiaten, sondern auch eine Dienstleistungsoase. Nagelstudios, Nähstuben, Reisebüros, Massageläden, sogar Fahrschulen, Steuerberater und Rechtsanwälte sind hier zu finden. Auch einige, vor allem vietnamesische, Restaurants blasen den Geruch von Bratfett in die Luft, der wie eine übel riechende Glocke unter der Hallendecke hängt.

»Wie heißt du eigentlich?«

»Hung.«

»Oh, Hung, der Heldenhafte.« Ich lache schadenfroh. Er sieht mich an, als würde er darüber nachdenken, ob sein Mut reicht, mir eine runterzuhauen. Er scheint sich dagegen zu entscheiden. Ich ziehe ab. Als ich beim Friseur ankomme, lässt dieser gerade sein Handy in der Schürze verschwinden und gibt zu erkennen, dass er mich bereits erwarte. Ich mache einen auf freundlich und halte dem jungen, vielleicht zwanzigjährigen Mann die Hand hin, doch er schlägt sie aus. Ich setze mich in einen der Friseurstühle und betrachte ihn hinter mir im Spiegel.

»Hung meint, dass du mir sagen kannst, wer das ist.« Ich halte ihm das Foto wie einen Haftbefehl hin.

»Weil auch du gerne eine Razzia vermeiden würdest, stimmt's?«

Er starrt mich feindselig an. Dann wirft er einen ebenso feindseligen Blick auf das Foto.

»Ich kenne sie nicht.«

In diesem Moment weiß ich, dass er lügt. Er scheint es zu bemerken und tippt zögerlich auf die Handtasche der Frau auf dem Foto.

»Aber ich weiß, wer diese Taschen verkauft.«

»Und?«

»Halle 8, Raum 811.«

»Danke.« Ich springe aus dem Stuhl. »Wiedersehen.«

Er erschrickt.

»Nein, nein, keine Angst. Wenn 811 die Frau erkennt, komme ich nicht wieder.«

Ich lasse ihn stehen und weiß, auch ohne mich umzudrehen, dass er jetzt mit seinem Handy beschäftigt ist.

In Raum 811, Halle 8, erwartet mich in einem Lederwarenladen bereits eine Vietnamesin. Sie ist älter als der junge Mann, aber nicht weniger feindselig. Ich mochte Vietnamesinnen noch nie, Asiatinnen generell nicht. Die meisten sind wenig ansehnlich, finde ich. Das trifft auch auf diese hier zu.

»Danke, dass ich Ihnen für einen Moment Ihre kostbare Zeit stehlen darf«, sage ich und reiche ihr die Hand. Sie greift zögerlich danach. Die Hand fühlt sich warm und feucht an. Ich lächle, bevor ich zur Sache komme.

»Mich würde interessieren, ob Ihnen diese Tasche hier bekannt vorkommt.« Ich zeige auf die Handtasche auf dem Foto. Sie schüttelt den Kopf, obwohl die Wände um uns herum voller Handtaschen hängen, die aussehen, als wären sie aus genau demselben Schlangenlederimitat gefertigt.

»Oh, da schau her. Ist das nicht dieselbe?« Ich gebe mich überrascht, nehme eine der Taschen von der Wand und halte sie hoch. Die Vietnamesin blickt auf die baumelnde Tasche, als sähe sie das gute Stück zum ersten Mal.

»Also, ich glaube schon«, sage ich. »Was meinen Sie?«

Sie meint nichts.

»Wenn ich es mir recht überlege, bin ich mir ziemlich sicher. Ich würde sogar behaupten, dass die Frau ihre Tasche zu hundert Prozent hier bei Ihnen gekauft hat.«

Sie hebt die Schultern. Eine ihrer ausgewiesenen Charakterzüge scheint Hartnäckigkeit zu sein.

»Wissen Sie was? Mir scheint, dass Sie alle hier im Dong-Xuan-Center nicht gerade gesprächig sind. Kann das sein? Das bedeutet in der Regel, nach der Philosophie von deutschen Ermittlungsbeamten, dass Sie was zu verbergen haben. Verstehen Sie?«

Sie schüttelt den Kopf.

»Na gut. Versuchen wir es anders. Ich weiß, Sie wollen nichts sagen, Sie können nichts sagen und Sie dürfen nichts sagen. Das verstehe ich, ehrlich. Aber ich fürchte, Sie müssen auch mich verstehen. Denn wenn Sie nichts sagen, sehe ich mich gezwungen, mit einer ganzen Horde von Polizeibeamten wiederzukommen, die keine besonders guten Manieren haben. Und was das zu bedeuten hat, das verstehen Sie bestimmt, oder?«

»Asia-Escort«, fällt es aus ihrem Mund wie eine faulige Frucht.

»Hä?«

»www.asiaescort.de. Mehr kann ich nicht sagen.«

»Na, das ist doch schon allerhand. Danke und bis zum nächsten Mal.«

Nicht nur Nagelstudios und Nähstuben gibt es im Dong-Xuan-Center sondern natürlich auch einen Computer- und Elektronikgroßhandel, in dem neben PCs, Laptops und sonstigen elektronischen Geräten auch ein kleines Internetcafé betrieben wird. Dort suche ich im Netz nach dem Asia-Escort und werde fündig. Es handelt sich dabei tatsächlich um einen Escort-Service von asiatisch aussehenden Nutten. Ich scrolle über die Damen hinweg und bleibe an einem Gesicht hängen: Nora! Das könnte sie sein. Trotz der nicht perfekten Aufnahme der Hotelüberwachung erkenne ich eine Ähnlichkeit mit dem Bild auf der Homepage. Und Überraschung: Nora ist nicht nur eine Frau. Nora ist eine Frau mit dem *gewissen Extra*, eine TS, eine Transsexuelle, die für 200 Euro die Stunde, plus Vermittlungsgebühr, *Zugang zu ihrem Geheimnis* erlaubt.

Ich empfange dich in meinem Reich – einem Kosmos voller Zauber, Fantasie und Erregung. Ich habe eine Menge Gesichter, viele Seiten – und bin sehr gespannt auf dich.

Halleluja, der Gastrokritiker Dr. Stefan Ehrenfeld kam auf den Geschmack und hat sich von einer Transe die Rosette massieren lassen.

Ich drucke mir den Eintrag aus und beschließe zu überprüfen, was diese Nora so draufhat.

Falls ich deine Aufmerksamkeit erregt habe, buche mich, und wir starten unsere gemeinsame Exkursion in die geheimnisvolle Welt der Liebe und Lust. Deine Nora.

ICH

Wenn du neugierig und willig bist, die ersten Schritte unserer Exkursion zu machen, dann reiche mir die Hand, und wir werden das erotische Universum gemeinsam erleben. Natürlich kannst du mich auch für einen anspruchsvollen Escort buchen, auch für längere Zeit oder für deine Geschäftsreisen. Vielleicht willst du aber auch einfach bei einem Drink in heimeliger Atmosphäre mit Kerzenschein meine Anwesenheit kosten.

Ich warte. Es ist fünf vor zehn. Ich habe Nora auf zehn bestellt. Es war ziemlich einfach, einen Termin über den Escort-Service zu buchen. Alles lief übers Internet und weitgehend anonym. Ich musste nur eine Vermittlungsgebühr über meine Visa-Karte abbuchen lassen.

Am Nachmittag habe ich telefonisch das Zimmer im Hotel Park Inn für die Nacht reserviert. Es ist das Hotel, in dem Stefan Ehrenfeld ermordet wurde. An der Rezeption vergewisserte ich mich noch einmal, ob es auch dasselbe Zimmer ist, in dem er ums Leben kam. Die Empfangsdame, eine schöne Blondine hinter dem Rezeptionstresen, wurde ein wenig rot im Gesicht und musterte mich, als wäre ich pervers, ohne auf meine Frage zu reagieren.

»Sie können es mir ruhig sagen, das macht mir nichts aus. Im Gegenteil.«

Ihr Blick verdüsterte sich und zeigte, dass sie sich in ihrer Vermutung bestätigt fühlte. Dann nickte sie ganz kurz.

»Dann nehme ich das.«

Jetzt liege ich angezogen auf dem Bett, wie auch Stefan Ehrenfeld im Bett gelegen haben muss. Ich sehe, was er sieht. Das Bild an der Wand. Den Tisch, den Stuhl davor, das Fenster. Den beleuchteten Fernsehturm. Das

Zimmer sieht aus wie alle anderen, nur mit dem Unterschied, dass in diesem Zimmer vor ein paar Tagen ein Mensch gestorben ist. Abgeschlachtet wurde.

Ich kann nichts Auffälliges erkennen. Nichts, was mir weiterhelfen könnte.

Es klopft. Ich gehe zur Tür und öffne. Vor mir steht Nora. Sie sieht besser aus als auf dem Foto im Internet. *Ich bin 25, eins siebzig groß, mit seidenen schwarzen Haaren, besitze einen schlanken, sehr ansehnlichen Körper und bin voll rasiert.*

Ich nehme an, sie ist Vietnamesin. Vermutlich hat sie eine Perücke auf. Sie ist einen Kopf kleiner als ich, schmal, mit feinen Gesichtszügen. Sie trägt einen schwarzen Minirock, schwarze Seidenstrümpfe, Stöckelschuhe, ein schwarzes Top, darüber eine Jeansjacke. Auf den ersten Blick macht sie auf mich gar nicht den Eindruck einer Prostituierten. Ich halte ihr die Tür auf. Sie geht an mir vorbei ins Zimmer. Ich gebe ihr 200 Euro.

Spüre meine zartfühlende Haut und erfreue dich an meinem Geruch. Verwöhne mich von oben bis unten, und ich gewähre dir Einblick in meine Leidenschaft, meine Gefühle, und stoße dir die Tür auf zu einem einzigartigen Erlebnis.

»Wie willst du's?« Sie zieht die Jacke aus, das Top, als hätte sie es eilig. Sie trägt einen fast durchsichtigen BH. Ich kann darunter ihre festen Brüste erkennen.

»Wie machst du's?«

Sie lässt ihren Rock fallen. Sie trägt keinen Slip.

»Wie du willst. Passiv, aktiv, alles.«

Ich sehe ihren Schwanz. Er ist klein und rasiert. Ich greife danach. Sie scheint nicht überrascht zu sein, lässt es mit sich machen. Schnell wird ihr Schwanz größer.

Wir werden gemeinsam unsere Lektüre der Erotik aufzeich-

nen, wir beide, und nach geiler Erfüllung suchen, einerlei ob in der liebevollen oder bizarren Welt …

Ich werfe sie aufs Bett, greife nach den Handschellen auf dem Boden und fessle sie an die Bettpfosten. Sie scheint noch immer nicht überrascht zu sein, wehrt sich auch nicht, glaubt offenbar an ein Spiel. Ihr Schwanz ist jetzt gänzlich erigiert.

Komm, lass dich überzeugen von der vollkommenen Verbindung aus Anspruch, Klugheit und atemberaubendem Aussehen …

Ich stehe auf und zünde mir eine Zigarette an.

»Was ist?« Sie merkt, dass etwas nicht stimmt.

»Hast du es beim Gaststättenkritiker auch so gemacht?«, frage ich, blicke auf sie hinunter und puste ihr den Rauch ins Gesicht.

Sie scheint nicht zu verstehen. Ihr Schwanz wird wieder kleiner.

»Wie heißt du?«, frage ich.

»Nora.«

»Dein echter Name.«

Sie antwortet nicht. Ich schlage ihr ins Gesicht. Ihre Miene verändert sich blitzartig. Das Professionelle fällt von ihr ab. Angst blickt mich an.

»Minh.« Auch die Stimme klingt jetzt weniger selbstbewusst. Ich lache übermütig.

»Minh«, sage ich. »Intelligenz, Klarheit, Reinheit, was?« Meine Überheblichkeit scheint nicht auf sie zu wirken. Sie sieht mich an, als wolle sie mich im Namen ihrer Ahnen verfluchen.

»Hast du ihn ans Bett gefesselt und dann zu Tode gefoltert?« Noch ehe ich es sage, weiß ich selbst, dass diese Transsexuelle vor mir auf dem Bett ab und zu vielleicht einen Freier über den Tisch zieht, womöglich auch in Drogengeschäfte verwickelt, aber zugleich so weit vom Tatbestand eines Mordes weg ist, wie ich damals von dem der Unterschlagung des Kokains.

Ich bin für alles zu haben und lebe den Entwurf einer fortschrittlichen Geisha, die ihr Dasein als Schatz empfindet und durch Escort nichts als die Liebe und die Lust stilvoll genießt.

»Wen?«, fragt sie, als hätte sie keine Ahnung.

»Willst du mich verarschen?« Wieder schlage ich ihr ins Gesicht. Nur so fest, dass sie glauben muss, ich meine es ernst. »Du hast Stefan Ehrenfeld umgebracht. Die Frage ist, warum?«

»Nein, ich … das ist doch Unsinn.« Sie sagt es leise, als hätte sie jetzt schon aufgegeben, mir widersprechen zu wollen.

Ich hole die Tube mit Wasabi aus meiner Tasche. »Das hast du ihm in seinen Arsch gedrückt, in seine Wunden …«

»Was?«

»Gib es schon zu.«

»Nein, ich habe doch nur …«

»Was? Was hast du?«

»Ich … ich war das nicht.«

»Dass du an diesem Abend hier warst, willst du aber nicht abstreiten, oder?«

»Nein. Ich war hier. Er hat mich bestellt. Er hat mich öfters hierher bestellt.«

»Was habt ihr gemacht?«

Ich verkaufe nicht, sondern lasse dich teilhaben an meinem Geheimnis, biete dir Einlass in meinen intimsten Bereich – dafür erwarte ich von dir, dass du mich und meine Fähigkeit, Lust und Leidenschaft zu schenken, respektierst.

Sie zögert, als würde die Antwort gegen ihre Berufsehre verstoßen. Noch bevor ich ihr erneut eine Ohrfeige geben kann, sprudelt sie hervor: »Er hat mich französisch befriedigt, und dann habe ich ihn gefickt.« Das erste Mal wird mir die Diskrepanz zwischen der Fantasie des Freiers und der Realität der Nutte offenbar. Die Unstimmigkeit zwischen der Ankündigung im Netz und der Verwirklichung auf dem Bett wird augenscheinlich. Davon scheint ihr Berufsstand zu leben. Es scheint nichts einfacher zu sein, als den Wichsern mit der Maus in der Hand etwas vorzumachen.

Wenn du neugierig und willig bist, die ersten Schritte unserer Exkursion zu machen, dann reiche mir die Hand, und wir werden das erotische Universum gemeinsam erleben.

»Wie lange?«

»Was, wie lange?«

»Wie lange warst du hier?«

»Vielleicht vierzig, fünfzig Minuten.«

»Und dann?«

»Was, und dann?«

»Was hast du dann gemacht?«

»Dann bin ich gegangen.«

»Und er?«

»Ist hiergeblieben und hat noch gelebt.«

»Bist du sicher?«

»Ja. Zum Schluss hat er noch gesagt, bis in zwei Wochen. Wie immer. Mehr nicht. Als ich aus dem Zimmer bin, hat er noch gelebt. Ich schwör's.«

»Und das soll ich dir glauben?«

»Es ist die Wahrheit.«

»Warum bist du dann nicht zur Polizei gegangen?«

»Die würde mir doch nicht glauben.«

»Stimmt. Und warum soll ich dir glauben?«

Sie sieht mich an, als wüsste sie es.

»Wie heißt du?«, fragt sie. Ihre Stimme ist wieder fester, und in ihrem Blick liegt nun ein wenig Zuversicht.

»Hài.«

»Meer«, sagt sie. »Schöner Name.« Ihre Angst scheint dahin. »Mach mich los. Na komm. Wir können uns ein bisschen vergnügen. Das ist doch viel besser, als sich gegenseitig das Leben schwer zu machen, oder?«

Erkunde bei einem Treffen, wie abwechslungsreich ich sein kann und wie ich dir Stunden von unbeschreiblicher Lust bereiten kann, die dich den Alltag und alles Unangenehme vergessen lassen.

»Intelligenz, Klarheit, Reinheit, was? Du machst deinem Namen alle Ehre.«

Ich mache sie wieder los. Sie fasst mir zwischen die Beine und lächelt.

»Du hast ja einen Ständer, Süßer«, sagt sie.

»Halt's Maul.« Ich stoße sie weg und zünde mir eine weitere Zigarette an.

»Ich errege dich, und das erstaunt dich, was? Verunsichert dich. Eine Transe macht dich an, eine Transe geilt dich auf.« Jetzt lacht sie übermütig. »Du könntest es dir vorstellen, aber du traust dich nicht.«

»Halt's Maul, hab ich gesagt, und zieh dich an.«

Während Nora sich eingeschnappt anzieht, rufe ich Kleeberg an. Er beglückwünscht mich und sagt, dass er seine Assistentin schickt, um Nora abzuholen.

»Ich muss dich den Bullen übergeben.« Nora wirkt nicht nur enttäuscht, auch ein bisschen wütend. »Wenn du unschuldig bist, kommst du wieder frei.« Sie lacht, als hätte sie ihre Zweifel.

Eine Viertelstunde später sind Mechthild Gotthoff und zwei weitere Kollegen da und führen Nora in Handschellen ab.

»Und Sie?«, fragt Mechthild.

»Ich bleibe hier.«

»Sie wollen hier doch nicht etwa übernachten?«

»Doch.«

Sie schüttelt den Kopf. »Seltsame Methoden.«

»Finden Sie?«

Er saß ihr am Küchentisch gegenüber. Sie hatte beide Füße auf der Stuhlfläche abgestellt. Das lange gelbe T-Shirt war über ihre Knie gezogen. Die Zehen schauten darunter hervor. Die Nägel waren rote Flecken. In Brusthöhe konnte er auf dem T-Shirt in großen, geschwungenen Buchstaben … *it's brain* lesen. Ihre Haare fielen verstrubbelt auf die Schultern, während sie gähnte, ohne dabei die Hand vor den Mund zu halten. Sie war müde, rieb sich die Augen, erzählte von sich. Sie wollte Schauspielerin werden und hatte am nächsten Tag ein Vorsprechen an der renommierten Schauspielschule Ernst Busch.

»Ich bin schon jetzt ganz aufgeregt.«

Er hörte zu, nickte und sah ihren Mund, wie er sich schnell auf und zu bewegte. Dahinter schimmerten weiße Zähne. Sie nippte am Milchkaffee.

»Ui, heiß!« Sie spitzte die Lippen und blies in den Milchschaum. Warme Luft wehte über den Tisch zu ihm herüber. Die kleinen Brüste unter ihrem T-Shirt hüpften. Das … *it's brain* zappelte. Er versuchte zu lächeln und merkte, wie sein Mund, dann das ganze Gesicht verkrampfte.

»Was spielst du vor?«, fragte er, während sie die Tasse zurück auf den Tisch stellte, sich durch die Haare strich und die Hände um die Knie legte.

»Julia.«

»Die Szene mit dem Gift?«

»Ja.«

»Und Doreen?«, fragte er. »Was spielt Doreen?«

»Marie von *Woyzeck*, Büchner. Doreen ist verdammt gut. Die wird's schaffen.«

»Du auch.«

»Hm, ich weiß nicht. Ich bin mir da nicht sicher.«

»Ich aber.«

Sie lächelte und stand auf. »Ich muss los«, sagte sie, als sei es ihr unangenehm, darüber zu reden.

Sie zog sich an.

»Bis heute Abend.«

Sie lag auf der Couch vor dem Fernseher und fragte, ob er sich zu ihr setzen wolle.

»Ich habe Wein gekauft, gegen die Nervosität.«

Er schenkte sich ein Glas ein und setzte sich an das andere Ende. Im Fernsehen lief *Das Fenster zum Hof*, Grace Kelly und James Stewart.

»Da geht etwas vor sich.«

»Das reimt sich nicht zusammen, Jeff. Frauen sind nicht so unberechenbar …«

Sie lachte. Sie stießen an.

»Prost.«

»Prost.«

Irgendwann schlief sie ein; dabei berührten ihre Füße sein Bein. Es waren zehn rote Punkte auf schwarzem Stoff. Er versuchte, sich nicht zu bewegen, schaute ihr beim Schlafen zu, lauschte ihrem gleichmäßigen Atmen, betrachtete den offen stehenden Mund, die Gesichtszüge, die ihn an sich selbst erinnerten. *Sie hat Ähnlichkeiten mit mir*, dachte er. Die Nase, die kleinen Ohren mit den angewachsenen Ohrläppchen. Ihr gelbes T-Shirt war hochgerutscht und das … *it's brain* zerknittert. Unter dem Stoff guckte ein weißes Höschen hervor.

Auf dem Bildschirm wurden Heizdecken verkauft. Eine Anzeige am rechten oberen Rand zeigte an, dass es nur noch 632 Stück gab. Bei 128 Stück schlief er ein. Als er aufwachte, lag sie nicht mehr auf der Couch. Der Fernseher war aus, sein Kopf schmerzte. Hinter den Vorhängen schimmerte es hell.

Sie war im Bad. Er stand im Flur an der Tür und lauschte. Das Wasser rauschte. Sie summte zuerst, dann sang sie, *Hi freaks, look at me/ Autogramme vis-à-vis/ Gegenüber eines Raums/ Der ein anderer ist/ Was wir sehen, bedeutet nichts/ Der sogenannte Realismus/ Fällt nicht weiter ins Gewicht/ Dein Gesicht ist eine Welt/ Deren Umriss mir gefällt …*

Zuerst leise, dann lauter. Das Wasserrauschen endete, und die Tür ging auf.

»Kannst du mir ein Handtuch bringen?« Er hielt dem nackten Arm ein Badetuch entgegen und wartete, bis es im Türspalt verschwand.

»Danke.«

Lange hörte er nichts mehr. Er setzte sich in die Küche und rauchte von ihren Zigaretten.

Als sie weg war, war das Bad noch immer voller Dampf. Auf den Bodenfliesen waren kleine Wasserpfützen. In der Wanne klebten gekräuselte Haare an der Emaille. Das feuchte Badetuch lag zusammengeknüllt auf der Waschmaschine. Der Spiegel war angelaufen. Er wischte mit der flachen Hand über das Glas. Ein verzerrtes Gesicht blickte ihn an, tiefe Falten um den Mund und auf der Stirn. Er wischte den Boden, öffnete das Fenster und hängte das Badetuch auf.

»Und?«, fragte er.

Ihr Daumen ging nach oben. Dann fiel sie ihm um den Hals. »Nur Doreen haben sie nicht genommen«, sagte sie, und die Freude war für einen Moment getrübt. Aber nur bei ihr. Er hingegen war überglücklich.

»Dann sehen wir uns jetzt öfter?«, fragte er.

»Und ob. Bis dahin sind es aber noch ein paar Monate.«

Er wagte nicht, zu fragen, ob sie bei ihm wohnen wolle, wenn sie nach Berlin zog. Vielleicht ginge das alles zu schnell; womöglich bräuchte sie Zeit.

»Jetzt fahre ich erst mal zurück. Im Herbst bin ich dann wieder hier und such mir 'ne Wohnung. Bis dahin können wir ja telefonieren.«

Er nickte, war ein wenig enttäuscht, ließ sich aber nichts anmerken.

»Ja.«

Sie packte ihre Tasche.

»Grüß deine Mutter.«

»Ich weiß nicht, ob sie sich darüber freut.«

Sie zog die Wohnungstür hinter sich zu. Er stand noch immer im Flur, verweilte noch lange an der Tür, hörte ihre Schritte auf dem langen Hausflur. Dann den Aufzug.

Er ging zurück ins Wohnzimmer und schaute aus dem Fenster. Es regnete. Er schwankte zwischen Hochgefühl und Trauer, zwischen unfassbarem Glück und unerträglicher Entbehrung.

Unten auf der Straße tauchte sie ganz klein auf. Sie drehte sich um und schaute nach oben. Er winkte. Dann überquerte sie die Straße, verschwand am Park Inn Hotel und bog ab zum Alexanderplatz. Als sie nicht mehr zu sehen war, schlug er das Plumeau auf der Couch zurück – das T-Shirt! Das gelbe T-Shirt lag auf dem Laken –

it's war zu sehen, *brain* verdeckt. Er legte sich auf die Couch, drückte das T-Shirt an sich und zog das Plumeau bis über die Nase hoch. Draußen klopften Regentropfen an die Fensterscheiben.

Ich stehe nackt am offenen Fenster. Gegenüber leuchtet der Fernsehturm. Die Spitze blinkt rot. Ich rauche und puste den Qualm hinaus in die warme Sommerluft. Auf dem Alexanderplatz sind Touristen unterwegs; einige sind betrunken, schwanken ineinander gehakt umher. Frauen kreischen kurz und laut auf. Am Brunnen sitzen Punks mit ihren Hunden im Halbrund, lassen Bierflaschen kreisen, während ihre Hunde sich balgen.

Ich bediene mich an der Minibar. Stefan Ehrenfeld hat dasselbe getan. Die Spirituosen im kleinen Zimmerkühlschrank waren am Morgen leer. Sein Alkoholgehalt im Blut betrug nach der Obduktion noch 1,2 Promille. Womöglich stand auch Ehrenfeld hier am Fenster, bevor Nora kam. Vielleicht auch danach noch, als sie wieder weg war. Er hat einen Cognac getrunken, auf den Platz hinuntergeschaut und seine Befriedigung genossen. Spermaspuren befinden sich am schlaffen Schwanz, was durch die Obduktion belegt ist. Vielleicht hatte er auch Gewissenbisse. Womöglich machte er sich zum wiederholten Male Vorwürfe, es mit dieser kleinen Nutte getrieben zu haben, während seine Frau fest davon ausging, er sei gerade in Stuttgart oder München, um wieder ein Sterne-Restaurant im Auftrag einer Gourmet-Zeitschrift zu testen.

Womöglich war ihm seine Frau aber auch egal. Schon lange verband ihn nichts mehr mit ihr. Die Kinder waren mittlerweile erwachsen und aus dem Haus. Seine Frau interessierte sich schon lange nicht mehr für ihn. Sie spielte Bridge, traf sich mit ihren steinreichen Freundinnen und reiste viel. Wahrscheinlich war es ihr völlig egal, mit wem ihr Mann ins Bett ging – so wie es ihm egal war, was seine Frau trieb. Er hätte sich eigentlich schon längst von ihr scheiden lassen sollen. Sie wollte aber nicht. Sie wollte die Fassade aufrechterhalten. Sie wollte nach außen hin eine heile Welt. Ein Spiel, in das sie beide ungefragt einwilligten. Ehrenfeld war es gleich. Solange er die kleine Transe zweimal im Monat ficken konnte und neben ihr womöglich noch andere, fehlte ihm nichts.

Wahrscheinlich war er ganz in Gedanken gewesen, als es an seiner Zimmertür geklopft hatte. Vermutlich erschrak er kurz und sagte sich, Nora hätte etwas vergessen. Vielleicht hatte er sich suchend im Zimmer umgeblickt, hatte auf die Schnelle aber nichts entdecken können. Dann hatte er sich das Handtuch um die Hüfte gewickelt, war ein wenig säuerlich zur Tür gegangen und hatte für einen kurzen Moment überlegt, ob er Nora noch einmal ins Zimmer bitten sollte, da er plötzlich wieder eine leichte Geilheit spürte. Ich könnte sie ausnahmsweise ein zweites Mal vögeln, dachte er sich vielleicht und öffnete die Tür.

Und dann erschrak er ein weiteres Mal. Denn vor der Tür hatte nicht Nora gestanden, sondern jemand anders, den er nicht kannte. Noch mehr allerdings erschrak er über die Mündung der Pistole, in die er geradewegs blickte. Vielleicht dachte er in diesem Moment daran, die Tür einfach wieder zuzuschlagen. Aber er hätte es nicht nur denken, sondern auch tun sollen. Zum Denken und Handeln war die Zeit zu kurz. Noch ehe er reagieren konnte, hatte ihn ein Schlag am Kopf getroffen. Die Obduktion ergab ein Hämatom an der Stirn. Vermutlich von einem stumpfen Gegenstand. Es musste die Waffe des ungebetenen Gastes gewesen sein. Ehrenfeld war zurückgewichen; sein Handtuch war heruntergerutscht und zu Boden gefallen. Sein Mörder hatte das Zimmer betreten und die Tür hinter sich geschlossen, hatte Ehrenfeld zum Bett gedrängt und seine Hände mit Handschellen an die Bettpfosten gefesselt. Dann hatte er ihm mit Klebeband den Mund verschlossen …

Ich lege mich nackt aufs Bett, fessle meine linke Hand ebenfalls mit einer Schelle an den einen Bettpfosten und umklammere mit der rechten den anderen. So muss Ehrenfeld dagelegen haben, ausgeliefert, hilflos, ratlos. Vor ihm der Eindringling, der bald darauf angefangen haben muss, an ihm herumzuschneiden und Wasabi in seinen Körperöffnungen zu verteilen. Der Täter wollte ihn erniedrigen, quälen, ihn langsam krepieren sehen. Er wollte ihn nicht nur umbringen, er wollte, dass der Mann Höllenqualen leidet. So wie er selbst vielleicht gelitten hatte.

Es war eine Abrechnung, geht es mir durch den Kopf. Plötzlich wird mir klar, dass Ehrenfeld seinen Mörder gekannt haben muss. Die beiden hatten eine Rechnung offen, die in der Todesnacht beglichen werden sollte. Ehrenfeld muss den Täter ähnlich verletzt haben, wie er nun von ihm verletzt wurde. Ich sehe die Bibel auf dem Nachttisch. Aug um Aug, Zahn um Zahn. Es war eine Vergeltung gewesen, ein Racheakt. Die beiden muss etwas verbunden haben. Der Schmerz, womöglich. Sie hatten eine gemeinsame Geschichte. Eine Geschichte, die auf Erniedrigung und Hass gründete. Diese Geschichte ist der Schlüssel. Der Schlüssel zum Mörder.

Über diese Gedanken schlafe ich ein. Ich schlafe in dem Bett, in dem der tote Stefan Ehrenfeld gelegen hat. Erstaunlicherweise schlafe ich besser als in der Wohnung einen Steinwurf entfernt in der Memhardstraße. Womöglich ist es auch der Alkohol, der mir die tiefe Ruhe beschert.

Aber auch einen abscheulichen Traum. Ich träume von einem Gesicht mit einem Loch in der Stirn. Es ist wieder das Gesicht des Jungen, der dabei lacht und andauernd sagt, »Schieß doch, du Verräter, schieß doch endlich!« Ich drücke immer wieder ab, bis seine Stirn perforiert ist wie ein Nudelsieb. Trotzdem ist er nicht tot. Er lacht immer lauter und schreit: »Versager! Unschuldige Kinder töten, das kannst du, sonst nichts!«

Ich wache schweißgebadet auf, als es an der Tür klopft. Vor dem offenen Fenster ist es bereits hell. Noch ehe ich reagieren kann, kommt das Zimmermädchen herein. Sie erschrickt, als sie mich sieht, nackt und noch immer ans Bett gekettet. Rasch wendet sie den Blick ab und verlässt auf der Stelle das Zimmer. Ich befreie mich, stehe auf und bin froh, dass ich noch lebe. Ich bin wirklich froh, dass ich noch lebe.

ICH

Der Hotelmanager ist wenig kooperativ. Er gibt sich beschäftigt, klagt über Zeitmangel und darüber, dass immer alle etwas von ihm wollen.

»Ich bin doch nicht die Heilsarmee!«

»Und ich bin nicht alle«, sage ich und zeige ihm das hässlichste Gesicht, das ich um diese Uhrzeit zustande bringe. Was ihn aber keineswegs einschüchtert.

»Außerdem will ich nur, dass Sie mich tun lassen, was ich tun muss, verstehen Sie?«

Es sieht nicht danach aus, als hätte er ein Einsehen oder gar Verständnis. Selbst nachdem ich ihm meine Plastikkarte zeige, scheint er wenig gewillt, mich bei der Arbeit zu unterstützen. Als ich ihn um die Videokassetten der Überwachungskamera des Tattages bitte, sagt er nur, dass das alles bereits ausgewertet worden sei.

»Ihr Kollege war doch schon hier und hat sich die ganzen Aufnahmen angeschaut. Wie oft wollen Sie denn noch …«

»Sie wollen doch nicht die Ermittlungen behindern, oder?«

Er sieht mich erstaunt, auch ein wenig beleidigt an.

»Ich will gar nichts. Am liebsten will ich meine Ruhe, verstehen Sie?«

»Das verstehe ich gut. Und wenn ich Ihnen etwas verraten darf, ich auch. Aber da draußen läuft ein gefährlicher Serientäter herum, und Sie möchten doch sicher nicht, dass er eines Nachts bei Ihnen im Flur steht.«

Der Hotelmanager scheint zu überlegen, ob sein erst kürzlich ausgewechseltes Haustürschloss ihn davon abhalten könnte.

Ich schüttle den Kopf. »Es gibt nur eine einzige Sicherheit, und die besteht darin, den Täter festzusetzen. Dafür muss ich aber einen Blick auf die Aufnahmen werfen.«

Der Hotelmanager führt mich, zwar wenig erfreut, aber nicht mehr so widerwillig, in einen kargen, fensterlosen Büroraum, in dem mehrere Monitore und drei Abspielgeräte stehen. In Kisten und Regalen an der Wand befinden sich Videobänder. Es muffelt, und der Sauerstoffgehalt der Luft ist so gering, dass mir beinahe schwindlig wird. Der Hotelmanager greift in eine der Kisten und reicht mir ein Band, auf dessen Rücken 24.7. steht.

»Das ist es.« Er atmet tief aus, als würde auch ihm die schlechte Luft zu schaffen machen. »Ich hoffe, Sie kommen jetzt alleine zurecht.«

»Danke«, sage ich und füge stumm hinzu: *Und jetzt hau ab, du Arsch.*

Ich lege das Band ins Gerät ein und spule vor. 20:30 Uhr erscheint auf dem Timecode. Die Hotellobby und der Rezeptionstresen mit den zwei Empfangsdamen sind zu sehen. Eine davon ist die Blondine, die mir am Vorabend den Schlüssel ausgehändigt hat. Leute durchqueren die Lobby, die meisten ohne Koffer. Manche lassen sich den Schlüssel geben, andere gehen direkt zu den Aufzügen. So geht das fast dreißig Minuten lang. Ein für diese Uhrzeit ungewöhnlich reges Treiben ist zu beobachten.

Um 21:04 Uhr taucht Nora in der Hotellobby auf. Zielstrebig kommt sie von links ins Bild. Ohne sich an die Rezeption zu wenden, geht sie direkt zum Lift. Sie wartet ein paar Sekunden, bis einer der Aufzüge im Erdgeschoss ankommt.

Ich lasse diese Passage immer wieder ablaufen. Nora kommt zum fünften Mal ins Bild, steht am Aufzug, drückt den Knopf und wartet. Die Aufzugstür öffnet sich, sie geht hinein, greift in ihre Handtasche und holt etwas heraus. Die Aufzugstür schließt sich, und der Lift setzt sich in Bewegung. Was holt sie aus der Tasche? Womöglich ihr Handy. Wahrscheinlich ruft sie Ehrenfeld an, um ihn wissen zu lassen, dass sie gleich bei ihm sein wird. Vermutlich ist es so verabredet. Auf jeden Fall scheint sie genau zu wissen, was sie tut. Routiniert und professionell. Kaum eine Minute später dürfte sie an die Zimmertür im zehnten Stock geklopft haben. Dr. Stefan Ehrenfeld öffnet. Sie vergnügen sich. Nach dem Geschlechtsakt raucht Nora noch eine Zigarette. Um genau 22:06 Uhr taucht sie erneut am Aufzug auf und verlässt das Hotel so zielstrebig, wie sie gekommen war.

22:06 Uhr. Das sind 66 Minuten im Hotel, davon höchstens 64 bei Ehrenfeld im Zimmer. Ich drücke die Stopp-Taste. Dem Obduktionsbericht zufolge trat der Tod Ehrenfelds zwischen 23:00 Uhr und Mitternacht ein. Entweder hat Nora ihn schwer verletzt zurückgelassen, oder nach ihr hat – wie von mir im Zimmer durchgespielt – noch jemand anders Ehrenfeld besucht, um das anzurichten, was am nächsten Morgen vom Zimmermädchen vorgefunden wird.

Ich drücke erneut auf »Wiedergabe«.

Und dann sehe ich es: Teile des Ziffernblatts der Wanduhr in der Hotellobby neben dem Aufzug. Der kleine Zeiger steht nicht waagerecht, sondern nach oben verschoben. Wenn es neun wäre, müsste er waagerecht stehen, aber es ist *nach* einundzwanzig Uhr. Der kleine Zeiger steht auf dem ersten Strich nach der Neun, der große Zeiger auf der Eins. Der Timecode auf dem Band hingegen zeigt 21:04 Uhr an. Auf dem Timecode ist es genau eine Stunde früher als auf der Uhr an der Wand.

Ich lasse wieder den Hotelmanager kommen.

»Was ist denn nun schon wieder?« Seine Laune ist noch schlechter als zuvor.

»Fällt Ihnen etwas auf?«, frage ich und deute auf das Standbild des Monitors.

»Machen wir jetzt Rätselraten?«

»So was Ähnliches.«

»Was soll das?«

Ich tippe mit dem Finger auf den kleinen Zeiger der Wanduhr auf dem Bildschirm und gleichzeitig auf den eingeblendeten Timecode am unteren Rand des Monitors. Der Hotelmanager scheint nicht zu verstehen.

»Hier zeigt die Digitalanzeige 21:04 Uhr an. Richtig?«

»Richtig.«

»Und hier?« Ich deute auf die Uhr an der Wand. »Sehen Sie die Zeiger?«

»Ich bin ja nicht blind.«

»Und was sehen Sie?«

»Zehn.«

»Exakt. Dabei ist der große Zeiger nicht gänzlich zu sehen. Ich nehme mal an, er steht kurz vor der Eins. Also ist es 22:04 Uhr.«

Der Hotelmanager ist sich offenbar noch immer nicht im Klaren, was das Ganze eigentlich soll.

»Also?«, frage ich. Er verzieht das Gesicht, als würde er damit in den Kreis der Hauptverdächtigen geraten.

»Eine von beiden Uhren stimmt nicht.«

Er furcht die Stirn. »Wie kann das sein?«

»Winterzeit!«, sage ich triumphierend.

»Hä?«

»Kann es sein, dass die Uhr des Timecodes noch die Winterzeit anzeigt, während die Wanduhr in der Hotellobby auf die Sommerzeit umgestellt wurde?«

»Kann sein«, sagt er lapidar.

»Kann sein?« Mein Ton verschärft sich. »Ich gebe Ihnen genau fünf Minuten, egal ob Winter oder Sommer, und Sie sagen mir, welche Zeit im Timecode angezeigt ist, verstanden?«

Ohne ein Wort verlässt der Hotelmanager den Raum. Schon nach zwei Minuten ist er wieder zurück. »Winterzeit«, sagt er. Es hört sich an wie »Wichser«. Dann verschwindet er postwendend wieder.

Das ist es! Nora kam genau eine Stunde später als angenommen zu Ehrenfeld. Was sie allerdings noch weniger entlastet. Dennoch bestätigt es meine Annahme, dass hier etwas faul ist. Ich knöpfe mir erneut das Band vor. Kaum ist Nora verschwunden, taucht um 22:08 Uhr inmitten einer Gruppe von Männern, die sich leicht schwankend zur Rezeption bewegen, eine Person in der Hotellobby auf, fast wie ein Schatten, der auf direktem Weg zum Aufzug huscht. Schwarzer Trenchcoat, schwarze Hose, schwarzer Hut, tief ins Gesicht gezogen. Der Mann sieht aus wie Django in den Italo-Western von Sergio Corbucci. Er bewegt sich so geschickt, dass er nur von hinten zu sehen ist. Ich spule vor, bis Django um 23:57 Uhr erneut am Aufzug auftaucht und verschwindet. Er war also fast zwei Stunden im Hotel.

Komisch. Was hat er da gemacht? Vielleicht war er es, der bei Ehrenfeld gewesen ist, nachdem Nora gegangen war! Dann könnte Django der Täter sein.

Immer wieder schaue ich mir die Aufnahmen an und

muss dabei feststellen, dass sich mit dem ausgedruckten Bild nichts anfangen lässt. Für ein Fahndungsfoto taugt es nicht. Würde dieses Foto veröffentlicht, gäbe es Tausende von Hinweisen, aber keinen, der weiterhelfen würde.

Ich lasse die beiden Empfangsdamen kommen, die zur Tatzeit Dienst hatten. Die Blondine wirkt eingeschüchtert, nachdem ich ihr meine Plastikkarte gezeigt habe. Ich lege den Frauen das vergrößerte Bild von Django auf den Tresen.

»Können Sie sich an den Mann erinnern?«

Beide verneinen.

»Haben Sie ihn vielleicht davor oder danach schon einmal gesehen?«

»Das könnte doch jeder sein«, sagt die Blondine. Es klingt wie ein Vorwurf.

Stimmt. Jeder und keiner.

ICH

Ich stehe im kalten Flur. Das Licht ist aus. Durch seltsame Geräusche werde ich wach.

Ich war vielleicht zehn Jahre alt, und wir lebten bereits seit ein paar Jahren im Westen. Es war spät in der Nacht, vielleicht zwei, drei Uhr. Ich hatte mich im Schlafanzug aus meinem Kinderzimmer geschlichen, auf Zehenspitzen den Flur entlang zum Schlafzimmer meiner Mutter. Dahinter waren Geräusche zu hören. Stimmen. Atmen. Ich drückte mein Auge an das zugige Schlüsselloch. Was ich sah, verschlug mir den Atem. Es machte mir Angst und weckte gleichzeitig meine Neugier. Ich hatte sofort das Gefühl, etwas Verbotenes zu tun. Die Nachttischlampe brannte. Auf dem Bett lag meine Mutter. Sie war nackt. Über ihr kniete ein Mann, ebenfalls nackt. Ich bekam immer nur Ausschnitte zu sehen, die aber in meinem Kopf zu einem Film mit vierundzwanzig Bildern pro Sekunde montiert wurden. Mein Schädel war die Spule, die Netzhaut wurde zur Projektionsfläche.

Erste Sequenz: Meine Mutter sitzt auf dem Mann und bewegt sich immer wieder rauf und runter. Zuerst langsam, dann immer schneller. Ihre Hände stützen sich auf seinen Knien ab. Schnitt, zweite Sequenz: Meine Mutter kniet auf allen vieren vor dem Mann, der hinter ihr kniet und seinen Unterleib vor und zurück bewegt, wobei er ihr mit der flachen Hand auf den Hintern schlägt und keucht, Ich fick dich! Ich fick dich!, während meine Mutter dazu noch lauter stöhnt. Schnitt, dritte Sequenz: Das Gesicht meiner Mutter ist zwischen den Beinen des Mannes, und sein Gesicht zwischen ihren.

Fortwährend wiederholten sich die Sequenzen, ratterten wie ein Endlosband in meinem Kopf. Gebannt schaute ich ihnen zu und vergaß dabei das Schlucken, sodass mir der Speichel aus den Mundwinkeln auf den Boden tropfte. Irgendwann blieben beide erschöpft auf dem Bett liegen. Ich schlich mit tauben Beinen, aber zittrigen Knien zurück in mein Zimmer. Bis zum Morgen lag ich wach, während mir die Bilder wie Statuen aus Stein vor Augen standen.

Am nächsten Morgen saß der Mann im Bademantel mit meiner Mutter am Tisch und schmierte sich ein Marmeladenbrötchen.

»Ich bin Rainer«, sagte er, als ich hereinkam. Meine Mutter, die danebensaß, legte ihm demonstrativ den Arm um die Schultern, als wollte sie sagen: Der gehört ab jetzt zu mir.

»Rainer kommt jetzt öfters«, sagte Mutter. Der Mann bekräftigte es durch mehrmaliges Kopfnicken und streckte mir die Hand entgegen.

»Ich fick dich!«, rief ich und rannte aus der Küche mit der festen Absicht, den Mann umzubringen.

Ich brachte ihn natürlich nicht um. Stattdessen musste ich mich bei ihm entschuldigen, weil meine Mutter drohte, mich andernfalls ins Internat abzuschieben.

Ich entschuldigte mich. Rainer war nicht nachtragend, gab sich locker. »Ich verstehe dich ja«, sagte er. »Wir mögen nun mal die gleiche Frau, was?« Er klopfte mir mit der flachen Hand auf die Schulter, wie meiner Mutter in der Nacht auf den Arsch.

Nachher fickt er sie wieder, dachte ich und ertappte mich erneut bei Mordfantasien.

Sie sagte, sie brauche Zeit. Nach all den Jahren ohne ihn müsse sie sich erst an ihn gewöhnen. Er hatte Verständnis. Alles war ihm recht. Er war bereit, in alles einzuwilligen. Er war so froh, dass sie sich wiedergefunden hatten, so glücklich, dass er alles akzeptieren wollte, was sie vorschlug. Alles.

Er hatte die Jahre über mit dem Gedanken gespielt, nach ihr zu suchen. Aber wo hätte er anfangen sollen? Wo mit den Nachforschungen beginnen? Es war ohnehin erst möglich, nachdem die Mauer gefallen war. Aber er hatte keinen Anhaltspunkt. Er wusste nicht einmal, wie sie mit Nachnamen heißt. Außerdem hatte er Angst, sie könnte ihn ablehnen, nach all den Jahren. Dass sie ihm Vorwürfe macht, obgleich er doch gar nicht in die Entscheidung der Mutter eingeweiht gewesen war. Sie war doch einfach abgehauen, ohne mit ihm darüber zu reden. Mit seinem Kind im Bauch. Er fürchtete sich jahrelang davor, dass sie bei einem Wiedersehen sagen könnte: »Was willst *du* denn hier?« Diese Bedenken ließen ihn in Untätigkeit erstarren. Er wollte nicht riskieren, sie für immer zu verlieren. Die Hoffnung, dass *sie* irgendwann den ersten Schritt macht, war größer.

Als sie dann vor der Tür stand, konnte er sein Glück gar nicht fassen. Er weinte, zum ersten Mal in seinem Leben. Zumindest konnte er sich an keine Tränen zuvor erinnern. Sie gab sich abgeklärter und sagte, ab jetzt würden sie alles nachholen, was sie verpasst hatten.

»Aber schön langsam, gell?«

Er nahm sie in den Arm, als wollte er sie nie mehr loslassen.

Von dem Tag an, als sie sich in sein Leben mischte, hatte keine andere Frau mehr Platz darin. Nur drei Monate später trennte er sich von seiner langjährigen Freundin, die er vor nicht allzu langer Zeit sogar noch hatte heiraten wollen.

Irgendwann mietete er dann die Wohnung neben seiner in der Hoffnung, dass sie bald dort einziehen würde. Sie tat es. Ein Jahr später. Und fand es ideal, einander so nah zu sein und sich doch nicht auf die Pelle zu rücken, wie sie sagte.

Er wäre ihr gerne mehr auf die Pelle gerückt, aber er hielt sich zurück. Versuchte heimlich, mehr über sie zu erfahren. Wenn sie nicht da war, schlich er in ihrer Wohnung herum. Er hatte vorsorglich einen Schlüssel nachmachen lassen. Mit schlechtem Gewissen, aber wie unter Zwang durchsuchte er ihre Schubladen, las Notizen, studierte ihren Terminkalender. Schon bald war er bestens informiert über ihr Leben. Er wusste, was sie bedrückte, was sie erfreute, und lernte ihre Freunde kennen, auf die er ein wenig eifersüchtig war. Wenn sie traurig war, wusste er, wie er sie trösten und aufheitern konnte. War sie froh, teilte er die Freude mit ihr. Sein Wissen erlaubte es ihm, immer richtig zu reagieren. Meist mit Verständnis, mit Ratschlägen, Zuspruch, manchmal auch mit mahnendem Druck. Das alles hatte zur Folge, dass sie ihn zunehmend näher an sich heranließ.

Als sie das Schauspielstudium beendete, schien alles, als wäre es nie anders gewesen. Diese gemeinsamen vier Jahre schienen die fehlenden zwanzig Jahre ersetzt zu haben. Es war die ideale Vater-Tochter-Beziehung. Davon war er überzeugt.

In dieser Zeit unternahmen sie viel miteinander. An ihrem 24. Geburtstag sagte Doreen, ihre beste Freundin: »Wenn man nicht wüsste, dass ihr Vater und Tochter seid, könnte man glatt denken, ihr wärt ein Paar.« Sie tippte sich an die Stirn, und er wurde ein wenig rot. Dann lachte Doreen und sagte: »Aber das geht ja gar nicht, Kitty hat ja ’nen anderen!« Jetzt wurde *sie* ein wenig rot, während er sich wunderte, in ihren Aufzeichnungen nichts darüber gefunden zu haben.

»Blöde Kuh!«, sagte sie und tätschelte Doreen mit der flachen Hand den Hinterkopf. Woraufhin Doreen noch mehr lachte. Er gab sich wie immer abgeklärt und verständnisvoll.

»Und wann bekomme ich den Prinzen zu Gesicht?«, fragte er und rang sich ein Lächeln ab.

»Bald.«

Er stellte ihre Wohnung auf den Kopf, fand aber keinen Hinweis. Nichts.

Nach der Sommerpause begann ihr erstes Engagement.

»Ein Glücksfall«, sagte sie. »An einem der größten Theater der Stadt, das ist wunderbar!«

Er freute sich mit ihr.

Von da an hatte sie nur noch wenig Zeit. Er sah sie kaum noch. Sie war fast immer bei den Proben, im Theater, obwohl sie anfangs nur kleine Rollen spielte. In den modernen Stücken wurde sie immer für die braven Rollen, die biederen besetzt. Nie durfte sie die Wilden und Verruchten, die Durchgeknallten spielen. Das war nicht ihr Rollenprofil, wie die Regisseure befanden. Sie sah nicht wild aus, schon gar nicht durchgeknallt. Sie sah aus wie die brave Tochter.

»Du *bist* eine brave Tochter«, sagte er.

»Na und?«, entgegnete sie. »Trotzdem würde ich gerne mal was ganz anderes spielen. Einen Charakter, bei dem ich mich mal richtig gehen lassen kann, verstehst du?«

»Das kommt schon noch«, sagte er und nahm sie in den Arm. »Du brauchst nur ein bisschen Geduld.«

Und dann kam die Marie, Büchner, *Woyzeck*. Und mit ihr *die* Chance.

»Deine Chance«, sagte er, und sie jubelte, als hätte sie das große Los gezogen. Sie hüpfte im Zimmer auf und ab und fiel ihm um den Hals.

»Endlich.« Sie freute sich auf die Rolle. Und hatte von da an gar keine Zeit mehr, auch nicht für ihn.

»Lange kommt nichts, und dann alles auf einmal«, sagte sie. Er rätselte, was sie damit meinte.

Erst als er ein Telefonat mit Doreen belauschte, wusste er, wie das zu verstehen war: Der Jubel war nicht nur der Rolle geschuldet, auch der Liebe. Die bald zur enttäuschten Liebe werden sollte.

Ein paar Wochen später sah er sie heulend am Fenster stehen.

»Was ist?«, fragte er.

»Nichts. Geht schon wieder.«

Doch auch in der Zeit davor schien sie völlig durch den Wind zu sein. Ob es die anstrengenden Proben im Theater waren, die Meinungsverschiedenheiten mit dem Regisseur oder der Bastard, der ihr über den Weg gelaufen war und ihr den Kopf verdreht hatte, wusste er nicht.

Ab und zu war Doreen nach der Probe bis spät in der Nacht bei ihr. Sie redeten viel. Manchmal, das Ohr an die Wand gedrückt, hörte er sie weinen.

Nach der Generalprobe war sie völlig am Ende. Einen

Tag später, kurz vor der Premiere, war es noch schlimmer. Sie wollte sich krankmelden, die Premiere ausfallen lassen. Alle redeten auf sie ein. Auch er.

Der Intendant sagte: »Das ist normal, die Nervosität. Die erste große Rolle. Das legt sich, wenn sich der Vorhang hebt.«

Sie sah grauenvoll aus. Sie zitterte. Ihr Blick war unruhig und ständig rastlos.

»Benütz es«, sagte der Regisseur und versuchte ihr Mut zu machen. »Das ist *auch* die Marie.«

Er nahm sich frei, kümmerte sich um sie. Er gab ihr Baldrian, zuletzt ein starkes Beruhigungsmittel. Auch er redete ihr gut zu. Auch er war überzeugt, dass nur das Premierenfieber für ihren desolaten Zustand verantwortlich war.

Erst als die Karre ganz im Dreck steckte, erfuhr er, was der eigentliche Grund war.

Ich Idiot, dachte er, *wie kann man nur so blöd sein.*

Erst als der Artikel in der Zeitschrift erschien, die vernichtende Kritik, und sie daraufhin zusammenbrach, vertraute sie sich ihm an. Aber da war es schon zu spät. Da konnte er die Katastrophe nur noch verwalten und darauf hoffen, dass es wieder besser wurde.

Es wurde nicht besser. Es wurde schlechter. Sie ging nicht mehr ins Theater, ließ sich krankschreiben. Die Rolle wurde umbesetzt. Von da an verließ sie kaum noch die Wohnung. Sie lag den ganzen Tag bei zugezogenen Vorhängen im Bett und fing an, sich zu ritzen. Sie aß nichts mehr und wurde immer dünner. Am Ende aß sie nur noch Chips. Mit Wasabi. Anfangs nahm er sie ihr weg, doch irgendwie gelang es ihr, immer wieder an große Mengen von dem grünen Zeug zu kommen. Sie aß es wie Joghurt, als wollte sie sich innerlich verbrennen.

Es trieb ihn langsam in den Wahnsinn. Er war verzweifelt. Er konnte nicht mit ansehen, wie sie schleichend zugrunde ging, wie sie an sich selbst zerbrach. Als sie sich weigerte, psychologische Hilfe anzunehmen, musste er handeln. Er ließ sie nicht mehr aus den Augen und redete unentwegt auf sie ein. Bis sie schließlich einwilligte und sich in die Charité in Berlin-Mitte einweisen ließ. Sie kam in die Klinik für Psychiatrie und Psychotherapie.

»Krokodile können fliegen«, sagt sie. Sie sieht aus, als hätte auch sie lange schon den Boden unter den Füßen verloren.

Die Ärztin scheint wenig beeindruckt. »Und Sie?«, fragt sie. »Was denken Sie darüber?«

Sie weiß nicht, was sie denken soll. Und worüber. Sie hat einmal mehr den Gesprächsfaden verloren. Alles läuft durch sie hindurch. Jeder Gedanke zerplatzt wie eine Seifenblase, ehe er zu Ende gedacht ist. Und jedes Mal knallt es dabei in ihrem Kopf.

»Das wird schon wieder«, sagt die Ärztin. Sie hat es immer wieder beteuert, ohne in stumpfen Optimismus zu verfallen.

Sie hat das Gefühl, die Ärztin ist die Einzige, die sie ernst nimmt. Die ihr nichts vormacht. Die sagt, was Sache ist. »Sie müssen sich Ihrer Krankheit stellen. Sie dürfen den Kopf nicht in den Sand stecken, das hilft Ihnen gar nichts. *Sie* müssen wollen. Es ist nicht leicht. Es wird die größte Herausforderung, die Sie bisher in Ihrem Leben meistern mussten. Die schwerste Rolle, wenn man so will.«

»Ich verspreche Ihnen, dass Sie es schaffen«, sagt die Ärztin. »Aber Sie müssen es *wollen*. Haben Sie verstanden?«

»Und wenn ich nicht will?« Kitty sagt es ganz selbstverständlich, als müsse sie nicht darüber nachdenken. Oder als dächte sie unentwegt darüber nach und hätte sich längst entschieden. »Wenn ich nicht mehr spielen will?«

»Dann haben Sie keine Chance. Dann haben wir keine Chance.«

Sie betrachtet die Ärztin wie ein Bild. Ein schönes Bild. Das Gesicht, die kurzen Haare, die Augen und den sinnlichen Mund, der sie an irgendetwas Schönes erinnert, sie kommt nur nicht darauf. Immer wieder verschwimmt das Bild, scheint sich mit etwas anderem zu vermischen, scheint zu verwischen. Die Konturen lösen sich auf und ergeben ein neues, ebenso schönes Bild.

Ja, die Ärztin ist schön. Sie ist vielleicht zwanzig Jahre älter als Kitty. Sie hat sich immer gewünscht, später mal so auszusehen. Attraktiv, begehrenswert und im Alter noch jung. Ob sie Kinder hat?

»Haben Sie Kinder?«

»Nein.« Die Ärztin lacht, als hätten Kinder nie einen Platz in ihrer Lebensplanung gehabt. Als wäre ihr Leben nur ohne Kinder denkbar.

Es ist ein schönes Lachen, ein befreiendes, aufrichtiges Lachen, denkt Kitty. Ein Lachen, in das man sich genauso verlieben könnte wie in den sinnlichen Mund, der es formt.

Auch in sein Lachen hatte Kitty sich verliebt. Auch sein Mund hatte es ihr angetan. Mit ihm hatte sie sich nicht mehr nur halb gefühlt, mit ihm war sie ganz gewesen.

»Aber irgendwann werden *Sie* bestimmt Kinder haben«, sagt die Ärztin, als wäre es das Normalste der Welt.

»Und wenn ich keine mehr will?« Kitty wirkt kühl, abweisend. Die Ärztin lässt sich nicht davon beeindrucken, scheint für Mitleid nicht empfänglich.

»Ich weiß«, sagt die Ärztin. »Es schmerzt, ein Kind verloren zu haben. Aber Sie sind jung. Sie können diesen Schmerz überwinden, und dann werden Kinder wieder ein Thema in Ihrem Leben sein.«

»Glaube ich nicht.« Es klingt endgültig.

»Warten wir's ab.«

Sie will nicht warten. Sie kann nicht warten. Weder auf Kinder noch auf irgendetwas anderes. Alles erscheint ihr leer, sinnlos. Alles scheint ihr fremd. Auch sie selbst. Jetzt ist sie nicht mehr nur halb, jetzt ist sie gar nicht mehr. Ein Niemand, ein Nichts. Eine kugelrunde Null, die sich danach sehnt, für immer zu verschwinden.

»Kitty?« Es ist die Stimme der Ärztin, die von weit weg an ihr Ohr dringt, einem Windhauch gleich. »Kitty, hören Sie mich?«

Kitty hört sie, sagt aber nichts. Kann nichts sagen, nur schauen und spüren. Sie spürt, dass mit ihr etwas nicht stimmt. Dass ihr Name in Buchstaben zerfällt, die keinen Sinn ergeben.

Kitty? Wer ist das? Wer war das? denkt sie und sagt: »Krokodile können fliegen.« Sie beißt sich auf die Unterlippe, kratzt an den blutigen Nagelbetten ihrer Finger und weiß, Kitty gibt es nicht mehr. Kitty ist bereits tot. Auch wenn die Nagelbetten noch bluten und sie im Arm der Ärztin liegt wie ein Kind. Ein hilfloses Baby. Sie riecht das Feinwaschmittel des Arztkittels. Die Sprühstärke am Kragen, die sie an ihre Kindheit erinnert. *Hoffmanns Sprühstärke*, im Ländle. *Pflegen ist unsere Stärke*.

Sie mischt sich unter das Weiß des Stoffes. Taucht ein in das Weiß des Kittels wie in einen milchigen See, im Sommer, im Schwäbischen, vor langer Zeit. Als wäre die Zeit stehengeblieben und alles noch so wie früher, taucht sie aus dem See auf, als Mädchen mit Zahnspange und Zöpfen, zusammengehalten von zwei Einmachgummis. Die Sonne scheint. Es ist so heiß, dass die Luft flimmert. Sie trägt ihr Lieblingskleidchen mit den großen Blüten darauf und rennt mit ihrer besten Freundin Doreen durch ein Sonnenblumenfeld. So schnell sie können, laufen sie zwischen den Stängeln hindurch und suchen nach dem Ausgang aus diesem unendlich scheinenden Ozean aus Gelb. Immer wieder springen sie hoch, um über die Stängel hinwegzublicken und das Ende des Feldes zu sehen. Und sehen doch nichts als gelbe Blüten, die in der heißen Luft zittern.

So lange, bis sie Doreen verliert. Sie bleibt stehen, dreht sich um, doch Doreen ist verschwunden. Sie ist allein, steht nun auf einer kleinen Lichtung, an einer Stelle, wo alle Blumen umgeknickt und platt gedrückt sind, und findet ein Frauenunterhöschen, das sie an das ihrer Mutter erinnert. Eine Handbreit davon entfernt liegt eine bunte Illustrierte mit Fotos, auf denen die Leute so nackt und schutzlos aussehen, wie sie es nie zuvor gesehen hat. Daneben hängt etwas über einem abgeknickten Stängel, das eklig aussieht und in das ein Knoten geknüpft ist, der an einen Bauchnabel erinnert. Als sie älter ist, schleudert sie selbst einmal, an einem lauen Sommerabend inmitten von Sonnenblumen, ein zugeknotetes Kondom hoch in die Luft. Wie ein abgeschossener Teebeutel landet es auf einer der Blüten.

»Kitty?«

Sie liegt nicht mehr in den Armen der Ärztin. Deren Kittel ist wieder irgendein Kittel, der Waschmittelgeruch irgendein Waschmittelgeruch. Sie ist wieder die Patientin, und die Ärztin ist die Ärztin.

»Schauen Sie mich an«, sagt die Ärztin.

Kitty hebt die Achseln und nickt, als wollte sie die Blüten abschütteln, die Sonnenblumen, die Vergangenheit. Was ihr nicht gelingen will. Wieder verschwindet sie inmitten der Stängel, sucht nach einem Ausgang, einem

Ausweg, springt hoch, blickt über die Blüten hinweg und sieht nichts als eine unendliche Weite und einen blauen Himmel mit Wolken, die lachen und dabei ein Gesicht ergeben. Ein lachendes Gesicht. Sein Gesicht, das fragt, ob sie mit ihm bis ans Ende der Welt gehen wolle. Ja, sagt sie, aber nur, wenn ich beim Laufen keine Blasen bekomme. Er küsst sie, und ehe sie losgehen können, liegen sie auf der Erde. Die Sonnenblumenstängel knicken und knacken und knallen unter ihnen wie das Feuerwerk an Silvester.

Dann liegen sie auf dem Rücken, die verschränkten Arme unter dem Kopf, und schauen den vorbeiziehenden Gesichtern am Himmel hinterher – die Mutter, ihr unbekannter Vater, Hajo, Doreen – und reden von einem Land, in dem sie eine Zukunft haben, das die Zukunft ist. Bis es dunkel wird. Nacht.

»Kitty?«

»Krokodile können fliegen«, sagt sie.

»Na ja, fliegen ist vielleicht ein bisschen übertrieben«, sagt die Ärztin ebenso ernst. »Aber Sie haben recht, sie können springen.«

Sie ist wieder da, zurück aus der Vergangenheit und erstaunt über die Ärztin, die noch immer vor ihr sitzt.

»Manche können springen«, sagt die Ärztin, als wäre sie selbst die Patientin. »Im Norden Australiens, in der Nähe des Kakadu National Parks. Fünf Meter große Krokodile springen aus dem Wasser in die Luft und schnappen nach Fleischbrocken, die an einer Leine hängen.«

Kitty scheint erleichtert.

»Ich hab's gesehen«, sagt die Ärztin. »Mit eigenen Augen. Sie springen hoch, und man glaubt, es ist alles gar nicht wahr.«

ICH

Berlin-Mitte, Leipziger Straße. Von außen sieht es aus wie ein schlecht beleuchtetes Bürohaus. Es ist auch ein Bürohaus, den Klingelschildern nach zu urteilen. In der elften Etage steht »Die andere Seite« neben einem Klingelknopf. Über der Tür ist eine Überwachungskamera installiert.

Ich klingle. Noch ehe ich mein Gesicht dem Objektiv zuwenden kann, ertönt der Türsummer.

Der Aufzug entlässt mich in eine Bar, die aus einem langen Tresen besteht, an dem aber nur eine Handvoll Gäste lehnen und auf das ebenso lange Spirituosenregal vor ihnen starren. Hinter dem Tresen steht ein Barkeeper, der seinen durchtrainierten Körper präsentiert. Er schaut mich gleichgültig an.

»Ich suche Greta«, sage ich, noch ehe er das Wort an mich richten kann.

»Die ist im SM-Bereich. Hier, die Tür durch.« Er zeigt auf eine unscheinbare Tür neben dem Tresen.

Die anderen Gäste an der Bar sehen mir hinterher, als würden sie darüber nachdenken, ebenfalls hinter der Tür zu verschwinden.

Ich tauche in eine fremde Welt ein. Überall fluoreszierendes Licht. Rot. Blau. Ansonsten ist es schwarz. Um mich herum Menschen in Lack- und Lederklamotten mit viel nackter Haut und Halbmasken, die an den Karneval von Venedig erinnern. Ich sehe Gitter an der Wand, an die Männer gekettet sind. Mehrere Käfige in unterschiedlichen Größen, in denen halbnackte Frauen wie Tiere sitzen. Ketten, die von der Decke hängen. Böcke, Liegen, Bänke, Kreuze. Eine Frau geht an mir vorüber. Sie führt einen Mann an einer Leine, der sich auf allen vieren bewegt, mit einem Beißknebel im Mund. In der einen Hand hält die Frau die Leine, in der anderen eine Gerte aus Leder, mit der sie immer wieder auf seinen nackten Hintern eindrischt. Seltsamerweise erregt mich der Anblick.

»Und? Habt ihr ihn schon?« Es ist Greta, die hinter mir auftaucht. Ich werde ein bisschen rot, als hätte sie mich bei etwas Anstößigem ertappt. Sie scheint ebenfalls Teil dieser Inszenierung hier zu sein, auch sie trägt Schwarz. Lackstiefel bis über die Knie, ein kurzes Lackröckchen und ein Oberteil, das gerade mal ihre Brüste verdeckt. Um den Hals ein Nietenband. Die gegelten Haare kleben an ihrem Kopf. Ich erkenne sie fast nicht wieder. Was sie zu amüsieren scheint.

»Wen?«, frage ich. Ihre Aufmachung überrascht mich nicht nur, sie schüchtert mich auch ein.

»Den Mörder.«

»Warum glauben Sie, dass es ein Mann ist?«

»So mordet keine Frau«, sagt sie, während sie sich zu mir beugt und ich wieder ihr Parfüm rieche. Es ist ein Männerparfüm.

»Woher wollen Sie das wissen?«

»Was willst du trinken?«, erwidert sie, ohne auf meine Frage einzugehen, und verschwindet hinter dem lang gezogenen Tresen.

»Was Sie mir bringen.«

»Hier ist man per Du.«

»Sind das Ihre Vorlieben?« Ich deute auf die Gitter und Käfige.

Sie lacht. Durch das fluoreszierende Licht strahlen ihre Zähne unnatürlich weiß.

»Das ist mein Job. Aber wenn du so willst, verbinde ich das Angenehme mit dem Nützlichen.«

Sie stellt einen Cocktail vor mich hin. »Was willst du hier?«

Ich hätte antworten können: »Dich.« Aber ich bin zu feige. »Ich muss mir ein Bild machen«, sage ich stattdessen.

»Immer noch?« Sie weiß, dass das nicht stimmt.

»Von Laura. Was war sie für ein Mensch?«

»Sie lebte in ihrer eigenen Welt. Sie war ein bisschen verrückt, verstehst du? Im positiven Sinne.«

»So wie die da?« Ich zeige auf einen Bock, über dem eine gefesselte, fast nackte Frau liegt, die gerade von einer anderen Frau ausgepeitscht wird.

»Nein, ganz anders. Eher … spirituell. Ich glaube, mit Sex hatte sie wenig zu schaffen. Bei ihr spielte sich alles im Kopf ab. Nach dem Motto: Folge deinem Herzen und deiner Intuition. Alles andere ist zweitrangig.«

»Und du?«

»Was ich?«

»Wie ist es bei dir?«

»Du bist doch nicht wegen mir hier, oder?« Sie lacht. Wieder irritieren mich ihre unnatürlich weißen Zähne.

Ich schüttle den Kopf.

»Ich mag es, wenn du lügst«, sagt sie. »Probier's aus.«

Ich merke, wie die beiden harmlos scheinenden Worte mir den Boden unter den Füßen wegzuziehen drohen. Mir wird mulmig, meine Souveränität schwindet weiter. Ich merke, wie ich anfange, mich bei ihrem Anblick zu verlieren. Und ich kann es nicht verhindern. Von einem Moment auf den anderen werfe ich alles Gelernte über den Haufen. Speichel sammelt sich in meinem

Mund wie beim Pawlow'schen Reflex und droht mich wegzuschwemmen. Ich will jetzt nur noch meine Lust nach ihr befriedigen.

»Noch einen?«, fragt sie.

»Ja.«

»Es ist nicht, wie du denkst.«

»Wie denke ich denn?«

Sie kichert. »Du denkst immerzu.«

Sie schält sich aus dem Bett und geht zum Fenster. Ich sehe rote Striemen auf ihrem Hintern. Auf dem Schulterblatt prangt eine Tätowierung.

»Ich dachte, du magst keine Hyänen.«

»Das ist keine Hyäne, Mann, das ist ein Wolf.« Es hört sich ein bisschen verärgert an. Sie zieht den Vorhang auf. Draußen ist es hell.

Sie verschwindet im Bad.

Ich schalte mein Handy ein. Vier Nachrichten in Abwesenheit. Es ist immer dieselbe Stimme. Kleeberg mahnt, ich solle ihn sofort zurückrufen. Jedes Mal klingt er ungehaltener. Ich wälze mich noch ein wenig im Bett herum, rieche Gretas Geruch und spüre die angetrockneten Flecken auf dem Laken. Um das Bett herum liegen meine und ihre Klamotten verstreut. Ich sehe ihre rote Unterwäsche, den Spitzen-BH, das dazu passende Höschen. Ich merke, wie sich mein Schwanz versteift. Daneben liegen eine kleine Lederpeitsche, Hand- und Fußfesseln und ein Knebelball mit Lackriemen. Ich versuche die Nacht zu rekonstruieren und scheitere immer wieder am Knebelball.

Erst nachdem Greta wieder aus dem Bad kommt, stehe ich auf. Sie hat einen schwarzen Kimono an, auf dem rote Drachen eingestickt sind.

»Ich mache uns Kaffee«, sagt sie, während sie im Vorbeigehen einen Blick auf meinen erigierten Schwanz wirft, dabei mit der Zunge schnalzt und in die Küche verschwindet. Ich höre nur noch Gekicher.

Unter der Dusche sind die Bilder der vergangenen Nacht wieder da. Gegen vier hatten wir Die andere Seite verlassen. Im Aufzug küssten wir uns das erste Mal. Heftiger, als es sich für das erste Mal geziemt. Dann legte sie den Zeigefinger auf meine Lippen und sagte: »Wenn du schweigst, nehme ich dich mit.« Ich sagte nichts.

Wir saßen beide auf der Rückbank eines Taxis, während ihre Hand in meinem Schritt lag. Ich legte meine auf ihren nackten Bauch. Es fühlte sich gut an, fest und straff. Später erzählte sie mir, dass sie mal Leistungssportlerin gewesen sei, Siebenkampf, Geräteturnen, Schwimmen.

In ihrem Schlafzimmer, in dem nur ein großes Metallbett steht und ein ebenso großer Spiegel gegenüber an der Wand hängt, ging es dann ganz schnell, als wäre es die letzte Gelegenheit, es überhaupt jemals miteinander zu treiben. Als die erste Erschöpfung unsere Lust ein wenig abklingen ließ, zog Greta das Sexspielzeug unterm Bett hervor, drückte mir die Lederpeitsche in die Hand und sagte: »Na los, mach schon!«

Es klang eher nach Sado als nach Maso.

Machte ich eben.

»Scheiße!«, sagt sie als Erstes, als sie mich sieht. Es klingt mehr nach einem Schrei als nach einem Wort. Ich stehe im dampfenden Bad, nackt und nass und mit einem Handtuch in der Hand. Sie steht in der Tür, starrt mich an, als käme ich aus einer anderen Welt. Aus einem anderen Universum.

Dann schlägt sie die Tür wieder zu. Es knallt. Jetzt erschrecke auch ich mich. Ich wische den Dunst vom beschlagenen Spiegel und sehe mich selbst. Die letzten zwei Jahre haben mir zugesetzt und mich stärker altern lassen als die zusammengenommenen zehn Jahre davor. Dennoch könnte ich mit dem, was mir aus dem Spiegel entgegenblickt, zufrieden sein. Es reicht noch immer, um bei einer Frau wie Greta zu landen.

Aber alles, was ich in der letzten Zeit aus meinem Leben zu verbannen versucht hatte, ist in dieser Stadt schlagartig wieder zurück. Sex, Alkohol, Drogen, die Unstetigkeit des Lebens. Ich sehne mich zurück ins Donautal, ins Kloster, wo das Leben außen vor bleibt. Wo ich abgeschirmt und enthaltsam mir selbst ausgeliefert bin, auch wenn es wehtut. Dort kann ich nicht weglaufen, den Schwanz einziehen. Ich muss mich mit mir selbst auseinandersetzen, den biografischen Müll durchwühlen und erkennen, dass mein jahrelang aufrechterhaltenes Selbstbildnis bröckelt. Hinter dem ach so tollen Hài schimmert ein psychisch labiles Würstchen durch, voller Ängste und Neurosen. Es graust mir vor ihm.

In Berlin hingegen ist Ablenkung das Zentrum, um das ich kreise wie Motten um einen brennenden Docht. Auch wenn ich nicht sofort verbrenne; langsames Verglühen ist wahrscheinlich. Mit dem Blick in den Spiegel weiß ich, dass es ein Fehler war, hierher zurückzukommen. Es ist unmöglich, da wieder einzusteigen, wo man einmal rausgeflogen ist. Es ist idiotisch, so zu tun, als wäre nichts gewesen. Ich entgleite mir, und mit mir der Fall des Wasabi-Mörders.

Als ich in die Küche komme, sitzt die schreiende Frau neben Greta am Tisch. Plötzlich dämmert es mir.

Greta grinst. »Doreen wohnt vorübergehend auch hier«, sagt sie.

Doreen? überlege ich. *Da war doch was …*

Doreen sieht mich an, als wolle sie es bestätigen.

»Du erinnerst dich nicht mehr, stimmt's?«, sagt Greta, als hätte es auch Doreen die Sprache verschlagen. »Weinbergspark. Es ist schon ein Weilchen her.«

»Wir haben gefickt!« Es ist Doreen, die mir diese Worte entgegenschleudert.

Kann sie also doch sprechen, denke ich. Aus ihrem Mund klingt es vulgär, hässlich, auch verbittert, während mir einfällt, dass sie die Frau von der Filmproduktionsfirma sein muss.

Jetzt schieben sich die Bilder wie Dias durch meinen Kopf. Die Premierenparty im Nola's. Koksen auf dem Klo. Tanzen. Knutschen. Dann ein nächtlicher Quickie im Park beim Kinderspielplatz. Doreen – den Namen hatte ich vergessen, auch das Gesicht. Sie sitzt am Tisch, den Kopf mit der einen Hand aufgestützt, raucht und starrt mich dabei an, als hätte ich große Schuld auf mich geladen.

»Kitty ist tot.« Doreen sagt es, als wäre damit alles klar. Nichts ist klar. Nicht für mich. Gar nichts.

»Kitty?« Wieder ein Name, mit dem ich wenig anzufangen weiß. Den ich erfolgreich verdrängt habe. Ich denke an die tote Laura.

»Du Arsch!« Doreen drückt die Zigarette im Aschenbecher aus und stürmt an mir vorbei aus der Küche. Sie kommt nicht wieder. Ich sitze zusammen mit Greta schweigend am Tisch. Ehe einer von uns etwas sagen kann, klingelt mein Handy.

»Wo stecken Sie, verdammt noch mal?« Es ist Kleeberg. Er ist außer sich. »Wir haben eine weitere Leiche.«

Er gibt mir die Adresse durch und legt auf, ohne sich zu verabschieden.

»Ich muss los.«

»Sehen wir uns wieder?«, fragt Greta.

Ich kritzle meine Telefonnummer an die Tafel neben dem Gewürzregal.

»Hài?«

»Ja.«

»Doreen meint das nicht so.«

Als ich über den Flur gehe, höre ich Doreen im Bad weinen.

Die Ärztin glaubte, alles besser zu wissen. Sie behandelte ihn wie einen Idioten. Selbstgefällig saß sie an ihrem gläsernen Schreibtisch, die Beine lässig übereinandergeschlagen. Sie sah so verlogen aus wie eine Figur aus der Fernsehwerbung. Ein falsches Lächeln hing schief in ihrem Gesicht, als sie sagte, er könne ihr nicht helfen.

»Wenn überhaupt, kann Kitty nur sich selbst helfen. Wir können sie mit einer Therapie hier in der Klinik allenfalls unterstützen. Das verstehen Sie doch?«

Nein, er verstand es nicht. Sie merkte es, wählte nun den direkten Weg und sagte ohne Umschweife: »Wir werden Ihre Tochter entlassen. Wir können sie nicht mehr hierbehalten.«

»Was?« Es traf ihn wie ein Schlag.

»Wir können ihr hier nicht mehr helfen.«

»Aber Sie sagten doch gerade, dass nur Sie meine Tochter …«

»Unterstützen können, ja«, ging sie dazwischen. »Mehr nicht. Aber wenn sie gesund werden möchte, muss sie hier raus.«

Er sah die Ärztin an, als hätte sie damit ihr Todesurteil verkündet. Das schiefe Lächeln war noch immer da.

»Das dürfen Sie nicht«, sagte er leise, wie zu sich selbst. »Das wird sie umbringen.«

»Nein, ich glaube nicht.« Sie schüttelte den Kopf und spielte mit dem Stift in der Hand. Die andere Hand lag ruhig auf dem Schreibtisch.

»Sie glauben? Haben Sie gerade gesagt, Sie *glauben*?«

»Hören Sie, Ihre Tochter muss ihren Platz im Alltag wiederfinden. Wir helfen ihr, indem wir sie medikamentös einstellen, das hält die Depressionen im Zaum. Ich therapiere sie weiter in meiner Praxis. Dennoch muss sie sich im Leben wieder alleine zurechtfinden, und das kann sie am ehesten draußen. Ich bin sicher, sie wird es schaffen.«

Sie legte den Stift auf den Tisch und schloss mit der anderen Hand die Krankenakte, als wäre damit alles gesagt.

»Und wenn nicht?«

Sie blickte ihn herausfordernd, auch eine Spur verächtlich an.

»Wir müssen ihr eine Chance geben. Auch Sie. Die Therapie hat sie bereits begonnen. Sie setzt sich mit ihrer Vergangenheit auseinander und ist auf dem besten Weg, sie zu bewältigen.«

Es klang, als säße er auf der Anklagebank.

»Wie meinen Sie das?«

»Im Leben Ihrer Tochter ist bisher vieles schiefgelaufen. Über die Jahre hat sich da einiges angesammelt. Borderline, Burn-out und eine sexuelle Traumatisierung. Das ist allerhand für so ein junges Leben. Mehr kann ich Ihnen leider nicht sagen. Mehr darf ich Ihnen nicht sagen. Ich bitte Sie, Ihre Tochter damit auch nicht zu behelligen. Es würde sie nur belasten.«

Sie redet mit mir wie mit einem unartigen Schüler, dachte er, *dem sie eine Strafarbeit für zu Hause aufbrummt.*

Sie erhob sich hinter ihrem Schreibtisch. Sie wirkte jetzt noch größer.

»Das verstehen Sie doch?«

Er stand ebenfalls auf und taumelte wie ein angeschossenes Tier zur Tür.

Zur Strafe schreibst du hundert Mal: Ich bin schuld, ich bin schuld, ich bin schuld.

Eine SMS erscheint auf meinem Handy, die mich ein bisschen ratlos macht. *Du bist auf dem richtigen Weg.* Die Nummer ist unterdrückt. Ich weiß, dass es nicht viele gibt, die meine Nummer kennen. Kleeberg, der mir das Handy aushändigte, seine Assistentin Mechthild Gotthoff, vermutlich alle Kollegen von der Kripo, Greta, womöglich Doreen. Von denen aber scheint mir kaum jemand infrage zu kommen.

Auf dem Weg zur ehemaligen Frauenklinik in der Nähe der Oranienburgerstraße weiß ich wieder, wer Kitty ist. Eine etwas dickliche junge Frau, die sich in den Kopf gesetzt hatte, in mich verliebt zu sein. Ich hatte sie vor vielleicht zwei Jahren kennengelernt. Es war bei den Dreharbeiten, zu denen ich vom Polizeidienst abgestellt worden war und bei denen Doreen mich begleitet hatte. Kitty spielte eine der Junkieprostituierten. Eine unscheinbare Nebenrolle. Ich musste ihr erklären, wie man sich einen Schuss setzt, wie man den Arm abbindet, das Heroin auf dem Löffel erhitzt und das alles.

In der Mittagspause unterhielten wir uns ganz nett miteinander, obgleich sie auf mich ein bisschen schüchtern wirkte. Vielleicht war es das, was mich damals an ihr reizte. Ich fragte sie, ob wir uns abends mal auf einen Drink treffen könnten.

»Heute?«, fragte sie.

»Warum nicht.«

»Nach der Probe vielleicht«, sagte sie. »Ab zweiundzwanzig Uhr.«

Ich holte sie am Deutschen Theater in der Schumannstraße ab. Ein paar Straßen weiter, in der Nähe des Friedrichstadtpalasts, tranken wir ein paar Cocktails – mehr, als wir beide vertrugen. Sie verlor ihre Schüchternheit und schien hinter dem braven Mädchen die versaute Göre zu entdecken. Das reizte mich noch mehr. Ich nahm sie mit zu mir.

An die Nacht kann ich mich nicht mehr erinnern. Als ich am Morgen mit einem schweren Kater aufwachte, war sie verschwunden. Sie war überhaupt nicht mein Typ. Wirkte irgendwie altbacken und provinziell. Von da an schickte sie mir ständig SMS, lud mich zu ihrer Premiere ins Theater ein und wollte mich unbedingt wiedersehen. Ab und zu schickte ich ihr eine SMS zurück, vermied es aber, mich mit ihr zu treffen. Wenn ich mich nicht täusche, sind wir uns nur noch ein einziges Mal über den Weg gelaufen, zwei, drei Monate später auf der Premierenfeier des Films. Sie wirkte seltsam zugeknöpft und irgendwie unsicher. Als ich dann am Abend mit Doreen flirtete, etwas später auch mit ihr herummachte, war Kitty plötzlich verschwunden.

»Schauen Sie sich das an!« Kleeberg wirkt angeschlagen. »Schauen Sie sich diese Scheiße an!«

Wir haben jetzt zwei neue Opfer. Er sieht richtig mitgenommen aus, als würden ihm die beiden Toten noch mehr an die Nieren gehen als die zuvor. Wir stehen in einem abgewrackten Operationssaal der leerstehenden ehemaligen Frauenklinik.

»Dr. Antonia Wagner, einundvierzig, Ärztin an der Charité, und Ronny Mielke, zweiunddreißig, Angestellter bei einer Sicherheitsfirma«, ergänzt seine Assistentin Gotthoff. »Die Ärztin wurde wie die Toten zuvor bestialisch gequält und ermordet. Am Ende hat der Mörder ihr die Halsschlagader aufgeschlitzt. Der Sicherheitsmann wurde dagegen erstochen.«

»Ich nehme mal an, er hat den Täter überrascht«, mischt Kleeberg sich ein.

»Was ist das für eine Ärztin?«, will ich wissen.

Kleeberg sieht mich an, als verstünde er die Frage nicht.

»Orthopädin? Chirurgin? Hals-Nasen-Ohren?«

Kleeberg hebt die Schultern. »Ist das wichtig?«

Mechthild Gotthoff sagt, sie werde sich darum kümmern, und lässt uns allein. Wir blicken auf die entblößte Leiche. Ehe einer von uns einen Kommentar loswerden kann, taucht Kriminaldirektor Dr. Wenger auf. Er ist wieder in feinen Zwirn gehüllt und verbreitet einen Duft von Eau de Toilette, der mir auf den Magen schlägt.

»Ihre Wunderwaffe hat Ladehemmung, was, Kleeberg?« Es klingt gar nicht witzig. Noch ehe einer von uns beiden darauf reagieren kann, fährt Wenger fort: »Das ist ein brutaler Serientäter, Mann! Die Presse macht mir jetzt schon die Hölle heiß. Gestern hat mich der Polizeipräsident angerufen. Er hatte den Innensenator an der Strippe, der wissen wollte, wie weit die Ermittlungen sind. Was glauben Sie, was ich dem gesagt habe?«

»Dass wir auf dem besten Weg sind«, sagt Kleeberg. Er scheint sich vom Kriminaldirektor nicht einschüchtern zu lassen.

»Oh nein. Ich habe ihm gesagt, dass ich meinen Leuten in den Arsch treten werde!«

Kleeberg scheint noch immer wenig beeindruckt. Ich fühle mich nicht angesprochen und schweige.

»Und jetzt …« Wenger schaut auf die Toten, als wären es seine eigenen Eltern.

»Kommt der Innensenator höchstpersönlich vorbei«, sage ich leise, wie zu mir selbst. Kleeberg verdreht die Augen. Wenger fährt auf, fixiert mich. Offenbar weiß er nicht recht, ob er den Scherz witzig finden oder die Idee ernsthaft in Erwägung ziehen soll.

»Wissen Sie, wer das ist?« Er zeigt auf die tote Ärztin. Eine Pause entsteht, die Dr. Wenger zu genießen scheint. »Nein, das wissen *Sie* natürlich nicht.« Seine Blicke sind noch immer auf mich gerichtet.

»Das ist die Frau von Prof. Dr. Dr. Zander, Universitätsprofessor für Medizin an der Humboldt-Universität und eine Koryphäe in seinem Fach.« Seine ehrliche Hochachtung gegenüber dem Mann ist unüberhörbar.

»Kommt der Gesundheitsminister womöglich auch noch?«, rutscht mir heraus. Kleeberg kann sich ein Grinsen nicht verkneifen. Wenger wirkt verärgert, womöglich auch wegen Kleebergs Reaktion. Seine Augen flackern, sein Gesicht rötet sich.

»Wenn Sie in der Ermittlungsarbeit so erfolgreich wären wie im Sprücheklopfen, wäre der Fall längst gelöst.«

»Und sie?«, frage ich.

»Was, ich?« Dr. Wenger scheint verwirrt.

»Nein, ich meine *sie*, Frau Dr. Zander.« Ich zeige zu der Toten auf dem Tisch. »Heißt die eigentlich nicht Wagner?« Ich sehe Kleeberg an.

Der nickt. »Dr. Wagner-Zander«, sagt er.

»Was ist mit der?«, geht Dr. Wenger dazwischen.

»Welche Fachrichtung?«, frage ich, während Wenger mich anschaut, als hätte ich mich nach ihrer sexuellen Präferenz erkundigt. Oder seiner.

Dann schauen wir alle drei andächtig auf die tote Ärztin und schweigen. Bis Dr. Wenger die Pause unterbricht.

»Kann sie jemand mal zudecken, verdammt noch mal?«, sagt er. »Das sieht ja widerlich aus!«

Zwei weiße Overalls eilen herbei und legen eine Decke über die Tote.

»Sie ist Psychiaterin an der Charité mit eigener Praxis«, sagt Dr. Wenger. »Oder vielmehr, *war.*«

»Interessant«, sage ich. »Wir haben einen toten Gaststättenkritiker, eine Buchhändlerin, eine Psychiaterin und einen Sicherheitsmann.«

»Und keine Ahnung, wie das alles zusammenhängt«, sagt Mechthild Gotthoff, die sich wieder zu uns gesellt.

»Na, dann wird es aber Zeit«, sagt Dr. Wenger, »bevor weitere Opfer dazukommen.«

Er lässt uns stehen. Gotthoff verdreht die Augen, Kleeberg schüttelt den Kopf, und ich starre auf die zugedeckte tote Ärztin. *Warum sie?* frage ich mich. *Warum hier?*

Von den Cocktails ist ihr ein bisschen schlecht. Wenn sie die Augen schließt, dreht sich alles. Dennoch fühlt sie sich leicht und unbeschwert wie schon lange nicht mehr. Wie noch nie. *Es ist schön*, denkt sie, *schön, in seiner Gegenwart zu sein.*

Sie reden viel. Zuerst redet nur er, erzählt von sich, dem Polizeidienst, der Drogenfahndung und wie er zu all dem gekommen ist. Sie hört zu und verliert sich immer mehr in seinen Augen, starrt auf seinen schmalen Mund, der auf- und zugeht wie eine kleine Nagelschere. Sie lacht viel. Ihre Wangen fühlen sich warm an. Irgendwann erzählt auch sie von sich, ihrer Jugend im Schwäbischen, von ihrer alleinerziehenden Mutter und dem Wunsch, Schauspielerin zu werden. Jetzt hört er zu und lacht gelegentlich. Dann sagt er: »Das ist ja so ähnlich wie bei mir.«

Sie fühlt sich immer wohler neben ihm. *Da ist mehr zwischen uns als nur Sympathie*, denkt sie. »Ich habe immer schon gerne gespielt«, sagt sie. »Vielleicht war es einfach der Wunsch, anders zu sein. Oder eine andere zu sein.«

»Eine drogenabhängige Kriminelle«, sagt er und spielt auf die Dreharbeiten an, bei denen sie sich zufällig kennengelernt haben.

Sie lacht und tippt sich an die Stirn. »Das war nur der Versuch, mal was ganz anderes zu machen als Theater. Und eigentlich war die Idee von Doreen.«

»Doreen?«

»Meine beste Freundin.« Sie geniert sich ein bisschen, als wäre es gerade nicht der passende Augenblick, von besten Freundinnen zu reden. »Aber ich glaube, Film ist nichts für mich.«

»Ich fand es nicht schlecht.« Er sagt es beinahe nüchtern. Dennoch kommt es bei ihr als Kompliment an.

»Ja?«

»Ja.«

Sie wird ein wenig verlegen. Ihr ist heiß, und sie schwitzt jetzt nicht nur unter den Achseln. Sie hat das Gefühl, ihr ganzer Körper ist von einer glänzenden Schweißschicht überzogen. Sie lächelt mit schiefem Mund und kratzt am Nagelbett ihres kleinen Fingers herum.

»Als Kind habe ich mir ständig andere Biografien für mich ausgedacht. Mal war ich eine erfolgreiche Modedesignerin in Mailand, dann engagierte Ärztin in einem afrikanischen Entwicklungsland.«

»Kamerun«, sagt er, als wäre es ein Spiel.

»Angola, Sudan, Ghana.«

»Eritrea, Somalia, Tschad.«

Es klingt wie »Stadt-Land-Fluss«. Sie sehen sich an und lachen.

»Gott fliegt über Afrika«, sagt er. »Und weil er mal wieder gut gelaunt ist, sagt er sich: ›Ich werde hundert Afrikanern einen Wunsch erfüllen.‹ Er fragt den ersten Schwarzen: ›Was wünschst du dir?‹ Der Schwarze antwortet: ›Ich möchte weiß werden.‹ Der Wunsch wird ihm erfüllt. Auch der Zweite, Dritte, Vierte, Fünfte, alle neunundneunzig wünschen sich das Gleiche und werden augenblicklich weiß. Nur der Letzte krümmt sich vor Lachen. Gott fragt ihn: ›Und was wünschst du dir?‹ Der Schwarze sagt: ›Ich wünsche mir, dass alle wieder schwarz werden.‹«

Sie lacht Tränen und wischt sie sich mit einer Serviette aus den Augen. Als sie sich wieder beruhigt hat, sagt sie: »Manchmal wollte ich ein Tier sein.«

»Was für ein Tier?«

Sie denkt nach. »Einmal wollte ich die Katze der Nachbarin sein«, sagt sie dann. »Es war eine Maine-Coon-Katze, Löwe hieß sie. Sie lag den ganzen Tag unter dem Apfelbaum und döste vor sich hin.«

»Wie langweilig«, sagt er.

Sie entgegnet ernst: »Vielleicht, ja. Aber vielleicht hat sie sich auch vorgestellt, jemand ganz anderes zu sein, jemand ganz Aufregendes, verstehst du?«

Er versteht nichts. »Wer?«

Sie überlegt wieder, rubbelt am Nagelbett ihres Fingers herum und sagt: »Weiß nicht. Du vielleicht?« Sie sieht ihn verträumt an, und plötzlich kommen Worte über ihre Lippen, die sie eigentlich gar nicht sagen will: »Ich wäre gerne du.« Sofort ist es ihr peinlich. Sie presst die Lippen zusammen und schaut weg.

»Wolltest du nie du selbst sein?«, fragt er, als interessiere er sich wirklich für sie.

Sie denkt nach, beißt auf ihrer Unterlippe herum, kratzt sich wieder die Haut am Nagelbett ihres kleinen Fingers auf und sagt mehr zu sich selbst: »Nein, eigentlich nicht.«

»Dabei ist das doch die interessanteste Rolle.« Er legt seine Hand auf ihre, die mit dem entzündeten Nagelbett. Sie kratzt nicht mehr, sieht ihn nur erschrocken an, als ginge von seiner Hand ein Pochen aus, als schlüge darunter sein Herz. Was soll sie bloß sagen? Jetzt fällt ihr nichts mehr ein.

Er hingegen scheint sich mit derartigen Situationen besser auszukennen und sagt, dass er sie jetzt gerne küssen würde, wenn sie nichts dagegen hätte. Sie wird ein bisschen rot, lächelt und erwidert verlegen, beinahe tonlos: »Nein.« Als sie noch überlegt, ob die Antwort richtig war oder ob ein Ja vielleicht angebrachter gewesen wäre, spürt sie schon seine Lippen auf ihrem Mund. Dann kreist seine Zunge um ihre. Es fühlt sich gut an. *Er schmeckt gut*, denkt sie.

Sie küssen sich lange, und kaum entfernen sich ihre Münder voneinander, streben sie schon wieder aufeinander zu. Sie reden nicht mehr, küssen sich nur noch. Dabei schiebt er seine Hand auf ihrem Schenkel unter den Rock. Auch sie legt ihre Hand an seinen Bauch, spürt die Muskeln, denkt an Waschbrettbauch und bemerkt dabei ihre eigenen weichen Knie.

Sie fahren mit dem Taxi zu ihm nach Hause. Sie kichert ständig, und er küsst ihren Hals bis zum Dekolletéansatz und sagt: »Ein Pfarrer auf Urlaub in Afrika sieht sich plötzlich von einem Rudel Löwen umzingelt. Die Flucht ist ausgeschlossen. Er fällt auf die Knie, schließt die Augen und betet: ›Oh Herr, verschone mich und gib mir ein Zeichen deiner Gnade! Befiehl diesen Löwen, sich wie echte Christen zu verhalten!‹ Als er wieder aufblickt, sitzen die Löwen im Kreis um ihn herum, haben die Pfoten gefaltet und beten: ›Komm, Herr Jesus, sei unser Gast und segne, was du uns bescheret hast.‹«

Wieder lacht sie Tränen, die er ihr von den Wangen schleckt. Irgendwann verebbt das Kichern, und sie knöpft umständlich sein Hemd auf. Jetzt leckt sie seine Haut entlang und glaubt, nicht nur sein Eau de Toilette zu schmecken, sondern auch ihn selbst.

Sie schlafen in dieser Nacht mehrmals miteinander, zuerst noch heftig und zügellos, dann immer zärtlicher. Danach schläft sie ein, erschöpft und am ganzen Körper klebrig. Sie wacht auf, noch ehe die Sonne vor den Fenstern aufgeht, und schleicht sich davon, ohne sich von ihm zu verabschieden, aber mit dem Gefühl, sich endlich mal wieder verliebt zu haben.

Kitty! Ich gebe »Kitty« und »Deutsches Theater« in die Computersuchmaschine eines Internetcafés am Rosenthaler Platz ein. Der zweite Eintrag führt mich auf die Homepage des Theaters in der Schumannstraße in Berlin-Mitte. Kitty Gerber. Das ist sie. Ich überfliege die Zeilen unter ihrem Foto. 1985 in Stuttgart geboren. Absolvierte ihre Ausbildung an der Hochschule für Schauspielkunst Ernst Busch in Berlin. Sie wirkte bereits während des Studiums in zahlreichen Theater- und Kurzfilmprojekten mit. Zu sehen als Eva Puntila in *Herr Puntila und sein Knecht Matti*, als Melanija in *Kinder der Sonne* und als Marie in *Woyzeck*. Die Homepage scheint veraltet. Auf dieser Seite lebt Kitty noch. Nichts ist von ihrem Tod und dem Karriereende am DT zu lesen. Ich durchforste weiter das Internet, wobei mich der zehnte Eintrag auf die Seite einer Berliner Tageszeitung führt. In der *Morgenpost* erscheint eine Traueranzeige für Kitty Gerber, aufgegeben von Kollegen des Theaters. Ein paar Einträge weiter finden sich Kritiken eines Theaterstücks, in dem Kitty mitgespielt hatte. *Woyzeck* von Georg Büchner. Sie war die Marie. Eine grauenhafte Marie, wie aus mehreren Kritiken hervorgeht. Eine besonders vernichtende Rezension ist im Stadtmagazin *tip* zu lesen. Gibt es hier einen Zusammenhang mit ihrem Tod? Wenn ja, welchen? Können Worte töten? Der Artikel ist mit »Stefeld« unterzeichnet. Stefeld? Ein Kürzel. Setzen sich Kürzel nicht häufig aus dem Vor- oder Zunamen zusammen? Sind es nicht oft Abkürzungen und Kurzformen der Realnamen? Stefeld. Stefan Ehrenfeld. Stefan Ehrenfeld war Journalist. Was für ein Zufall! Am Telefon will der Redaktionsleiter mir keine Auskunft geben, wie der Klarname hinter diesem Kürzel lautet.

»Da könnte ja jeder kommen.«

Dass es ein Kürzel ist, bestätigt er immerhin. Meine Vermutung erfährt Auftrieb. Ich überlege, ob ich Kleeberg um Hilfe bitten soll, verwerfe die Option und fahre selbst zur Redaktion in die Karl-Liebknecht-Straße.

»Sie sind ja ganz schön hartnäckig.«

Damit hat der Redaktionsleiter offenbar nicht gerechnet und gibt sich beeindruckt. Anscheinend ist er der Meinung, Hartnäckigkeit gehöre nur in seiner Branche zum Anforderungsprofil.

»Wenn es darum geht, einen Mord aufzuklären, hilft nur Hartnäckigkeit«, sage ich. »Wenn es sogar vier Morde sind, gewissermaßen eine Serie, reicht Hartnäckigkeit allein meistens nicht aus.«

Der Redaktionsleiter scheint erstaunt, als könne er sich nicht vorstellen, was erfolgversprechender sein könnte als Hartnäckigkeit.

»Was braucht man denn noch, wenn ich fragen darf?« Er lässt keine Zweifel daran, dass es nur etwas sein kann, was mit seiner Berufsehre nicht vereinbar ist.

»Glück, womöglich«, sage ich und kontere so selbstbewusst und forsch seinen Blick, dass er erschrickt.

»Und das glauben Sie hier zu finden?« Er lehnt sich in seinem Bürostuhl zurück, verschränkt die Hände hinter dem Kopf und wirkt, als hätte er alles im Griff. Er ist einer von den Besserwissern, die früher in der Schule immer in der ersten Reihe saßen und die anderen nicht abschreiben ließen.

»Verraten Sie mir einfach, wer sich hinter ›Stefeld‹ verbirgt.«

Er wird nachdenklich, nimmt die Hände vom Kopf und scheint abzuwägen. Er wirkt verunsichert. Der Streber, das Muttersöhnchen steht auf dem Schlauch.

»Dr. Stefan Ehrenfeld«, sagt er leise, wie ein Geheimnis.

Ich habe es geahnt. Ich weiß nicht, ob es ein gutes oder das schlechteste Zeichen ist. Ob dadurch ein wenig Licht in den Fall kommt. Oder ob sich erst recht das Schwarz des Abgrunds darüber ausbreitet.

»Stefeld war sein Pseudonym.«

»Er war also nicht nur Gaststättenkritiker, sondern schrieb auch Theaterrezensionen?«

Der Redaktionsleiter bejaht. »Sie vermuten doch nicht etwa, dass seine Ermordung mit seiner Tätigkeit hier zu tun hatte?«

»Was würden Sie daraus schließen?« Ich lege ihm den vernichtenden Artikel über die *Woyzeck*-Premiere auf den Tisch. Er liest nur die Überschrift und scheint zu wissen, wovon ich rede.

»Stefan war in seinen Meinungen manchmal rigoros. Er nahm kein Blatt vor den Mund. Seine Artikel haben meistens polarisiert.«

»Das hat ihm sicher nicht nur Freunde beschert.«

Der Redaktionsleiter starrt mich plötzlich an, als hätte ich Stefan Ehrenfeld auf dem Gewissen. »Ich bitte Sie«, sagt er, »wegen einer schlechten Rezension bringt man doch niemanden um.«

»Es wurde schon für sehr viel weniger gemordet.«

»Sie scherzen.« Er versucht zu lachen.

»Dafür ist die Sache zu ernst.« Das Lachen misslingt, während jemand anklopft. Der Redaktionsleiter blickt zur Tür, als würde sie jeden Moment aufgehen und Stefan Ehrenfeld käme mit der Nachricht herein, wer ihn auf dem Gewissen hat. Es klopft erneut. Die Tür geht tatsächlich auf, und eine junge Frau bleibt im Türrahmen stehen.

»Peymann ist am Telefon. Er fragt, ob das Interview auf eine Stunde später verlegt werden kann. Was meinst du?«

Der Redaktionsleiter springt von seinem Schreibtischstuhl auf. »Sag mal, spinnt der?«, schreit er. »Das ist jetzt das vierte Mal, dass der Termin verschoben wird. Was glaubt der Kerl denn, wer er ist? Scheiße. Also gut, meinetwegen. Aber, sag ihm, das ist das letzte Mal.«

Die Frau will wieder verschwinden, verharrt jedoch kurz, blickt sich erneut zu mir und dem Redaktionsleiter um und fragt: »Hài?«

Wir sehen uns an. Ich stelle mir diese vielleicht dreißig Jahre alte Frau nackt vor und muss feststellen, dass sie nicht nur hervorragend aussieht, sondern exakt in mein wiederentdecktes Beuteschema passt.

»Du bist doch Hài?«

Der Redaktionsleiter lacht. Ich bin mir sicher, dass er ein Verhältnis mit ihr hat. »Lucy, was soll das?«

»Wir sind zusammen zur Schule gegangen. Du erinnerst dich nicht mehr, was? Im Prenzlauer Berg, in die sechste Klasse an der Polytechnischen Oberschule Wilhelm Bahnik, noch zu DDR-Zeiten. Erinnerst du dich? Scherenbergstraße. Nach dem Mauerfall warst du plötzlich verschwunden.«

»Das ist zwanzig Jahre her«, sagt der Redaktionsleiter, als wolle er mich und mein löchriges Gedächtnis entschuldigen.

»Na und?«, widerspricht Lucy. »Du warst der Erste, den ich damals geküsst habe.«

Ich kann mich weder an meinen ersten Kuss noch an Lucy erinnern. Die Frau verschwindet kurz, kommt aber sogleich wieder. Sie drückt mir ein Visitenkärtchen in die Hand, sagt: »Melde dich mal!«, und lässt mich und den verdutzt dreinblickenden Redaktionsleiter wieder alleine.

Lucy M. Kravzik, Journalistin, steht auf dem Kärtchen mit Telefonnummer und der Adresse vom *tip*. Ich stecke die Visitenkarte ein und weiß im selben Moment, dass es nicht lange dauern wird, bis ich sie anrufen werde.

Ich vermisste meinen Vater nicht. Ich hatte ihn noch nie vermisst. Dafür vermisste ich einen Verbündeten gegen meine Mutter. Den gab es nicht, hatte es nie gegeben. Im Gegenteil. Die Liebhaber meiner Mutter, die sich mir abwechselnd als Konkurrenten entgegenstellten oder als Ersatzväter aufdrängten, waren mir alle zuwider. Sie schlüpften ohnehin nur in diese Rollen, um meiner Mutter zu imponieren. Für mich waren es nichts als Männer, die versuchten, mir meine Mutter wegzunehmen.

Ich reagierte mit Eifersucht, Verweigerung und Aggression. Meine Mutter wiederum drohte mir, mich ins Internat abzuschieben, wenn ich mich weiter so kindisch aufführte, wie sie es nannte. Also änderte ich zwar nicht meine Haltung, aber meine Strategie und ging zu perfideren, weniger offensichtlichen Angriffen über. Das lag mir ohnehin eher. Einen der Widersacher, ein ganz besonders ekliges Exemplar, beschloss ich sogar umzubringen. Ich wollte ihn mit Rattengift in der Spaghettisauce vergiften. Erst mit dem Gedanken, nicht ausschließen zu können, dass meine Mutter aus demselben Topf aß, verwarf ich den Plan.

Als ich älter wurde, rächte ich mich für ihr Desinteresse und die mangelnde Zuneigung, indem ich ebenfalls ein Mädchen nach dem anderen mit nach Hause brachte, was sie beinahe zur Verzweiflung trieb. Ich vögelte meine Freundinnen bei angelehnter Tür und animierte sie dabei, möglichst laut zu sein. Nicht selten schlug meine Mutter wütend die Tür zu. Zuletzt erwog sie ernsthaft, mir die Freundinnen zu verbieten. Woraufhin ich ihr lapidar entgegnete, entweder wir beide oder keiner.

Sie tippte sich an die Stirn, erklärte mich für völlig übergeschnappt und behauptete, das wäre mal wieder typisch und der Beweis dafür, dass ich ganz nach meinem Vater komme.

»Kann sein«, antwortete ich. »Aber den Hang zu ständig wechselnden Geschlechtspartnern habe ich wohl eindeutig von dir.«

Daraufhin redete sie tagelang nicht mit mir.

Er weiß, dass sie kommen wird. Auch wenn sie es sich nicht eingestehen will. Natürlich ist sie eifersüchtig. Natürlich denkt sie, dass ihr Mann sie betrügt. Sie hat schon lange einen Verdacht. Der fremde Duft, die späten abendlichen Sitzungen, seine umständlichen Erklärungen, die Jagd-Wochenenden mit den Professorenkollegen in der Uckermark.

Zuerst ist sie verwirrt, als er sie auf ihrem Handy anruft und sie fragt, ob sie an den Grenzüberschreitungen ihres Mannes interessiert sei.

»Was soll das?« Es klingt nicht nur verstört, es klingt verärgert. Als hätte sie sich selbst bei ihrer Eifersucht ertappt.

Als er ihr sagt, dass ihr Mann sie betrüge und er für nähere Auskünfte gerne zur Verfügung stehe, schlägt die Verwirrung in Empörung um.

»Was erlauben Sie sich?«, sagt sie, eine Spur zu aufgebracht. »Wer sind Sie überhaupt?«

Eigentlich müsste sie jetzt auflegen, denkt er. Sie legt aber nicht auf. Er weiß, dass ihre Empörung nicht ausreicht, mehr gespielt ist. Die Neugierde ist größer, die Eifersucht kaum beherrschbar. Für Augenblicke ist nur Schweigen im Hörer. Dann kann er ihren Atem hören, leise, ein wenig flatterhaft. *Ein gutes Zeichen*, denkt er und sagt: »Schauen Sie morgen in Ihren Briefkasten.« Noch bevor sie antworten kann, legt er auf.

Zwei Tage später ruft er erneut an.

»Und, glauben Sie mir jetzt?«

Sie erkennt ihn sofort wieder, sie hat auf seinen Anruf gewartet.

»Wo haben Sie das her?« Sie meint das Bild, auf dem ihr Mann mit einer jungen Studentin ein wenig unscharf und verwackelt zu sehen ist. Sie küssen sich. Es ist eine nicht sonderlich gute Fotomontage. Dennoch für Laien als solche nicht zu erkennen. Schon gar nicht, wenn die Eifersucht ihr Ratgeber ist und den gesunden Menschenverstand blockiert.

»Das spielt keine Rolle«, sagt er. »Interessanter ist doch die Frage, ob das Foto den Tatsachen entspricht. Ob es die Wirklichkeit wiedergibt. Geben Sie's zu, Sie haben Zweifel. Oder besser, es wäre Ihnen lieber, es würde sich um eine Fälschung handeln, und dass nichts dran wäre, nicht wahr?«

»Was wollen Sie?«

»Ich?« Er lacht leise in den Hörer, macht eine kurze Pause und sagt dann: »*Sie* sollten etwas wollen. Es wäre an Ihnen, das zu überprüfen. Ich könnte Ihnen dabei helfen.«

»Wollen Sie mich erpressen?« Die Ärztin klingt seltsam nüchtern, als hätte sie sich auf das Gespräch vorbereitet.

Er lacht wieder, kurz und trocken.

»Ich will Ihnen helfen. Aber wenn Sie die Hilfe nicht wollen …«

»Warum?«, geht sie dazwischen. »Warum tun Sie das?«

»Vielleicht, weil ich es widerlich finde, wenn alte Säcke junge Mädchen missbrauchen.«

Er lässt eine kurze Pause entstehen, um ihr die Möglichkeit zu geben, etwas zu sagen. Sie sagt nichts.

»Widerlich und ungebührlich«, fährt er fort. Das Wort »ungebührlich« überrascht ihn selbst. Er muss schmunzeln. »Nur, weil die alten Säcke Macht haben, Geld und eine Frau, die ihnen nicht mehr genügt, weil sie womöglich schon zu lange verheiratet sind.« Wieder lässt er eine kurze Pause entstehen, in der nur ihr fast lautloses Atmen zu hören ist. »Oder glauben *Sie* vielleicht, dass es Liebe ist?«

Jetzt lacht sie, kurz und hell.

»Na sehen Sie. Sicher wissen Sie, wo die ehemalige Uni-Frauenklinik in Mitte ist?« Als hätte sie die Frage beantwortet, ergänzt er: »Genau. Die Klinik, in der Ihr Mann öfter von der Uni aus zu tun hatte. Wie Sie sicherlich wissen, steht das Gebäude inzwischen leer, die Medizinische Fakultät hat die Räumlichkeiten aufgegeben. Ihr Mann hingegen nicht. Er kommt trotzdem regelmäßig, wenn auch eher nachts.« Die Doppeldeutigkeit fällt ihm auf. Er muss erneut schmunzeln. Sie sagt noch immer nichts.

»Tucholskystraße, Ecke Ziegelstraße. Gehen Sie durch den Haupteingang und folgen Sie den Pfeilen. Um zweiundzwanzig Uhr.« Er wartet auf eine Reaktion. Sie kommt prompt.

»Was soll ich da?«

»Das werden Sie dann schon sehen.«

»Wie wollen Sie wissen, dass ich etwas sehen will?«

Jetzt schweigt er einen Moment, hört ihr Atmen, das etwas lauter ist als zuvor.

»Es schafft Klarheit. Sie wollen doch Klarheit, Sicherheit und das Heft in der Hand behalten, nicht wahr? Frauen wie Sie verlieren ungern die Entscheidungshoheit. Also, seien Sie vorsichtig und leise und achten Sie darauf, dass niemand Sie sieht.«

Er wartet nicht, bis sie etwas sagt, sondern legt auf.

Er ist sich sicher, dass sie kommen wird.

Er sitzt auf dem Boden im dunklen, fast leeren, hellblau gekachelten Operationsraum. In der Mitte befindet sich noch der historisch anmutende Operationstisch. 70er-Jahre, DDR-Design. Der gemauerte Sockel, die verstellbare Pritsche mit dem Stahlgestell. Nur zwei Grablichter brennen neben ihm. Er hört die Schritte schon von Weitem. Stöckelschuhe. *Sie hat Stöckelschuhe an*, denkt er. *Wie blöd muss man sein, zu so einer Verabredung mit Stöckelschuhen aufzukreuzen? Oder von sich selbst überzeugt.*

Er steht auf und stellt sich in den alten Metallspind, der an der Wand hinter dem Operationstisch steht, und schließt vorsichtig die Tür. Durch die Schlitze im Blech späht er nach draußen. Sie erreicht den OP, bleibt an der geöffneten Tür stehen. Er beobachtet, wie sie ungeduldig und ängstlich zugleich die Kerzen betrachtet, den Operationstisch, den ganzen Raum. *Womöglich erwartet sie ihren rammelnden Alten*, denkt er.

»Hallo?«

Sie bemerkt den Spind, bewegt sich darauf zu, öffnet ihn.

»Sie sind pünktlich«, sagt er.

Sie erschrickt, weicht ein paar Schritte zurück. Er steigt aus dem Spind.

»Sie?«, stößt sie hervor. Gleichzeitig scheint sie zu wissen, dass es ein Fehler war, hierhergekommen zu sein. Sie merkt, dass etwas nicht stimmt. Sie spürt, dass sie in die Falle gegangen ist. Sie versucht, sich nichts anmerken zu lassen. Das erheitert ihn am meisten. Sie klammert sich an die Illusion, wie immer alles im Griff zu haben.

»Was soll das alles?« Sie steht zwei Meter von ihm entfernt und schaut ihn an, als erwarte sie ernsthaft eine Antwort.

»Setzen Sie sich.« Er zeigt auf den Operationstisch inmitten des Raums.

Sie rührt sich nicht. »Zuerst sagen Sie mir, was dieses lächerlich inszenierte Schauspiel hier soll. Und zwar sofort.«

Er geht langsam auf sie zu. Sie bleibt wie erstarrt stehen. Als er direkt vor ihr ist, rammt er ihr die Faust mit voller Wucht in den Bauch. Ein dumpfer Ton kommt aus ihrem Mund, dann klappt sie zusammen. Er schleppt sie zum Operationstisch, hievt sie darauf und fesselt ihre Arme mit Handschellen ans Stahlgestell. Völlig apathisch lässt sie alles geschehen. Die selbstbewusste, forsche Ärztin scheint wie gelähmt. Er hebt die Kerzen vom Boden auf und tritt neben sie.

»Schön, dass Sie gekommen sind.«

Ihr Gesichtsausdruck verrät ihm, dass sie langsam begreift, was das alles zu bedeuten hat.

»Schön, dass wir endlich mal ungestört reden können. An einem Ort, an dem das Arztgeheimnis niemanden interessiert.« Seine Worte klingen absurd inmitten des ehemaligen Operationssaals. »Also, fangen Sie an.«

»Womit? Was wollen Sie überhaupt von mir?« Sie hat ihre Souveränität noch immer nicht zurückerlangt.

Er stellt die Kerzen ans Kopfende des OP-Tisches. Dann nimmt er das Teppichmesser aus der Jackentasche, fährt die Klinge aus und schneidet ihre Bluse auf. Anschließend packt er ihre Hose an der Taille und zieht sie in einem Ruck bis zu den Knöcheln. Sie wehrt sich nicht. Büstenhalter und Slip sind in derselben Farbe. Auch das Muster und der Stoff sind identisch.

»Schön.« Er lächelt. »Erzählen Sie.«

»Was … was soll ich denn …?«

Er schlägt ihr mit der Hand ins Gesicht. Ihr Kopf fliegt zur Seite. Sie schreit auf. Blut läuft ihr aus der Nase.

»Erzählen Sie.«

»Ich weiß doch nicht, was …«

Er schlägt ein weiteres Mal zu. Noch härter. Die untere Hälfte ihres Gesichts ist jetzt voller Blut. Einige Spritzer färben den Büstenhalter rot.

»Bitte, bitte, hören Sie auf.« Sie atmet schwer. Die Stimme klingt wie die eines kranken Kindes.

»Erst wenn Sie anfangen.«

Sie erkennt die Ausweglosigkeit, hustet. Blut rinnt aus ihrem Mund. Sie holt tief Luft. »Sie war …« Sie stockt, fängt noch einmal an. »Sie war schwer traumatisiert.« Sie holt erneut tief Luft. »In ihrer Kindheit müssen Dinge vorgefallen sein, die sie lange verdrängt hat und die dann wieder an die Oberfläche gekommen sind.«

»Was für Dinge?«

»Es muss mit ihrem Vater … ich meine, mit dem Stiefvater zu tun haben. Womöglich auch mit der Mutter.«

»Was für Dinge?«

»Wahrscheinlich wurde sie missbraucht, zumindest sexuell belästigt. Vermutlich von ihrem Stiefvater. Hajo nannte sie ihn bei der Therapie. Dabei fühlte sie sich selbst schuldig, weil ihre Mutter sie verstoßen hatte. Sie war sehr eifersüchtig, und als ihr Mann sich für die Tochter interessierte, schien sie mit ihr zu brechen. Das muss eine sehr schwierige Zeit für sie gewesen sein.«

»Sie meinen, deshalb hat sie sich umgebracht?«

»Nein, nein, nicht nur. Sicher haben da auch andere … ich weiß es nicht.«

»Sagten Sie nicht, Sie sind überzeugt davon, dass sie es schafft?«

»Man kann nie sicher sein …«

»Und warum haben Sie sie dann aus der Klinik entlassen?«

»Wir mussten ihr eine Chance geben.«

»Ach so. Jetzt ist sie auch noch selbst schuld, weil sie die Chance nicht genutzt hat, was?«

»Nein, nein, ihre Prognose war sehr gut. Sie schien sich wieder im Griff zu haben und …«

»Sie wollten Sie loswerden. Raus aus der Klinik, um sie in Ihrer Praxis therapieren zu können. Das bringt mehr ein, stimmt's? Das Cabriolet muss bezahlt werden, die Villa im Grunewald …«

»Nein, nein, so können Sie das nicht …«

»Oh doch! Sie haben sie gegen mich aufgehetzt!«

»Nein, nein, ich habe ihr nur empfohlen, Trennungsstriche zu ziehen. Sich abzugrenzen, sich zu lösen von Abhängigkeiten. Sie sollte ihr Leben selbst in die Hand nehmen.«

»Und dabei war ich überflüssig, was?«

»Überflüssig vielleicht nicht, aber bei dem, was sie erlebt hat …«

»*Ich* habe sie nicht missbraucht!«

»Ja, schon, aber für sie war jeder Mann …«

Er schlägt ihr erneut ins Gesicht. Sie schreit.

»Halt's Maul!« Er nimmt das Klebeband aus der Tasche und umwickelt damit ihren Kopf. »Es reicht! Halt endlich dein verlogenes Maul!«

Dann fängt er an, an ihr herumzuschneiden. Er ritzt mit dem Teppichmesser in ihre Schenkel. Sie schreit erneut. Der Schrei dringt nur dumpf unter dem Klebeband hervor. Dann fügt er ihr tiefe Schnitte am Bauch, an der Brust und am Hals zu. Sie blutet stark. Er stülpt sich die

Einweghandschuhe über, nimmt die Tube mit der Wasabi-Paste aus der Tasche und schmiert das grüne Zeug auf ihre Wunden. Sie strampelt vor Schmerzen. Dann drückt er eine Portion Wasabi in seine Hand, greift damit in ihre Unterhose und schmiert es in ihre Scheide. Anschließend in die Augen.

Ihre Handgelenke sind blutig gescheuert. Die Beine hängen leblos vom Operationstisch. Er sitzt ruhig auf dem Boden neben ihr, ist zufrieden und wartet, bis sie stirbt.

Plötzlich sind Schritte zu hören.

Das Madam Bian ist wieder voll. Auch die Tische draußen vor dem Lokal sind allesamt besetzt. Gäste stehen an der Tür um Plätze an.

Kleeberg scheint immer einen Platz zu bekommen. Er isst dieses Mal Hühnchenspieße mit Reis. In seiner Anwesenheit vergeht mir der Appetit. Ohne mich anzuschauen, schüttelt er immer wieder den Kopf und stochert mit den Bambusstäbchen im Reis herum.

»Sie waren doch davon überzeugt«, sage ich und hebe die Stimme wie der Vater dem ungehorsamen Sohn gegenüber, sodass der Vorwurf unüberhörbar wird. Ich komme mir dabei ein wenig rechthaberisch vor, aber der Tadel macht Eindruck.

»Ja, stimmt, ich war davon überzeugt«, sagt Kleeberg. »Ich war mir sicher, dass sie es war. Alles sprach dafür. Alles, Hài.« Er kann seine Enttäuschung trotzdem nicht verbergen.

»Warum haben Sie Nora dann wieder freigelassen?«

»Das mussten wir.«

»Ich dachte, Sie waren überzeugt, dass es nur sie sein konnte«, sage ich ihn nachahmend. Kleeberg ignoriert es, hantiert ungeschickt mit seinen Stäbchen, er wird es wohl nie richtig lernen.

»Sie hat ein Alibi für den Mord an Laura Tessloff.«

»Was?«

»Ein wasserdichtes sogar. Sie war zur Tatzeit bei einem Kunden. Wir haben es überprüft. Er hat es bestätigt. Und er ist absolut glaubwürdig.«

»Und die Zigarettenkippe?«, frage ich. »War die DNA nicht identisch?«

Kleeberg nickt. »Es ist mir unerklärlich. Vielleicht war es Schlamperei.«

»Schlamperei? Das ist nicht Ihr Ernst.«

»Doch. Wie würden Sie es denn erklären?«

»Ich habe keine Erklärung.«

Kleeberg starrt auf seine Hühnchenspieße wie auf Leichenteile. Ich gebe zu, ich genieße seinen desolaten Zustand.

»Die Transe hat auch ein Alibi für den Mord an Dr. Antonia Wagner-Zander.«

Kleeberg legt die Stäbchen zur Seite. Offenbar ist ihm der Appetit vergangen. Er wischt sich mit der Serviette den Mund ab.

»Die Transe war es nicht, Hài.« Damit erzählt Kleeberg mir nichts Neues. Natürlich war sie es nicht. Warum sollte Nora vier Menschen umlegen?

»Wer dann?«, will ich wissen.

Kleeberg scheint ratlos.

Ich lege das Foto von Django auf den Tisch. »Der vielleicht?«

Er zerknüllt die Serviette und wirft sie in die noch halb gefüllte Schale zu den Hühnchenspießen.

»Wer ist das?« Seine Frustration weicht einer plötzlichen Neugierde.

»Wenn ich das wüsste, wäre der Fall wohl gelöst.« Ich erzähle ihm, wie ich an das Foto gekommen bin und was ich vermute.

»Sehr gut, Hài, sehr gut.« Er klingt auf einmal wieder zuversichtlicher. »Ich denke, wir kriegen ihn über die Opfer. Wir müssen herausfinden, was sie verbindet, verstehen Sie?« Kleeberg wischt die Rückschläge weg und stürzt sich auf das noch so winzige neue Ermittlungsergebnis, als wäre es der Schlüssel zur Lösung des Falles. Das war früher schon so. Darin war Kleeberg schon immer einmalig. Sein Optimismus hat etwas Ansteckendes.

»Ich bin sicher, die Opfer hatten irgendwas miteinander zu schaffen.« Wie ausgewechselt kommt er mir jetzt vor, voller frischer Energie und Motivation.

»So sicher, wie nur Nora als Täterin infrage kommen konnte, was?« Kleeberg reagiert nicht auf meine Spitze. »Sie meinen also, eine Buchhändlerin, eine Psychiaterin und ein Gastro-Kritiker waren gemeinsam im Kaffeekränzchen oder beim Kegelverein aktiv?« Seine Euphorie geht mir auf die Nerven.

Kleeberg lässt sich nicht irritieren. »Kaffeekränzchen, Kegelverein, ja, diese, diese Buchhändlerin«, sagt er, »diese Laura, hatte die nicht was mit schamanischem Reisen zu tun? War die nicht in so einem esoterischen Kränzchen? Vielleicht ist das der Schlüssel, Hài?«

Das dritte Mal in wenigen Minuten, dass er mich bei meinem Namen nennt. Das hat er noch nie getan. Der Fall scheint ihm ordentlich zuzusetzen. Er sieht müde aus, überarbeitet, fahl im Gesicht.

»Knöpfen Sie sich doch mal ihr Umfeld vor«, sagt er und wirkt auf einmal noch euphorischer.

Natürlich könnte ich ihm sagen, dass ich das längst getan habe. Ich lasse es und hebe gleichgültig die Schultern. Er schiebt seinen Teller von sich und winkt mit der Geldbörse den Kellner zu uns an den Tisch. Er scheint es plötzlich eilig zu haben.

Ich stehe auf. »Ich muss mal.«

Während ich am Pissoir stehe und auf die weißen Kacheln an der Wand starre, frage ich mich, ob Kleeberg eigentlich verheiratet ist. Eine Freundin hat. Womöglich ist er schwul. Ich weiß es nicht. Ich kenne Kleeberg genauso wenig, wie er mich kennt. Wenn ich ehrlich bin, will ich ihn auch gar nicht näher kennenlernen.

Als ich von der Toilette zurück bin, ist Kleeberg verschwunden.

2

Wenn der Schreiner die Hobelspäne sammelt,
es weiß niemand, wer seinen Kopf drauflegen wird.

Georg Büchner, *Woyzeck*

WIR

Wir glauben, alles zu wissen. Wir glauben, alles im Griff zu haben, Bescheid zu wissen. Wir denken, wir hätten einen Vorsprung, und sei es nur an Informationen. Wir glauben an unseren Vorteil, in die Köpfe der anderen blicken zu können.

Aber ist das, was wir sehen, wirklich das, was ist? Oder ist es nur das, was wir zu glauben bereit sind? Ist das, was wir glauben, wirklich das, was ist? Oder ist alles vielleicht doch ganz anders? Vielleicht noch schlimmer?

Wir kennen den Täter. Und wissen doch nicht, wer er ist. Wir wissen, was ihn mit den Opfern verbindet und können doch nicht begreifen, warum er so bestialisch vorgeht. Wir vermuten Rache, Vergeltung und ahnen bereits, wer der Nächste auf der Liste der Opfer sein wird. Wir wissen, dass die Geschehnisse der Vergangenheit die Geschehnisse in der Gegenwart bestimmen. Das Zurückliegende führt Regie im grausamen Schauspiel um Schuld und Sühne.

Dabei weiden wir uns auch am Leid der anderen. Wir ertappen uns dabei, wie wir das Verderben herbeisehnen. Wir machen uns gemein mit ihm. Die Apokalypse scheint etwas Reizvolles zu haben. Auslöschung fasziniert uns. Tsunami, Erdbeben, explodierende Reaktoren sind das tägliche Brot, an dem wir uns laben, das Salz in der schalen Suppe unseres Lebens, die Rosinen in der eigenen faden Existenz. Die Katastrophe macht unseren ereignislosen Alltag erträglicher. Und dennoch: Wir können nicht begreifen, weshalb der Täter noch immer nicht überführt ist. Wir ahnen, dass womöglich auch uns eine

Seite, eine Nuance verborgen bleibt, die notwendig ist, um das ganze Geheimnis zu entschlüsseln.

Wir wissen plötzlich, dass wir zu wenig wissen, dass uns Informationen fehlen. Dass wir *immer* zu wenig wissen werden. Auch wir tappen im Dunkeln.

Bis auf das fehlende Siegel an der Tür scheint die Wohnung von Laura Tessloff unverändert. Nur der Geruch ist noch schlimmer als vor ein paar Tagen. Es riecht abgestanden, modrig, wie die Wohnung einer Toten. Ich öffne das Fenster. Im Hinterhof schreien Kinder. Müssten die nicht längst im Bett sein? Ich ertappe mich dabei, dass mir nicht nur das Geschrei auf die Nerven geht, sondern Kinder generell – ewig quengelnde Egoisten, die einem die eigene fortschreitende Vergänglichkeit verdeutlichen.

Ich weiß nicht, wo ich anfangen soll, und durchsuche zuerst die Schubladen ihres Schreibtischs, finde aber nichts Ungewöhnliches. Ich wühle in Schränken, Kommoden, Kisten und Schachteln. Schaue unterm Bett nach, unterm Schrank, unter dem Läufer im Flur. Nichts. Ich finde nichts, was meine Ahnung erhärtet.

In diesem Haushalt scheint es nichts Privates oder Persönliches zu geben, keine Fotos, keine Notizen, keine Briefe, kein Tagebuch. Frauen wie Laura schreiben Tagebuch. Wo ist der Computer? Entweder hat die Spurensicherung alles Verwertbare bereits mitgenommen, oder vor mir war jemand anderes hier auf der Suche und hat womöglich etwas gefunden.

In der Küche hängen an einer Pinnwand von Hand notierte Kalendersprüche. »Was du heute kannst besorgen, das verschiebe nicht auf morgen«, hing bei uns zu Hause am Kühlschrank im Schwäbischen. Bei Laura Tessloff gehören fernöstliche Weisheiten und Motivationshilfen zur Küchenausstattung. »Du bist stark!« steht auf einem Zettel. Auf einem anderen: »Fürchte dich nicht vor dem langsamen Vorwärtsgehen, fürchte dich nur vor dem Stehenbleiben.« Es ist immer dieselbe Handschrift, wahrscheinlich die von Laura Tessloff. »Ein guter Vater verbirgt seine Krallen. Asiatische Weisheit.« Geschwungene Buchstaben, mit Schnörkeln, groß und rund und mit enormem Druck auf das Papier gebracht. Alles schön leserlich, wie hingemalt. »Es genügt nicht, zum Fluss zu kommen mit dem Wunsch, Fische zu fangen. Man muss auch das Netz mitbringen. Fernöstliche Weisheit.« Die Schrift strotzt nur so von Selbstbewusstsein. Auch die Laufrichtung signalisiert, dass die Schreiberin genau zu wissen scheint, wo es langgeht. »Selbst das Stolpern über einen Stein ist der Anfang einer Verbindung. Japanische Weisheit.« *Halleluja*, denke ich, *da hängt ja ein ganzes Notfallprogramm an der Wand. Da kann ja gar nichts mehr schiefgehen.*

Ich nehme jedes einzelne Buch aus dem Regal und schüttele es aus, in der Hoffnung, dass ein Hinweis herausfällt. Und tatsächlich, in einem der Bücher über Schamanisches Reisen kommt zwischen den Seiten ein Foto zum Vorschein und landet auf dem Boden. Darauf sind vier junge Frauen abgebildet. Im Hintergrund das Brandenburger Tor. Eine der Frauen ist eindeutig Laura. Eine der anderen, neben ihr, die am wenigsten attraktive, könnte Kitty sein.

Kitty!

Ich rufe noch aus Lauras Wohnung in der Anderen Seite an. Es ist zwanzig nach zehn.

»Greta ist bei einer Session.« Es ist der junge schwule Kellner, der mich abserviert, als wäre ich vom Gesundheitsamt.

»Was für eine Session?«

»SM!« Es klingt wie: »Nichts für dich!«

»Und wann ist sie damit …?«

»Halbe Stunde.« Ohne sich zu verabschieden, legt er auf. Arschloch!

In einer halben Stunde rufe ich erneut an. Als ich schon nicht mehr damit rechne, dass überhaupt jemand rangeht, höre ich Gretas Stimme.

»Wie war die Session?«, frage ich.

Sie lacht verschämt, wie eine Pubertierende, die beim Masturbieren erwischt wird. »Zubrot«, sagt sie. »Was willst du?«

»Ich muss dir was zeigen.«

»Und was?«

»Können wir uns sehen?«

»Du willst mich doch nur aushorchen.«

»Es ist wichtig.«

»Okay. Aber nur, wenn du es mir hinterher besorgst!«

»Greta!« Sie kichert wieder vor Freude über ihre kleinen Obszönitäten.

»Ich weiß schon, du redest nicht gerne darüber. Bist ein bisschen verklemmt, was?«

Natürlich bin ich im Vergleich zu Greta verklemmt. Im Vergleich zu Greta sind alle verklemmt. Außerdem möchte ich schon gar nicht am Telefon darüber reden. Um abzulenken, frage ich: »War Laura lesbisch?«

»Warum?«

»Nur so.«

»Du stellst Fragen!«

»Und, war sie?«

»Glaub schon.«

»Wer ist das?« Ich zeige auf die Frau auf dem Foto neben Laura.

»Irgendeine Freundin von Laura wahrscheinlich.« Ich merke, dass Greta keine Lust hat, darüber zu reden. »Laura war sehr beliebt. Vielleicht auch eine Kollegin, was weiß ich. Ist das wichtig?«

Sie sieht mich an, als wäre die Sache für sie damit erledigt. Wir sitzen auf einer Bierbank in der Torstraße ganz in der Nähe des Rosa-Luxemburg-Platzes und essen Falafel. Oder besser, Greta isst, und ich rauche. Es ist später Freitagabend, und ganz Berlin scheint noch auf den Beinen zu sein. Junge Männer stehen vor dem Hostel an der Ecke, halten sich an Bierflaschen fest, lachen und schreien Unverständliches in die Nacht. Mädchen mit fast nichts am Leib, ebenfalls mit Bierflaschen in Händen, wanken an uns vorüber auf der Suche nach dem nächsten Club, in dem sie bis zum Morgen durchfeiern können. *Auf der Schönhauser Allee ist das White Trash*, denke ich und blicke ihren wackelnden Ärschen hinterher. Ein Penner kommt mit einem Einkaufswagen voller leerer Flaschen vorbei.

»Hast du nicht gesagt, du wärst ihre beste Freundin gewesen?«, frage ich und glaube, in einem vorbeifahrenden Taxi Nora zu erkennen.

»Es gibt keine besten Freundinnen. Das ist ein Märchen aus den Frauenzeitschriften.« Greta spricht mit vollem Mund. »Spätestens, wenn die Freundinnen zu Konkurrentinnen werden, ist es vorbei mit gut, besser, am besten. Und irgendwann werden sie *immer* zu Konkurrentinnen.« Greta scheint von Minute zu Minute schlechter gelaunt zu werden. Sie haut ihre Zähne in das Fladenbrot und die Gemüsebällchen.

»Das ist Kitty!«, sage ich und zeige auf die Frau, die neben Laura auf dem Foto zu sehen ist.

Greta lacht in einer Mischung aus Bestürzung und Spott. Dabei fliegen Salatfitzelchen aus ihrem Mund und über den Tisch.

»Quatsch.« Sie schüttelt den Kopf, lacht noch immer und verschluckt sich dabei. Sie hustet, spuckt Teile vom Falafel auf den Tisch. Ich klopfe ihr auf den Rücken, bis sie keucht: »Ist gut! Danke!« Sie wischt sich mit einer Serviette den Mund ab und legt das Fladenbrot zur Seite auf den Tisch.

»*Das* ist Kitty.« Sie zeigt auf eine der anderen Frauen auf dem Foto. Neben ihrem Fingernagel sehe ich eine vielleicht fünfundzwanzigjährige Frau, abgemagert und mit ernster Miene.

Das soll Kitty sein? Es ist mir unmöglich, sie wiederzuerkennen. Von ihrer einstigen Pummeligkeit ist nichts mehr übrig.

»Es stimmt also, dass Kitty und Laura sich gekannt haben.«

»Na klar.«

»Woher?«

Sie steckt sich eine Zigarette an, nimmt einen tiefen Zug und bläst mir den Rauch entgegen. »Vom Schamanischen Reisen. Laura leitete eine spirituelle Gruppe. Bis kurz vor ihrem Tod, als es ihr schon ziemlich dreckig ging, kam Kitty immer wieder dazu.«

Die Verbindung zwischen Stefan Ehrenfeld und Laura Tessloff ist Kitty Gerber! Ich habe es geahnt. Meine Vermutung ist bestätigt. Beide scheinen Kitty gekannt zu haben. Kitty ist der Schlüssel! Wenn ich herausfinde, wie das alles zusammenhängt, weiß ich, wer der Mörder ist.

»Warst du auch beim Schamanischen Reisen?«

Greta lacht wieder, diesmal, ohne sich zu verschlucken. Dann zieht sie an ihrer Zigarette, dass die Glut in der Nacht leuchtet.

»Anfangs schon. Irgendwann habe ich mich ausgeklinkt. Das war mir dann doch zu spirituell. Ich mag es lieber handfester.« Sie zwinkert mir zu und pustet mir erneut den Rauch entgegen.

»Woher kanntest du Laura eigentlich?«

Sie zögert, als wäre es ein Verhör.

»Wir waren auf derselben Schule. Wir kannten uns schon, da sah ich noch aus wie Miss Piggy, war dick, hässlich und hatte eine Monsterzahnspange.«

Sie bleckt ihre großen, ebenmäßigen Zähne.

»Und Doreen?«

»Was ist mit Doreen?«

Jetzt klingt sie ein wenig unwirsch, anscheinend geht ihr die Fragerei langsam auf den Geist.

»Woher kennst du sie?«

»Durch Laura.«

»War sie auch beim Schamanischen Reisen?«

»Ja.«

Dann steht Greta auf, greift nach meiner Hand und sagt: »Lass uns gehen.«

Anfangs erfuhr er wenig von ihr. Sie wollte nicht über die Vergangenheit reden. Nicht über ihre Mutter. Erst als er Doreen kennenlernte, ihre Freundin aus Kindertagen, taute sie auf. Doreen und Kitty waren beide in derselben Kleinstadt aufgewachsen und gemeinsam zur Schule gegangen. Seither waren sie ein Herz und eine Seele – und dabei grundverschieden. Doreen war impulsiv, Kitty zurückhaltend. Die eine war selbstbewusst, die andere zweifelte ständig an sich. Zusammen zogen sie nach dem Abitur nach Berlin. Die eine bestand die Prüfung an der Schauspielschule, die andere nicht. Was beide gleichermaßen verwunderte. Doreen, weil sie fest davon überzeugt war, die Prüfung mit links zu bestehen. Kitty, weil sie nicht glauben konnte, dass sie genommen wurde und ihre beste Freundin nicht.

»Egal, mach ich eben was anderes«, sagte Doreen. Doreen war pragmatisch, Kitty sensibel.

Er mochte Doreen nicht. Doreen war ihm zu affektiert. Doch er ließ sich die Abneigung nicht anmerken. Irgendwann packte Kitty dann doch aus. Er hörte zu und gab wieder den Verständnisvollen. Er fragte nicht, ließ sie einfach erzählen. Und sie erzählte. Von den letzten zwanzig Jahren mit ihrer Mutter. Nach der Republikflucht waren sie bei der Schwester ihrer Mutter untergekommen, in einer Kleinstadt in der Nähe von Stuttgart. Die Familie der Tante war auch ihre Familie geworden.

»Die Tante war in Ordnung«, sagte sie. »Nur Hajo, ihr Mann, war komisch.«

Jetzt fragte er doch: »Warum?«

Sie sah ihn an und wusste nicht, ob sie mit der Sprache herausrücken solle.

»Er hatte was mit Mama«, sagte sie schließlich. »Heimlich zuerst. Dann, nach dem plötzlichen Tod meiner Tante, wurden sie offiziell ein Paar. Jetzt sind sie verheiratet.«

Er hob die Schultern, als ob er es moralisch nicht verwerflich fände.

»Natürlich wurde getuschelt«, sagte sie. »Das sei doch komisch, der Unfall und so weiter …«

»Was für ein Unfall?«

»Meine Tante ist mit ihrem Wagen auf einer Strecke verunglückt, die sie jahrelang mindestens zweimal am Tag gefahren war. Sie kam von der Straße ab, raste einen Abhang runter und überschlug sich mehrmals. Sie war auf der Stelle tot. Warum, war nicht klar. Die Straßenverhältnisse waren bestens. Das Wetter ebenfalls.«

Wieder sah sie ihn an. Diesmal hob er nicht die Schultern.

»Als ich Mama damit konfrontierte, war ich gerade zwölf«, sagte sie. »Bist du verrückt, hatte Mama gesagt. Margit war meine Schwester! Dann fing sie an zu weinen. Ich erschrak, so heftig war ihre Reaktion. Hajo sagte, lass doch, sie ist noch ein Kind und plappert nach, was die anderen vorplappern. Er nahm mich in den Arm und drückte mich fest an sich, so fest, dass meine Brust schmerzte. Hajo, lass das!, sagte Mama. Ich glaube, sie war eifersüchtig.«

SIE

Sie lebt wie in einem Traum. Alles ist wattiert, rosarot gefärbt, mit Flügeln, die sie hochheben, forttragen, weg aus ihrem Alltag in eine Welt, die ihr bisher fremd war.

Hài! Nur er ist noch in ihrem Kopf. Er *ist* ihr Kopf, ihr Bauch, ihr Unterleib. Sie masturbiert so viel wie noch nie. Der Gedanke an ihn erregt sie. Sie kann sich auf nichts anderes mehr konzentrieren. Im Theater, während den Proben, schließt sie sich ins Klo ein und befriedigt sich mit schnellen, flinken Bewegungen. Danach riecht sie an ihrer Hand, leckt daran und schmeckt nicht sich, sondern ihn. Hài!

Die Nacht mit ihm läuft als Dauerschleife, immer wieder von Neuem, manchmal in Zeitlupe, manchmal schneller als gewohnt. Anfänglich ist sie schüchtern, kann ihm nicht in die Augen sehen. Ihr Mund ist trocken, die Stimme zittert, als wäre sie eine flackernde Flamme kurz vor dem Erlöschen. Sie erlischt aber nicht. Sie flammt auf. Er feuert sie an mit seinem Charme, seinen Blicken, seinen Komplimenten. Die Cocktails tun ihr Übriges. Sie taut auf. Die Stimme wird fester, der Blick hält stand. Sie legt ihre Schüchternheit ab und flirtet mit ihm, bis er seine Hand auf ihre legt und sie küsst. Es ist kein Kuss, es ist eine Offenbarung für sie. Er ist der Schlüssel in eine andere, verborgene Welt.

Es ist dieselbe, die sie sich früher als Kind immer erträumt hatte, wenn sie sich enttäuscht in ihre Fantasie zurückzog, weil die Welt ihr nicht das bieten konnte, was sie erwartete. Wenn ihre Mutter sich abwendete und Hajo sie zurückwies.

Jetzt scheint der Traum Wirklichkeit zu werden. Sie

ist außer sich, kann das Glück nicht fassen, greift mit beiden Händen danach und erhascht Hände, Arme, Haare. Hài!

Sie fühlt sich leicht, unbeschwert. Tagelang. Sie schließt die Augen, streicht über ihren Körper und spürt seinen. Die Brust, den Bauch, den Hintern. Sie will dieses Gefühl bewahren und klammert sich daran fest.

Immer wieder ruft sie ihn an, schlägt Treffen vor. Er ziert sich, zeigt sich reserviert, rettet sich in Ausflüchte. Das Verlangen nach ihm wird größer. Gleichzeitig nimmt die Enttäuschung zu. Ihr Körper reagiert, verändert sich. Ihr ist schlecht. Seit Tagen, Wochen. Sie ahnt, dass in ihr etwas vorgeht, das mit ihm zu tun hat. Der Schwangerschaftstest bringt Klarheit. Sie ist glücklich und traurig zugleich. Sie traut sich nicht, es ihm zu sagen, hat Angst, dass er sie endgültig wegstößt. Sie übergibt sich mehrmals am Tag. Ihr ist übel, auch in der Nacht. Sie schläft kaum noch. Sie fühlt sich schwach, wie ein Häufchen Elend. Ein schwangeres Häufchen Elend.

Dann kommen die Filmpremiere und die anschließende Feier. Sie sucht ihn in der Menge und findet ihn. Da ist er wieder. Hài. Das Bild und ihre Vorstellung sind wieder identisch. Dennoch ist sie abermals gehemmt, schüchtern. Sie hat vergessen, dass die Realität so viel anstrengender ist als die Fantasie.

Sie bringt kaum ein Wort über die Lippen, und wenn, dann nur belanglose. Er wirkt kühl, reserviert, zuletzt ein wenig abweisend. So kommt es ihr zumindest vor. Er redet mehr mit Doreen als mit ihr. Sie steht daneben, als wäre sie nicht da, lacht, wenn sie lachen und weiß nicht, warum. Wieder ist ihr schlecht. Sie geht zur Toilette, übergibt sich. Im Spiegel erschrickt sie über sich selbst.

Wie hässlich sie ist, wie wenig begehrenswert. Sie macht sich Vorwürfe. So kann sie ihm nicht mehr unter die Augen treten. So darf er sie nicht sehen. Niemals.

Sie schleicht sich aus der Toilette davon, von der Feier, setzt sich in den Weinbergspark, weint, ist wütend, verflucht sich, ihn, Doreen. Alle.

Am nächsten Tag ruft sie Doreen an, will wissen, wie es war. Doreen ist aufgekratzt, sagt, sie komme vorbei, das lasse sich nicht am Telefon erzählen.

Noch bevor Doreen erzählen kann, erzählt Kitty von sich, von ihrer Liebe und ihrer Sehnsucht. Sie schwärmt von ihm, glaubt, dass sie bald zusammenkommen werden, für immer, ein Paar werden, dass er einfach nur Zeit braucht und sie ihm diese Zeit auch geben …

»Mensch, Kitty, wach auf!«, geht Doreen dazwischen. »Du steigerst dich da in was rein.«

Sie schüttelt den Kopf. »Nein«, sagt sie. »Nein, ich weiß es, ich spüre es, diesmal ist es was ganz Großes. Das kannst du vielleicht gar nicht verstehen.«

Doreen lacht abschätzig.

»Es geht nicht um verstehen, sondern um wissen.«

»Was weißt du denn?«

»Ich weiß, dass Hài dich nicht liebt.«

»Spinnst du? Du hast sie ja nicht alle.«

Sie will es nicht glauben, kann es nicht glauben, weist es mit aller Wucht zurück.

»Wenn er dich lieben würde, würde er nicht mit anderen rummachen.«

Kitty lacht. »Du spinnst. Hài macht doch nicht …«

»Doch!«

Sie sieht Doreen an, die sie in diesem Moment an ihre Mutter erinnert. Sie wirkt hässlich und falsch.

»Du bist ja bloß eifersüchtig«, sagt sie und flüchtet sich in Gelächter.

»Ich hab mit ihm gefickt.«

Es schlägt ein wie eine Bombe. Ein explodierender Sprengstoffgürtel um den eigenen Bauch.

»Was?« In unendlich viele Teile zerrissen, verstreut.

»Wir haben gevögelt.«

Die Worte zerstören, trennen den Kopf vom Leib, den Traum von der Wirklichkeit.

»Nein, das stimmt nicht, das sagst du doch nur …«

»Im Weinbergspark, nach der Feier.«

Der Himmel zieht sich zu, Wolken entstehen im Zeitraffer. Es fängt an zu regnen. Und hört nicht wieder auf.

ICH

Ich sehe Augen. Es sind die Augen eines Tieres. Es ist ein Wolf, der sich kaum merklich bewegt. Dennoch scheint es, als atme sein ganzer Kopf. Langsam realisiere ich, wo ich bin. Der Wolf befindet sich auf einem Stück Haut. Auf einer Schulter. Es ist Gretas Schulter. Sie schläft und atmet gleichmäßig. Hin und wieder schnarcht sie. Ich spüre ihren Hintern an meinem Schwanz, der hart und steif geworden ist. Beim Blick auf den Wolfskopf fallen mir die Hyänen ein. Und Laura. Auch die anderen Toten.

Ich drücke mich fester an Greta. Ihr Hintern bewegt sich. Mit den Fingern ertaste ich ihre Spalte und streichle sie. Ihr Atem geht schneller, sie wird feucht, fängt leise zu stöhnen an. Ich schiebe meinen Schwanz langsam in ihre Muschi. Ihr Stöhnen wird sofort lauter. Wir ficken und bewegen uns kaum dabei. Wenig später komme ich in ihr. Ihr Atem beruhigt sich, und sie schläft kurz darauf wieder ein. Und schnarcht. Der Wolf schaut zufrieden.

Ich drehe mich auf den Rücken und beobachte die zugezogenen Vorhänge, die sich vor dem geöffneten Fenster im Wind bewegen. Draußen ist es bereits hell. Die flatternden Gardinen werfen Schatten an Wand und Decke. Auch ich schlafe kurzzeitig ein und träume von Laura. Und von den Hyänen, ihren Lieblingstieren.

Wieder wird mein Schwanz steif. Ich versuche, an etwas Trauriges zu denken. Ich denke an meine Mutter. An meinen Vater. Es hilft nicht. Meine Erregung bleibt. Ich stehe auf, ziehe meine Unterhose an und gehe in die Küche.

Nach der zweiten Zigarette steht Doreen plötzlich in der Tür. Ich erschrecke und fühle mich vor ihr noch nackter, als ich ohnehin schon bin. Sie trägt ein neckisches Unterhöschen und ein T-Shirt. Ich sehe, wie ihre Brustwarzen gegen den Stoff drücken.

»Darf ich?« Sie setzt sich neben mich an den Tisch und steckt sich ebenfalls eine Zigarette an. »Und? Habt ihr Lauras Mörder schon?«

»Der Mörder von Laura«, sage ich, »ist auch der Mörder von Frau Dr. Wagner-Zander. Und von Ronny. Und von Dr. Stefan Ehrenfeld.«

Bei dem Namen Ehrenfeld zuckt Doreen zusammen.

»Was ist?«, frage ich.

Sie schüttelt den Kopf. »Nichts.« Sie setzt sich jetzt breitbeinig auf den Stuhl. Es sieht provozierend aus. Ich sehe links und rechts von ihrem Slip Haare hervorlugen. *Was soll das?*

»Und?«, fragt sie.

»Was und?«

»Nichts.«

Eine Pause entsteht. Wir rauchen still vor uns hin, bis ich das Schweigen nicht mehr aushalte. »Wie läuft's beim Film?«, frage ich.

»Das interessiert dich doch gar nicht«, kommt es wie ein Faustschlag retour.

Es interessiert mich tatsächlich nicht.

»Ich bin jetzt Producerin.« Sie sieht dabei stolz aus. Ich habe den Eindruck, dass ihre Brustwarzen noch spitzer hervorstechen.

»Und was machst du da?«

»Filme.« Ihre Wortkargheit ärgert mich. Es hat etwas Selbstgefälliges.

»Seid ihr jetzt zusammen?«, fragt Doreen plötzlich und fixiert mich wie ein Insekt, das sie im nächsten Moment mit der flachen Hand und einem gezielten Schlag umzubringen gedenkt.

»Wer?«

»Du und Greta.«

Ich hebe die Schultern, schaue zur Wand, wo ein Filmplakat hängt. *Melancholia* von Lars von Trier.

»Bist du jetzt beziehungsfähig? Oder ist Greta auch nur eine fürs Album? Eine weitere Trophäe für deine Sammlung?«

»Was soll das?«

»Ich wäre gerne mit dir zusammen gewesen.« Es klingt bitter.

»Du?«

»Ja, auch wenn wir nur einmal miteinander geschlafen haben.«

»Geschlafen?« Doreen geht mir zunehmend auf die Nerven. Ich lasse es sie spüren. »Du meinst, wir haben in völlig zugedröhntem Zustand miteinander gevögelt.«

»Nenn es, wie du willst.« Sie zeigt sich unempfänglich für meinen Hohn.

»Ich muss gestehen, ich weiß davon nichts mehr. Gar nichts.«

»Ich aber.«

Sie drückt die Zigarette aus, steht auf und geht zur Tür. Sie hat einen schönen Hintern.

»Wie ist Kitty eigentlich umgekommen?«

Meine Worte stoppen sie. Sie bleibt an der Tür stehen, schaut mich über die Schulter hinweg an. Vorwurfsvoll, bitter und eine Spur zu überheblich.

»Selbstmord. Sie hat sich im Tiergarten Friedrichsfelde den Hyänen zum Fraß vorgeworfen.«

Pater Aurelius mag mich. Er stammt aus Ostfriesland. Bevor er ins Donautal kam, hatte er mehrere Jahre ein zenbuddhistisches Kloster in Japan besucht. Von da brachte er auch die Tradition der Teezeremonie mit, die er an mich weitergeben wollte. Bei Pater Aurelius verschmischten sich die japanische und ostfriesische Teezeremonie zu seiner eigenen. Der Tee seiner Herkunft und die fernöstliche Philosophie formierten sich zu etwas ganz Neuem. Die Heimat und die Fremde vermischten sich zu einem unglaublichen Geschmack. Erzielten eine eigene Wirkung, bei der es nicht nur darum ging, den Alltag abzustreifen. Es ging auch darum, mit dem Tee dem anderen und sich selbst nahezukommen, wie Pater Aurelius mir immer wieder erklärte.

»Der Tee ist wie eine Berührung«, sagte er und zeigte mir, dem Ungeduldigen, nachsichtig und ausdauernd immer wieder seine Kunst des Teezubereitens und -trinkens. Meine Teeschale, Teedose, mein Wasserkessel, Bambuslöffel, Teebesen und das seidene Tuch stammen ebenfalls von ihm. Auch den Tee beziehe ich vom Pater. Harmonie, Respekt, Reinheit und Ruhe sind die vier Säulen, auf denen er köchelt.

»Und Liebe«, sagte Pater Aurelius. »Bedingungslose Liebe.«

Ich erkannte, dass er nicht nur die herkömmliche Nächstenliebe meint – Liebe deinen Nächsten wie dich selbst –, sondern etwas Konkretes, Handfesteres im Sinn hatte. Fast wie nebenbei strich er mir über die Hand, sodass meine Nackenhärchen sich aufrichteten.

»Ich bin immer für Sie da«, sagte er und fragte mich

dann, ob ich die Geschichte eines Schülers von Rikyu kenne. Ich verneinte, weil mir weder die Geschichte noch Rikyu selbst ein Begriff waren.

Er begann zu erzählen.

»Ein Schüler von Rikyu fragte einst: ›Was genau sind die wichtigsten Dinge, die bei einer Teezusammenkunft verstanden und beachtet werden müssen?‹ Rikyu antwortete: ›Bereite eine köstliche Schale Tee; lege die Holzkohle so, dass sie das Wasser erhitzt; ordne die Blumen so, wie sie auf dem Feld wachsen; im Sommer rufe ein Gefühl von Kühle, im Winter warme Geborgenheit hervor; bereite alles rechtzeitig vor; stelle dich auf Regen ein, und schenke denen, mit denen du dich zusammenfindest, dein ganzes Herz.‹ Der Schüler war mit dieser Antwort nicht zufrieden, denn er konnte nichts darin finden, was als Geheimnis des Verfahrens hätte bezeichnet werden können. ›Das weiß ich alles‹, sagte er. Worauf Rikyu antwortete: ›Nun, wenn du eine Teezusammenkunft leiten kannst, ohne von einer der Regeln abzuweichen, die ich genannt habe, will ich dein Schüler werden!‹«

Pater Aurelius lächelte mir zu, als wäre *er* der Meister und *ich* sein Schüler.

»Bis dahin ist es noch weit«, sagte ich und lächelte zurück.

»Macht nichts«, sagte er. »Ich kann warten.«

»Es ist mir scheißegal!« Der Speichel sprüht ihm von den Lippen, und sein Gesicht ist so rot wie ihr Kleid. »Das ist dein Problem, verflucht noch mal! Lernt ihr das denn nicht auf der Schauspielschule, verdammte Scheiße?«

So hat sie den Regisseur noch nie erlebt. Bei den Endproben liegen die Nerven blank. Kein Tag, an dem nicht jemand ausflippt. Meistens sind es die Schauspieler, die mit dem wachsenden Druck nicht fertig werden. Diesmal ist es der Regisseur. Und sie ist der Grund.

Er sagt, es sei ihm egal, ob ihre Mutter stürbe, ihr Freund sie verlasse oder sie ihre Tage hätte.

»Scheiß drauf!«, schreit er. »Wenn der Vorhang aufgeht, musst du das alles vergessen. Du musst es vergessen können!« Er packt sie an der Schulter, schüttelt sie. »Ich kann dir bei allem helfen, was auf der Bühne passiert. Mit dem anderen musst du selber klarkommen. Ich bin kein Psychologe.«

Stimmt, denkt sie, *du bist ein Arschloch.*

»Reiß dich endlich zusammen, Kitty!«

Sie möchte sich zusammenreißen. Sie kann nicht. Sie kann gar nichts mehr außer weinen und sich übergeben. Sie stürzt schluchzend von der Bühne in die Garderobe und kotzt.

»Schluss für heute!«, hört sie den Regisseur durch den Lautsprecher. »Wir machen morgen weiter.«

Morgen ist so weit weg, denkt sie. *Morgen ist wie außerhalb der Welt.*

SIE

Als sie die Toilette in der Kantine des Theaters betritt, flackert eine der Neonlampen. Es summt und klackt. Der Raum wirkt heruntergekommen, die Kacheln an der Wand sind teilweise beschädigt.

Sie hält sich den Bauch. Ihr Magen rumort, und ihr ist schlecht. Sie stürzt in eine der Kabinen, reißt sich die Hose herunter, setzt sich auf die Schüssel und hat plötzlich das Gefühl, ihr Unterleib explodiere. Zwischen den Beinen spürt sie ein Reißen, ein Ziehen. Hitze von Verbrennungen. Pochende Schmerzen.

Sie steht auf, hebt ihren Pullover bis über den Bauch und sieht, wie Blut an ihren Schenkeln entlangläuft. *Was ist das denn?* denkt sie noch, dreht sich um und sieht etwas Blutiges in der Toilettenschüssel. Es ist ein Fötus, drei Monate alt. Ein Plasmaklumpen, aus dem ein Kind hätte werden sollen. Ihr Kind.

»Nein, bitte, nein, nicht.«

Sie kniet sich vor die Kloschüssel, das Gesicht dicht darüber. Sie ist völlig aufgelöst, weint. Ihr Bauch schmerzt noch immer, der Kopf hämmert, das Herz rast. Sie starrt lange mit geöffnetem Mund und völlig außer sich auf das blutige Etwas. Sie kann es nicht begreifen, die Gedanken nicht sortieren. Alles stürzt über ihr zusammen.

Irgendwann drückt sie auf die Spülung. Wasser rauscht. Das Blut löst sich auf, der Plasmaklumpen verschwindet. Der Fötus ist weg, ihr Kind verloren. Es bleibt der Schock.

Von da an hat sie das Gefühl, sich nicht mehr zu spüren. Sie steht neben sich und beobachtet sich dabei. Sie ist aus sich herausgefallen. Sie hat sich verloren. Wie eine

Schlafwandlerin taumelt sie durch den Alltag, findet sich nicht mehr darin zurecht. Sie merkt, dass etwas in ihr kaputtgegangen ist. Sie ist unkonzentriert, ängstlich, hat Aussetzer. Immer wieder kommt die blutige Gestalt zurück, meist in der Nacht. Das Kind weigert sich, tot zu sein.

ICH

Kitty geht mir nicht aus dem Kopf. Die Hyänen auch nicht. Wie kann man sich nur Raubtieren zum Fraß vorwerfen? Wie krank muss man da sein? Wie selbstzerstörerisch? Wie angefüllt und voller Hass auf sich und die eigene Existenz? Das scheint nicht nur ein Freitod zu sein. Das ist die eigene Hinrichtung. Da wollte jemand das Leben auslöschen. Verfüttern. Es ist für mich ebenso unbegreiflich wie faszinierend.

Seit fast einer Stunde irre ich durch diesen deprimierenden Tierpark auf der Suche nach den Hyänen. Die Grausamkeit der Menschen wird hier in ihrem ganzen Ausmaß sichtbar. Beim Blick in das Gehege des traumatisierten schwarzen Panthers offenbart sich die wirkliche Bestie. Der Mensch, das Schwein. Eingesperrt auf fünfzig Quadratmeter wird das Tier, das normalerweise bis zu zweihundert Kilometer am Tag zurücklegt, zu einer bemitleidenswerten Kreatur, sein Leben zur Farce.

Es ist heiß. Ich schwitze. Mein Hemd klebt an Rücken und Bauch. Ich rieche mich selbst. Ich rieche nach Schweiß und Resten von Eau de Toilette.

Auf dem Weg zum Ausgang taucht doch noch das Gehege der Hyänen auf. Ich bleibe stehen, starre fasziniert und abgestoßen auf diese seltsamen Geschöpfe. Sie wirken deformiert, hässlich, mit einem Kopf, der an den eines Bären erinnert. Die erwachsenen Tiere sehen irgendwie verwegen aus, die Jungen dagegen putzig. Wie ist Kitty über diesen zwei Meter hohen Metallzaun gelangt? Ein Zaun, der auch noch elektrisch gesichert ist. Unweit des Geheges sehe ich eine Frau in einer grünen Latzhose. Sie schiebt eine Schubkarre vor sich her.

»Hallo, Sie?« Sie sieht zu mir herüber und kommt dann auf mich zu. »Darf ich Sie etwas fragen?« Die Frau bleibt neben mir stehen. Auf der Schubkarre ist Mist gehäuft. Es stinkt nach Dung.

»Wie viele sind denn hier im Gehege?« Ich zeige auf die Hyänen, die uns aufmerksam beobachten. Einige von ihnen kommen ganz nahe an den Zaun heran. Aus der Nähe sind sie noch hässlicher.

Die Frau stellt die Schubkarre ab. Sie dürfte Anfang zwanzig sein, trägt Gummistiefel, ein T-Shirt und in der Nase ein silbernes Piercing. Jetzt erst fallen mir ihre großen Hände auf. Sie passen gar nicht zu ihrem Körper.

»Sechs. Tüpfelhyänen und Fleckenhyänen. Die da, sehen Sie?« Sie spricht in einem Dialekt, den ich nicht zuordnen kann, und zeigt auf zwei Jungtiere, die im Sand miteinander spielen. Für mich sehen sie alle gleich aus.

»Es waren schon mal mehr. Sie bewegen sich gerne in großen Gruppen. In freier Natur sind es bis zu einhundert Tiere. Das ist ungewöhnlich für Raubtiere. Die Hyänen sind ohnehin ungewöhnlich.« Die Tierpflegerin scheint einen großen Mitteilungsdrang zu haben. *Kein Wunder*, denke ich, *wenn sie den ganzen Tag nur mit Tieren zusammen ist.* Sie holt ein Päckchen Tabak aus einer ihrer Taschen und dreht sich mit ihren großen Händen eine Zigarette.

»Sie haben ein interessantes Sozialsystem. Die weiblichen Tiere sind absolut dominant. Es kommt öfters zur Geschwisterrivalität.«

»Nicht gerade Kuscheltiere, was?«, sage ich und betrachte sie näher. Zuerst die Hyänen, dann die Tierpflegerin. Die Frau ist pummelig und hat ein schönes Gesicht. Unter ihrer Latzhose und dem T-Shirt vermute ich große, feste Brüste. Sie zündet sich die Zigarette an und nimmt einen tiefen Zug. Die Lippen haben etwas Sinnliches.

»Stimmt«, sagt sie. »Hyänen sind keine Sympathieträger. Sie sind Außenseiter, gelten als feige, hinterhältig und sind als gemeine Aasfresser verschrien. Alles Quatsch.« Sie tippt sich mit dem Zeigefinger an die Stirn, als müsste sie die Tiere verteidigen. Mit allem, was sie hat. »Ihre Brutpflege zum Beispiel ist die energetisch aufwendigste unter allen Raubtieren. Und sie sind geschickte Jäger.«

Sie spricht von den Hyänen wie von Freunden. Ich stelle sie mir nackt vor und merke, wie ich Gefallen an ihr finde. In meiner derzeitigen labilen psychischen Verfassung gefällt mir fast jede Frau, die ich mir nackt vorstellen kann.

»Sie erlegen vor allem Gnus, Zebras und Gazellen«, sagt die Tierpflegerin voller Begeisterung. »Sie gelten als die ökologisch wichtigsten Beutegreifer der afrikanischen Savannen.« Wenn sie raucht, sieht ihr Gesicht noch sinnlicher aus, fast eine Spur lasziv. Ich wäre gerne der Rauch in ihrem Mund.

»Manchmal muss auch ein Mensch dran glauben.«

Ich erschrecke über ihren Zynismus. Offenbar war sie einfach zu lange mit ihren Hyänen zusammen.

»Manchmal kommt es sogar vor, dass sie hier im Tierpark einen verspeisen.« Sie lächelt hinterhältig. Sie hat kleine, nicht ganz weiße Zähne. Ihr schönes Gesicht glänzt jetzt vom Schweiß.

»Sie glauben mir nicht, was?« Mein Schweigen scheint sie zu provozieren.

»Doch, doch«, sage ich und würde sie jetzt am liebsten anfassen, ihre verschwitzten Brüste unter dem T-Shirt berühren. »Ich dachte immer, Hyänen jagen nicht, sondern fressen nur Aas.«

»Irrtum. Wenn sie Hunger haben, kann es schon mal sein, dass sie auch lebende Tiere reißen. In Namibia und Malawi haben Tüpfelhyänen vor nicht allzu langer Zeit mal sechs Menschen getötet. Darunter ein fünfjähriges Kind. In Malawi ist noch heute der Glaube verbreitet, dass man sich mittels Hexerei in eine Hyäne verwandeln kann, um so seine Feinde in Angst zu versetzen oder gar zu töten.« Sie lächelt und wirkt dabei seltsam entrückt.

»Es ist noch gar nicht lange her, da vergingen sich die Hyänen hier im Tierpark an einer jungen, hübschen Frau. Sie muss sich über Nacht im Tierpark versteckt haben. Am nächsten Morgen lag sie tot im Hyänengehege. Oder das, was noch von ihr übrig war.« Der Blick der Tierpflegerin ist auf die Hyänen hinter dem Gitter gerichtet, der Glanz in ihren Augen unheimlich.

»Wie wollen Sie wissen, dass sie jung und hübsch war«, frage ich, »wenn kaum was von ihr übrig blieb?«

Sie scheint zu überlegen, sich womöglich auch zu wundern, über meine kritische Frage.

»Sind Sie bei der Polizei?«

Ich schüttle den Kopf. Sie wirkt erleichtert, lächelt wieder, jetzt weniger entrückt, führt die derben Hände erneut zum Mund und zieht an der Zigarette, wobei sie mich beobachtet.

»Der Kommissar hat mir ein Foto von ihr gezeigt«, entgegnet sie. »Die Frau muss über das Gitter geklettert sein. Hier. Sie zeigt auf eine Stelle am Zaun nicht weit von uns entfernt. Ich sehe den Knauf einer Tür, der es leicht macht, über den Zaun zu gelangen.

»Sie hat es offenbar darauf angelegt, von den Hyänen verspeist zu werden.«

»Wie kommen Sie darauf?«, frage ich.

Sie nimmt einen letzten Zug von ihrer Zigarette und wirft die Kippe in die Schubkarre.

»Sie hatte am ganzen Körper Schweineleberstücke angebracht.« Sie sagt es triumphierend, als würde es die Tiere entlasten.

»Schweineleberstücke?«

»Ja. In den Taschen, unter dem T-Shirt, in der Hose, im BH, überall. Sie wollte sichergehen.« Die Tierpflegerin wirkt nachdenklich. »Nichts dem Zufall überlassen, verstehen Sie? Sie wollte, dass die Hyänen sie töten.«

Die Vorstellung lässt mich erschaudern. Die Tierpflegerin scheint an meinem Grauen Gefallen zu finden. Das Lächeln wird zu einem breiten Grinsen. Seltsamerweise sieht sie dabei noch begehrenswerter aus.

»Das schien auch die Polizei so gesehen zu haben. Sie ging von einem Suizid aus. Die Frau war zuvor in psychiatrischer Behandlung.«

Ich werde hellhörig.

»Warum hat sie sich gerade das Hyänengehege ausgesucht und nicht das der Löwen oder Leoparden?«

»Vielleicht wusste die Frau besser über Tüpfelhyänen Bescheid als über andere Raubtiere«, sagt die Tierpflegerin. »Vielleicht waren es aber auch einfach ihre Lieblingstiere.«

»Oder wegen der weiblichen Dominanz«, sage ich und versuche zu lachen. Es wirkt gekünstelt, aber sie lacht ebenfalls, herzhaft, trotz der grausam zugerichteten Toten, über die wir uns unterhalten.

»Wer hat die Frau gefunden?«

»Ich.« Plötzlich verändert sich ihre Stimmung. Die Lustigkeit ist dahin. Ihr Gesicht wirkt erstarrt, abweisend und dennoch schön wie eine marmorne Skulptur. »Es war schrecklich. Ich habe es erst gar nicht bemerkt. Erst als ich die Hyänen lachen hörte. Sie lachen manchmal. Es hört sich zumindest so an. Sie drücken damit eine Art Glücksgefühl aus. Nach erfolgreicher Jagd ist dieses Lachen oft zu hören. Ich weiß noch, dass ich mich gewundert habe, dass sie schon vor der Fütterung lachen. Ich schaute nach, und da lag die Frau. Die Hyänenweibchen standen mit blutigen Köpfen um sie herum und lachten.«

Die Tierpflegerin fasst nach den Griffen ihrer Schubkarre. »Eine tragische Geschichte.«

»Kann ich Sie wiedersehen?« Ich berühre ihren Arm auf Höhe des Ellbogens.

Sie schaut mich an, schüttelt den Kopf und scheint zu wissen, was ich denke.

»Sie sind ein Jäger, das sieht man. Ich bin keine Beute. Das ist Ihnen vielleicht noch nicht aufgefallen. Obwohl ich manchmal schon Lust dazu hätte. Man kann aber nicht aus seiner Haut, verstehen Sie?«

Ich gebe ihr die Hand. Ihre ist warm, feucht und fühlt sich gar nicht so grob und groß an wie gedacht.

»Wiedersehen.«

Sie lächelt und zeigt dabei wieder ihre kleinen Zähne, greift nach ihrer Schubkarre und geht davon. Ich schaue ihr hinterher, starre auf ihren großen Hintern im grünen Stoff und liebkose ihn in Gedanken, sodass ich gar nicht bemerke, dass hinter mir jemand auftaucht.

»Na, so ein Zufall!« Es ist Mechthild Gotthoff. Sie klingt wirklich überrascht und strahlt über das ganze

Gesicht. Sie hält einen vielleicht fünfjährigen Jungen an der Hand.

»Was machen *Sie* denn hier?«, frage ich und versuche die Kriminalkommissarin mit dem kleinen Jungen in Verbindung zu bringen.

Sie scheint meine Verwirrung zu bemerken. »Ich bin mit meinem Neffen hier.«

»Privat?«

»Privat. Sie haben kein Privatleben, was?«

»Nicht, solange ein Serienmörder hier herumläuft. Leider.«

Ich kann nicht mehr schlafen. Seit Tagen, seit ich hier bin. Zumindest nicht ohne Hilfsmittel. Alkohol, Drogen, Sex.

Es sind einfach zu viele Tote. Nur wenn ich einen Joint rauche, werde ich schläfrig. Nur wenn ich mit Greta vögle oder masturbiere, bin ich so erschöpft und entspannt, dass ich müde werde. Die Gedanken kommen zur Ruhe. Irgendwann fallen mir die Augen zu. Kaum bin ich eingeschlafen, taucht es auch schon auf, das Gesicht des Jungen, dem die Wucht meiner Kugel das Lächeln von den Lippen riss. Das Gesicht ist entstellt wie eine hässliche Landschaft. Ich verlaufe mich darin, jede Nacht aufs Neue. Im Labyrinth der Angst.

»Das hättest du nicht gedacht, was?«

Nein, das hätte ich nicht gedacht. Ich hätte nicht gedacht, dass ein Toter mich so verfolgen kann. Aus heutiger Sicht würde ich vermutlich nicht mehr schießen. Ich würde die vielen unschuldigen Opfer gegen das unbelastete eigene Gewissen eintauschen. Hundert Tote gegen einen Lebenden. Nur um die eigene Schuld zu tilgen. Das Gesicht spuckt mich an, verhöhnt mich. Ich irre in der Landschaft herum, stolpere, falle, bleibe liegen. Über mir das schmachvolle Gelächter. Ich zittere, schreie: Mein Gott, warum hast du mich verlassen?

Ich wache schweißgebadet auf. Greta liegt neben mir im Bett, die Decke zurückgeschlagen. Ihre entblößte Nacktheit schüchtert mich ein. Ihr rasiertes Geschlecht scheint mich auszulachen.

Ich rauche den Joint zu Ende, der noch vom Abend übrig geblieben ist, und schlafe wieder ein.

Aus dem Gesicht des Jungen werden zwei. Sie ergänzen sich, gehen ineinander über. Erinnert das andere Gesicht nicht an Kitty? Ich zittere, schreie wieder: Es ist vollbracht!

Jetzt ist auch Greta wach. Sie legt sich auf mich, umschlingt mich mit ihren Armen, deckt mich mit ihrem Körper zu. Ich spüre ihren warmen Leib, ihre Brüste, den Bauch, ihren Atem.

»Was ist?«, fragt sie. Mir kommt es so vor, als spreche ihr Geschlecht mit verstellter Stimme.

»Die Träume«, sage ich, »diese verdammten Albträume.«

»Hier, nimm das.« Sie reicht mir eine kleine blaue Tablette. Ich schlucke sie und spüle mit Weinresten nach. Ich schlafe sofort wieder ein. Der Schlaf wird tiefer, die Träume noch widerlicher. Mein Vater taucht auf. Das erste Mal überhaupt. Er wirkt älter, als ich ihn in Erinnerung habe, mit grauen Haaren, grauem Bart, lappiger Haut und einem bitteren Zug um den Mund. Er steht in seinem vietnamesischen Imbiss hinter dem Herd und rührt mit einem Kochlöffel im Wok. Es dampft. Flammen züngeln, das Gemüse zischt. Mein Vater verzieht keine Miene, blickt mich vorwurfsvoll mit seinem alten Gesicht an, als wäre ich schuld an seinem Verfall. *Warum ist er so verbittert?* denke ich im Traum und erkenne den Grund: meine Mutter.

Sie sieht aus, als wäre sie tot. Die Haut bleich, die Augen starr, die Wangen eingefallen. Auch sie steht an einem Wok voll blubbernden heißen Öls. Ich stehe daneben, als Kind in der Garküche des vietnamesischen Imbisses in der Dimitroffstraße. Im heißen Fett eingetaucht, erkenne ich Kitty, mit krebsroter Haut und spöttischem Gesicht. Zusammen mit ihr schauen alle Toten aus dem blubbernden Topf: Laura, Frau Wagner-Zander, Stefan Ehrenfeld. Nur der Sicherheitsmann fehlt.

»Wo ist dieser verdammte Sicherheitsmann?«, höre ich mich schreien und spüre Hände auf meinen Wangen. Dann Schläge am Jochbein. Es klingt wie das Klatschen beim Applaus.

»Wach auf, Hài!« Es ist Greta, die mich wach rüttelt. »Du hast geträumt.«

»Scheiße, ja.«

Der Wolf auf ihrer Schulter sieht traurig aus.

Sie schauen auf sie herab, als wäre sie krank, aussätzig, von einem ansteckenden Virus befallen. So kommt es ihr zumindest vor. *Wie ein Bauerntrampel irrt sie herum*. Sie lachen hinter ihrem Rücken. Zeigen mit den Fingern auf sie, verziehen die Gesichter zu hässlichen Fratzen. *Kein Gefühl für Sprache, die Worte schleppend, die Bewegungen hölzern*. In jeder Bemerkung wittert sie Verachtung und Spott. *Sie ist in jeder Situation überfordert*. Der Regisseur fragt, was los sei.

»Nichts«, sagt sie, »gar nichts. Ich bin nur …«

Spätestens beim Auftritt des Hauptmanns weiß man, das ist alles laienhaft, die Darstellerin völlig überfordert. Es ist die schlechteste Marie, die man sich vorstellen kann.

»Nimm es dir nicht so zu Herzen. Das ist einer dieser widerlichen Schreiberlinge, die sich wichtiger nehmen als das, worüber sie schreiben sollen, verstehst du?«

Nein, sie kann es nicht verstehen. *Sie diskreditiert Büchner!*

Sie kann nicht mehr. Sie will nicht mehr. Sie schleppt sich zur zweiten Vorstellung, mit Beruhigungsmittel vollgestopft. Sie sitzt in der Maske wie auf dem Schafott. Die Marie kurz vor der Hinrichtung. Oder der Erlösung.

»Geht's dir gut?«, fragt die Maskenbildnerin scheinheilig, als wüsste sie es nicht besser.

Sie nickt, lächelt. Im Spiegel erkennt sie sich nicht mehr. Wo ihr Gesicht sein sollte, ist ein weißes Loch, eine Fläche wie eine Pfütze aus Milch, in der sie zu versinken droht.

»Wird schon wieder«, sagt die Maskenbildnerin und sie weiß, es wird nicht. Es wird alles anders.

Als auf der Bühne Woyzeck den Betrug ahnt und sie in der Szene in Mariens Kammer damit konfrontiert, taumelt sie bereits.

»Ach, bist du's noch! Ei wahrhaftig! Nein, man sieht nichts«, urteilt Woyzeck.

Sie steht ihm gegenüber, mit weichen Knien, trockenem Mund und brennenden Augen und sieht ihn nicht, sieht nur noch Weiß, wabernd, als wäre die Pfütze ein See, ein Meer, und sie mittendrin in einem Sturm, bei Schiffbruch.

»Was siehst du so sonderbar, Franz, ich fürcht mich.« Er greift sie am Kopf, schüttelt sie und sagt, als wäre er sie: »Hm! Ich seh nichts, ich seh nichts. O, man müsst's sehen, man müsst's greifen könne mit Fäusten!«

»Was hast du Franz?«, kommt es wie ein Rinnsal aus ihrem Mund, ein versickernder Wortstrom. Dann noch: »Du bist hirnwüthig.« Dann nichts mehr. Sie fällt auf die Knie. Während Woyzeck weiterspielt, bleibt sie liegen.

»Weib! – Nein, es müsste was an dir sein! Jeder Mensch ist ein Abgrund; es schwindelt einen, wenn man hinabsieht.«

Sie wird ohnmächtig. Liegt beim Lichtwechsel zur nächsten Szene noch immer wie tot auf der Bühne. Das Theater weicht der Wirklichkeit. Die Kollegen verlassen die einstudierten Rollen, sind entsetzt, erschüttert. Manche weinen, andere sagen: »Wie hätte man das wissen sollen?« Der Theaterarzt versorgt sie medizinisch. Das Saallicht geht an. Die Zuschauer sind aufgerüttelt, erschrocken. Auch die, die bis dahin schon geschlafen haben. Manche sind unsicher, ob das zur postmodernen Inszenierung gehört, ein geschmackloser Schabernack des Regisseurs. Oder doch eher ein Unfall?

Als der Inspizient vor den zugezogenen Vorhang tritt und mit zitternder Stimme sagt, wobei er sich mehrmals verhaspelt, dass die Vorstellung wegen eines Zwischenfalls abgebrochen werden müsse und dass es im Foyer ein Glas Sekt auf Kosten des Hauses gebe, ist allen klar, dass das Unglück nicht inszeniert ist.

Der Rettungswagen kommt. Sie ist noch immer nicht bei sich. Ist woanders, im Schwarz, ist tief hinabgestürzt ins Zwischenreich, wo sich Sterben und Leben treffen, wo alles in Zeitlupe verläuft und langsam zerfällt.

Erst im Krankenhaus wacht sie wieder auf.

»Sie haben Glück gehabt«, sagt der behandelnde Arzt.

Das Glück der anderen ist das eigene Unheil, denkt sie und weiß: Von jetzt an ist alles anders.

»Vergiss es, Hài. Du bist für mich nur ein angenehmer Zeitvertreib. Eine Affäre, verstehst du?« Greta lacht triumphierend. »Ja, ich gebe zu, du bist ein ganz guter Liebhaber. Aber ein Mann fürs Leben bist du nicht. Das weißt du aber auch, oder?«

»Und du? Woher weißt du das?«

Sie ignoriert meine Frage und fährt im selben Tonfall fort. Sie scheint sich ihrer Sache sicher.

»Damit ich keine Affäre für dich bin, musst du eine für mich sein, verstehst du?« Ihr Lächeln gehört zu dem Schönsten, was ich kenne.

»Doreen«, sage ich. »Hätte ich mir denken können. Alles klar.«

Greta scheint ihre Heiterkeit zu verlieren. Ich merke, wie sie wütend wird, ohne es sich eingestehen zu wollen.

»Ich brauche nicht Doreen, um das zu kapieren«, sagt sie und lacht wieder. Dieses Mal klingt es angestrengt, künstlich. »Du bist einer, dem man sein Herz vor die Füße wirft und der es nicht einmal merkt, weil er zu sehr mit sich selbst beschäftigt ist.«

Ich weiß nicht, ob sie gekränkt oder froh darüber ist. Es sieht so aus, als könnte sie sich selbst nicht entscheiden.

»Ich drehe den Spieß um, mein Lieber.« Es klingt wie eine Drohung. »Das hättest du nicht gedacht, was?«

Ich bin mir nicht sicher, ob sie nur mit mir spielt oder es tatsächlich ernst meint.

»Hast du dich schon in mich verliebt?« Sie lacht wieder und gewinnt dabei ihre Lockerheit zurück. Sie küsst mich auf die Wange. Ich rieche ihr Parfüm und bin sofort wieder erregt.

Meine Abhängigkeit von ihr tritt in ein anderes, gefährlicheres Stadium, als sie mit der Zunge über mein Ohr leckt und mir zuflüstert: »Du bist nicht der Einzige, Hài. Und sicher auch nicht der Letzte.«

Greta ist neben mir eingeschlafen. Ich liege die ganze Nacht wach. In meinem Schädel haust ein Tier, das mich nicht zur Ruhe kommen lässt. Ein Käfer mit den Augen des toten Jungen. Ein Käfer, der spricht. Mit einem Mund, der mich an das weggeschossene Lachen erinnert. In einer Sprache, die ich zunächst nicht verstehe. Bis der Käfer deutlicher wird und sagt: »Tu doch nicht so! Du willst bloß nicht verstehen, was du längst weißt. Du bist alleine, wirst immer alleine sein, auch wenn dein Kopf in noch so vielen Armbeugen liegt. Du hast keine echten Freunde, denen man sich anvertraut, die das Schicksal mit einem teilen. Die da sind, wenn man sie braucht. Du hast niemanden. Keinen, der dich vermisst, wenn du nicht mehr bist. Du bist allein. Auf jede deiner Freundinnen konntest du im Grunde von Anfang an verzichten. Sie haben deinen Alltag angenehmer gestaltet, ja, aber bei keiner hast du dich ganz und gar hingegeben. Weil du gar nicht dazu fähig bist. Weil du gefühlskalt bist wie ein zugefrorener Weiher. Dein Herz ist ein Eisklumpen, der nur aus unberührbaren Kristallen besteht. Meist hattest du sie satt, nachdem du ein paar Mal mit ihnen geschlafen hattest. Oft hast du einen Vorwand gesucht, sie wieder loszuwerden. Liebe war und ist für dich ein Fremdwort, das du nicht mal über die Lippen bringst. Auch die Gefühle der anderen sind für dich nur eine bloße Zuschreibung, ein nüchtern beobachteter Umstand, der dich selten bewegt. Du bist ein autistischer Dreckskerl, der sein Aussehen und seinen Charme bemüht, um seinem nichtsnutzigen Leben wenigstens an der Oberfläche so etwas wie Sinn zu geben. Wie jämmerlich!«

»Was hast du gesagt?« Es ist Greta, die verschlafen in die Dunkelheit des Zimmers hinein murmelt. Der Käfer ist verstummt. Ich höre ihn nicht mehr, spüre ihn nur noch unter der Schädeldecke, wie er von innen seine Abscheu auf meinen Stirnbeinknochen kratzt wie eine dilettantische Tätowierung.

»Nichts.«

Wir vögeln. Das erste Mal bei mir in der Wohnung. Greta kommt zweimal kurz hintereinander, schreit dabei laut auf und krallt ihre Finger in meinen Rücken, dass es weh tut. Was mich noch mehr erregt. Anschließend liegt sie wie tot neben mir. Ich ziehe meinen Schwanz aus ihr heraus und spritze auf ihren Bauch ab.

»Wie ein Gemälde.« Ich betrachte das sämige Sperma um ihren Bauchnabel herum. »Action painting.«

»Und das?« Greta zeigt auf das Bild an der Wand. »Wer hat das gemalt?«

»Keine Ahnung.«

»Scheußlich.«

»Findest du?«

»Du nicht?«

»Es ist angeschraubt.«

»Angeschraubt?« Sie sieht mich an, als wollte ich sie verarschen. »Wer schraubt Bilder an die Wand?« Sie wischt sich mit dem Plumeau das Sperma vom Bauch.

»Warum Hyänen?«, frage ich.

»Was?«

»Warum hat sie sich den Hyänen zum Fraß vorgeworfen?«

»Wer?«

»Kitty.«

»Vielleicht solltest du dich mal fragen, warum sie sich überhaupt umgebracht hat.«

Natürlich habe ich mich das schon gefragt. Und natürlich bin ich dabei an mir selbst hängen geblieben. Als zumindest einem der infrage kommenden Gründe. Ich habe Kitty sitzen lassen, ja, aus ihrer Sicht womöglich. Obgleich wir eigentlich nichts Ernsteres miteinander hatten. Nicht mal eine kurze Affäre. Es war bloß ein One-Night-Stand. Dennoch habe ich ihr irgendwie übel mitgespielt, wenn auch nichtsahnend.

»Sag du es mir!«

Greta sieht aus, als wüsste sie es, wollte mich aber verschonen. Ebenso interessant wie das Warum ist für mich aber das Wie.

»Welche Rolle haben die Hyänen in ihrem Leben gespielt?«

»Es waren wohl ihre Lieblingstiere«, sagt Greta, steht auf, geht nackt zur Wand und überprüft das Bild.

»Ja, klar, aber warum?« Greta hat einen schönen kleinen Hintern.

»Lieblingstiere sind einem näher als andere.« Schöne, feste Brüste.

»Was hat sie an den Hyänen fasziniert?«

»Vielleicht das Lachen. Damit akzeptieren sie den niedrigeren Rang.« Greta rüttelt am Bild. Die Brüste hüpfen, der Hintern wackelt. Es erregt mich schon wieder.

»Ich werd verrückt, es ist tatsächlich angeschraubt.«

»Sag ich doch.«

Greta verschwindet aufs Klo. Ich höre Geräusche, das Rauschen der Spülung. Als sie zurück ist, bleibt sie vor dem Gemälde an der Wand stehen und sagt, als fiele es ihr erst jetzt wieder ein: »Kitty war schwanger.«

»Was?«

»Sie hat ein Kind erwartet.«

»Von wem?«

»Wer hat denn zuletzt mit ihr geschlafen?« Es klingt spöttisch.

Ich habe mit ihr geschlafen, denke ich, *aber zuletzt?*

»Keine Angst, sie hat das Kind verloren. Abgang.« Greta kommt wieder ins Bett, schmiegt sich erneut an mich.

»Woher weißt du das?«

»Von Laura.« Noch ehe ich weiterfragen kann, taucht sie mit ihrem Kopf unter dem Plumeau weg und macht sich zwischen meinen Beinen zu schaffen.

Ihre Arme sind blutig. Dünne horizontale Striche auf der Haut. Rot. Skizzen einer Tragödie. Zeige mir deinen Arm und ich sage dir, wie sehr du leidest. Sie hat keine Tränen mehr, keine Gefühle, kein Gespür. Für nichts. Schon gar nicht mehr für sich selbst. Auch die Schnitte in die Haut lösen nichts mehr in ihr aus. Das Wasabi, das sie mit den Fingern isst, schafft nur für Augenblicke Ablenkung.

Sie sitzt seit Stunden auf dem Bett. Die Vorhänge sind geschlossen, die Luft ist stickig. Sie starrt auf den Fernseher wie in das Loch zu einer anderen Welt, die sie nicht versteht. Sie hört nur Gerede, das ihr nichts sagt, und zeichnet dabei mit der Rasierklinge Striche auf ihre Haut.

Schritte sind zu hören.

»Kitty?« Er kommt den Flur entlang, bleibt wie vom Blitz getroffen an der Tür zu ihrem Zimmer stehen.

»Kitty!«

Er stürzt zu ihr, reißt ihr die Rasierklinge aus der Hand.

»Was tust du denn da!« Mehr Vorwurf als Frage.

Sie blickt ihn an und weiß nicht, was er meint. Um sie herum liegen Büschel von Haaren. Ihr Kopf ist an den meisten Stellen kahl. Vereinzelt stehen noch Haarinseln wie Antennen von ihrem Schädel ab.

»Kitty, was machst du für Sachen! Deine Haare, deine schönen Haare!« Er streicht ihr über den Kopf. Dann verbindet er ihre Arme. Sie sieht ihm dabei zu, als wäre er nicht er und sie nicht sie.

»So geht das nicht weiter, Kitty«, sagt er.

»Wir müssen was ändern.«

Es sind Worte, die ihr nichts sagen. Sie kann nichts damit anfangen. Sie hört sie, versteht sie aber nicht. *Wir?* Die Worte zerfallen in einzelne Buchstaben. *Ändern?* Sie ergeben keinen Sinn, sind Bruchstücke, eine Hülle ohne Inhalt, leer. Wie sie selbst. Nur noch ein Gerüst, wacklig, dürr, verloren.

Sie nickt, und er nimmt sie in den Arm. Dann weint er, und sie weiß nicht, warum.

Doreen ist wenig kooperativ. Als ich ihr am Telefon vorschlage, dass wir uns im Nola's im Weinbergspark treffen, entgegnet sie: »Willst du mich wieder vögeln? Oder dich wenigstens an das letzte Mal erinnern?«

»Es geht nicht um mich, Doreen.«

»Ach, seit wann denn das?«

»Es geht um Laura. Um die Aufklärung des Mordes an ihr.«

»Und du glaubst, ich kann und will dir dabei helfen?«

Ihr zickiger Tonfall geht mir auf die Nerven. Da wird die erwachsene Frau im Handumdrehen zur pubertären Göre.

»Doreen, bitte. Wir treffen uns um zweiundzwanzig Uhr, ja? Bitte!«

»Warum sollte ich das tun?«

»Wegen Laura.«

»Laura ist mir egal.«

»Dann wegen Kitty.«

Sie sagt nichts mehr. Erst als ich nicht mehr damit rechne, fügt sie hinzu: »Wegen dir vielleicht?«

In diesem Moment weiß ich, dass sie noch immer auf mich steht. Ich lege auf und glaube nicht, dass sie kommt.

Umso überraschter bin ich, als sie neben mir am Tisch auftaucht. Noch mehr verwundert mich, dass sie so herausgeputzt aussieht wie auf dem roten Teppich eines internationalen Filmfestivals der Kategorie A.

»Die Berlinale ist doch erst im Februar«, sage ich.

Sie sieht wirklich verdammt gut aus. Sie trägt ein leichtes Sommerkleid, das weit über den Knien endet. Darunter kommen ihre gebräunten Beine gut zur Geltung. Sie lächelt, als hätte sie den Ärger über mich vergessen.

»Du interessiert dich gar nicht für Laura, sondern für Kitty, nicht wahr?«, sagt sie und setzt sich neben mich.

Jetzt erst weiß ich wieder, was mich an ihr stört. Es ist nicht so sehr ihre besserwisserische Art, ihr zickenhaftes Verhalten. Es ist ihr Dialekt. Ich hasse diese schwäbische Färbung. Es erinnert mich zu sehr an mich selbst, an meine Kindheit, an früher. Ich habe dieses Schwabenleben satt, dieses Schaffa-Schaffa-Häusle-Baua, dieses Kehrwochen-Getue, diesen Maultaschengeiz, diese Klischeespätzle. Und alle, die mich daran erinnern, und sei es nur dem Klang nach. Ich habe mich dort nie zu Hause gefühlt. Nachdem Berlin mich wieder ausgespuckt hatte, bin ich nur dageblieben, weil ich nicht wusste, wohin ich sollte. Es ist vorteilhaft, zu kennen, was man verabscheut. So ist es womöglich einfacher, sich die Sehnsucht nach dem anderen zu bewahren. Dennoch gehe ich allem, was mit früher zu tun hat, weiträumig aus dem Weg. Klassentreffen zum Beispiel meide ich wie Pullover aus Schurwolle. Seltsamerweise machen mich die ehemaligen Klassenkameraden dann doch immer wieder ausfindig. Ich habe meine Mutter in Verdacht. Bestimmt händigt sie ihnen bereitwillig meine E-Mail-Adresse aus, damit ihr Sohn sich mal wieder an die, in ihren Augen schönen, vergangenen Zeiten erinnert. Es sind Einladungen, die sich wie die von der Parteiversammlung der ÖDP lesen. *Wenn Dich auch interessiert, was das Leben so brachte und aus uns allen geworden ist, wenn Dich wie uns nach Jahrzehnten noch immer die Schulhofgeschichten beschäftigen, lass Dich auf ein geselliges, vielleicht aufregendes, auch besinnliches Wiedersehen ein.*

Nein. Nein. Nein. Mich interessiert nicht, in welcher Finanzbehörde das Milchgesicht aus der ersten Reihe, dessen Namen ich schon zu Schulzeiten nicht behalten konnte, heute arbeitet. Auch nicht, mit wie vielen Rotzaffen seiner Nachkommenschaft er diese Welt belästigt. Schon gar nicht, wie erfolgreich seine angetraute Alte ist, und dass der Kredit fürs neue Einfamilienhaus bald abbezahlt sein wird. Nein. Nein. Nein. Das absolut Einzige, was mich an diesen Zusammenkünften wirklich interessieren würde, ist die Frage, ob ich ein, zwei der früheren Freundinnen heute noch vögeln könnte, auch wenn sie verheiratet, geschieden und wieder verheiratet sind. Am besten zwischen Hauptgericht und Dessert im Landgasthof auf dem Scheißhaus. *Bevor das gesellige Beisammensein mit Kegeln und netten Gesprächen ausklingt.* Das ist kein Witz, so stand es in der letzten Einladung zum zehnjährigen Abitreffen vor geraumer Zeit, über das ich lauthals lachen musste, mich dabei verschluckte und so lange hustete, bis Rotz aus Nase und Mund kam.

»Hài? Ha-llo-ooo? Was ist?« Es ist Doreen, die mich aus der Heimat zurück ins Nola's nach Berlin-Mitte holt. Doreen! Doreen kommt aus dem Schwabenland. Wie Kitty. Nur dass man es Kitty nicht anhörte. Doreen schon. Der Dialekt ist gnadenlos wie bei allen Schwaben. Da können sie noch so viel Latte macchiato saufen, sämtliche Bioläden der Stadt leer kaufen, die *taz* abonnieren bis zum Erbrechen, Bürgerinis gründen, für, gegen und überhaupt und noch so oft sie wollen die Grünen wählen – ihre Herkunft werden sie nicht los. Sobald ein Schwabe den Mund aufmacht, fällt das akribisch aufgebaute Kartenhaus in sich zusammen. Stuttgart-Vaihingen sitzt wie ein Muggaseggl zwischen den Worten. Balingen kullert von der Lippe. Herbrechtingen fällt aus dem Mund. Heiligsblechle! Kein Wunder, dass das nicht unbedingt auf Sympathie stößt.

Die Empörung der Schwaben über den Schwabenhass in Berlin könnte größer nicht sein. Ich finde es rührend, wie sie sich zu rechtfertigen versuchen, wie sie an die Weltoffenheit der anderen appellieren, an die Toleranz, und gleichzeitig um ihren eigenen Jägerzaun im Hirn wissen. Die Sprache, das unausrottbare Stigma der Abstammung. Mal ehrlich: Wer will schon aus Frickingen kommen? Oder aus Tailflingen? Bopfingen? Thannhausen? Eben. Traumatisierte Provinzler in der Großstadt sind die Folge. Sie legen sich aber nicht, aus Kostengründen oder Geiz, je nachdem, auf die therapeutische Couch, sondern ziehen sich spätestens nach einem Jahrzehnt in der Fremde unverstanden und frustriert in das überschaubare Ländle zurück. Spätestens dann, wenn der von den Eltern angelegte Bausparvertrag fällig ist. Um mit demselben auf dem billigen Baugrund der Gemeindesiedlung das Einfamilienhaus nach dem Schwäbisch-Hall-Modell *auf diese Steine* … zu bauen. Das Praktische dabei ist, dass man Jahre vorher schon die *Schöner Wohnen* an den freien Sonntagen bei Latte macchiato auf der Terrasse im Café in Berlin-Mitte durchforstet hat. Endlich dahoim! Und: allerhand zu erzählen. Das muss dann reichen bis zur Rente. Dann kommt die Aida, die Hurtigruten. Der Bio-Agriturismo im Cilento mit Slow-Food-Köstlichkeiten. Oder der Kulturtrip durch Lateinamerika auf den Spuren der Mayas-Inkas-Titicacasee-Gaucho-Warao-und alles: Hui! Natürlich mit Aventura-Reisen und auf Fare-Trade-Basis.

»Hài! Verdammt noch mal, hörst du mir überhaupt

zu?« Die Schwäbin wird noch schwäbischer. »Was willst du von mir?«

»Ich will einen Mord aufklären, genauer gesagt, vier Morde.«

»Zu spät. Du hättest dich für Kitty interessieren sollen, als sie noch lebte, dann wäre sie womöglich nicht tot.«

Unterm Tisch berührt sie mein Bein mit ihrem. Ich zucke erschrocken zurück, was sie nicht davon abhält, es noch einmal zu versuchen. Beim zweiten Mal weiche ich nicht mehr aus. Daraufhin rückt sie näher, greift nach meiner Hand und faltet sie auf, als wolle sie daraus lesen.

»Weißt du eigentlich, dass ich mich in dich verliebt hatte?«, sagt sie. »Damals, so wie Kitty.« Sie streicht mit ihren Fingern über meinen Handteller. Sie hat schöne Finger und Nägel wie aus der Spülmittelwerbung.

»Als ich Kitty erzählt habe, dass wir was miteinander hatten, ist sie total ausgeflippt. Dabei wollte ich sie doch einfach nur auf den Boden der Tatsachen zurückholen. Ich wollte doch nur, dass sie sich nicht verrennt. Sie war total in dich verknallt. Sie war sicher, du bist es auch. Ich glaube, sie litt an extremer Wahrnehmungsstörung. Sie hat sich die Welt zurechtgedacht.«

»Und dann?«

»Als ich ihr gesagt habe, du wärst einfach nur ein Scheißkerl, der fickt, was ihm vors Rohr kommt, hat sie gelacht und gesagt, ich sei bloß eifersüchtig. Ich würde ihr das Glück nicht gönnen.«

Sie taxiert mich. Meine Nackenhärchen stellen sich auf, und ich habe plötzlich wieder das Gefühl, mich gegen diese geballte weibliche Anziehungskraft nicht wehren zu können.

»Da habe ich es ihr gesagt.«

»Was hast du ihr gesagt?«

»Dass wir es am Abend der Premierenfeier miteinander getrieben haben.« Sie lächelt wieder, seltsam verzerrt. »Zuerst hat sie mir nicht geglaubt.« Sie lässt meine Hand los und legt ihre an meine Brust, streicht mit dem Finger darüber.

»Aber als ich ihr von deiner Tätowierung erzählt habe, ist sie ins Grübeln gekommen.« Sie klopft mit den Fingerspitzen auf die vietnamesischen Schriftzeichen unter dem Hemd auf meiner Haut. »Was heißt das eigentlich?«

»Geheimnis.«

»Komm, sag schon.«

Ich denke nicht daran.

»Sonst sag ich auch nichts mehr.«

»Bleib erschütterbar und widersteh.«

Doreen lacht auf und sagt: »Das wird dir auch nichts nützen.« Sie schlägt mir mit der flachen Hand auf den Oberschenkel. »Als Kitty es noch immer nicht glauben wollte, habe ich ihr von deinem Feuermal auf dem Schenkel erzählt. Da musste sie's mir glauben.«

»Und dann?«, frage ich.

»›Du Schwein!‹, hat sie mich angeschrien. Und mich rausgeschmissen. Von da an wollte sie mich nicht mehr sehen. Ich habe mich tausendmal bei ihr entschuldigt, hab ihr den Anrufbeantworter vollgequatscht, sie mit E-Mails bombardiert. Ich wollte sie nicht verlieren. Aber nichts. Sie hat den Kontakt komplett abgebrochen.« Doreen nimmt erneut meine Hand und legt sie auf ihre übereinandergeschlagenen Beine.

»Dabei warst du doch das Schwein.«

»Und weiter?«

»Was, und weiter?« Sie betont das »Weiter«, als wäre es längst zu Ende.

»Wie ging es mit Kitty weiter?«

»Wie ging's weiter, wie ging's weiter«, versucht sie mich nachzuäffen. »Wie soll es schon weitergegangen sein.« Ihr Blick sagt mir, dass ich es bereits wissen müsste.

»Es hat ihr das Genick gebrochen. Dann kam noch die versaute Premiere dazu. *Woyzeck*, Büchner. Davon hat sie sich nicht mehr erholt. Während der zweiten Vorstellung ist sie auf offener Bühne zusammengebrochen. Ein stationärer Aufenthalt in der Klapse folgte.«

»Woher weißt du das alles?«

»Von Laura. Oder besser, von Greta. Die wusste es von Laura.«

»In welcher Klapse war sie?«

»Charité, glaub ich.«

»In der Charité?«

»Ja.«

»Das gibt's doch nicht.« Ich kann es kaum fassen. Ich sehe Doreen an und habe plötzlich das Gefühl, dass sie mehr weiß, als sie sagt. Offenbar sind ihr meine Blicke unangenehm.

»Was ist?«

»War Kitty in der Psychiatrie bei Dr. Antonia Wagner-Zander?«

»Keine Ahnung.«

Sie fasst ihm zwischen die Beine, öffnet seine Hose und nimmt seinen Schwanz in den Mund. Er schmeckt ungewaschen, süßlich, nach Vergorenem, nach Fisch und trockenem Urin. Sie leckt, bläst immer schneller wie eine Maschine, bis er kommt. Seine dreckigen Hände sind in ihre Haare gekrallt. Sie schluckt sein Sperma. Der Penner sitzt im dunklen Görlitzer Park auf einer Parkbank, sie kniet davor. Sie riecht seine Alkoholfahne, die versifften Kleider, und hört ihn röcheln.

Anschließend rauchen sie eine Zigarette zusammen, trinken billigen Wein aus der Flasche und schweigen. Er scheint beschämt. Sie spürt nichts, hört nur das Rauschen der Bäume, als wäre es das Rauschen ihres Blutes. Ab und zu meldet sich die Stimme in ihrem Bauch. Sie erzählt von früher. Von ihr, ihrer Mutter, der Tante, von Hajo und Doreen. *Weißt du noch?* Sie schüttelt den Kopf, will nichts wissen, nichts hören. Hält sich die Ohren zu. Das Rauschen ist weg. Die Stimme ist noch da.

Sie sitzen so lange auf der Parkbank nebeneinander, bis er einschläft und zur Seite kippt. Sie steht auf, irrt stundenlang durch den Park, bis der Tag anbricht, immer wieder im Kreis herum, ohne zu wissen, wohin. Irgendwann bleibt sie erschöpft auf der Betonterrasse des abgetragenen Pamukkale-Brunnens sitzen und schläft ein. Als ihr am Morgen ein streunender Hund durchs Gesicht schleckt, wacht sie auf. Sie kann sich an nichts mehr erinnern. Nur der Geschmack im Mund fühlt sich eklig an.

Ein anderes Mal spricht sie am S-Bahnhof Neukölln einen ausländisch aussehenden Mann an. Sie fragt, ob er sie schön fände. Er scheint nicht zu verstehen, hebt die

Schultern und will wissen, was sie von ihm wolle. Sie nimmt seine Hand und legt sie sich auf die Brust. Nicht weit von der S-Bahn-Haltestelle entfernt, im Hinterhof eines Reifendienstes, lässt sie sich von ihm vögeln, von hinten, an einen Stapel alter Autoreifen gelehnt, so lange, bis ihr Tränen über die Wangen laufen. Anschließend schlägt er sie ins Gesicht. »Du verfickte Nutte!«, sagt er.

Sie lacht, spuckt ihn an und schreit, hysterisch und so laut sie kann: »Du Schwein! Du dreckiges Schwein!« Sie schreit es so lange, bis er in Panik davonrennt.

Auf dem Nachhauseweg setzt sie sich zu den Punks an den Brunnen vom Alexanderplatz. Sie trinkt Bier mit ihnen, raucht und befriedigt einen mit der Hand. Anschließend ist ihr so schlecht, dass sie sich übergeben muss.

Zu Hause ritzt sie sich mit einer Rasierklinge die Unterarme auf. Ohne diesen Schmerz spürt sie nichts. Oder nur das, was sie langsam zu zerstören droht. Ohne diesen Schmerz, glaubt sie, nicht mehr leben zu können.

Sie starrt stundenlang wie hypnotisiert in den Fernseher, unfähig, sich zu bewegen, und weiß doch nicht, was sie sieht. Gerede, nichts als Gerede. Wörter, Sätze, die nichts bedeuten.

Irgendwann in der Nacht flimmert *Das Schweigen* von Ingmar Bergman über den Bildschirm. Ein Erinnerungsfetzen ist zurück. Die Schwestern, der kleine Junge, das Blatt Papier mit den Wörtern in der fremden Sprache. Für einen Augenblick schöpft sie Hoffnung, glaubt, dass er zurückkommt. Und: Alles wird anders, alles wird gut. Auf eine zweite Chance harrt sie und: alles noch einmal zurück auf Anfang.

Anschließend fällt sie noch tiefer in das Loch und verzweifelt noch mehr. Sie schreibt mit einem Kugelschreiber an die Wand: *Ich will nicht wie meine Mutter, nicht sein, meine Mutter nicht werden, nicht* und *Geschrei nur noch im Schädel Und ein Vers, der bricht.*

Von dem Tag an wäscht sie sich nicht mehr. Von dem Tag an isst sie nichts mehr. Sie hat keinen Hunger, bringt nichts hinunter. Nur Wasabi stopft sie in großen Mengen in sich hinein, als wolle sie sich innerlich verbrennen. So lange, bis das Kind im Bauch immer leiser wird und schließlich ganz verstummt.

Weißt du noch?

Es ist wie ein Déjà-vu-Erlebnis. Ich kann mich nicht wehren. Will ich seltsamerweise auch gar nicht. Ich bin ihr ausgeliefert. Mir selbst ebenso. Ich habe mich nicht mehr im Griff und drohe die Kontrolle vollends zu verlieren. Es ist der Alkohol, ihr Geruch, die Gier nach Sex, die mich alle Vorsätze vergessen lassen.

Doreen wiederum scheint ganz genau zu wissen, was sie will und was sie tut. Es scheint, als verfolge sie einen Plan, in den ich nicht eingeweiht bin, der mich aber betrifft.

Als wir gegen Mitternacht angetrunken das Nola's verlassen, drückt sie mich am Kinderspielplatz gegen den Gitterzaun. Spontan denke ich an einen Spaß, an eine kindische Laune von ihr. Als sie mir anschließend zwischen die Beine greift, weiß ich, dass mehr dahintersteckt. Sie drückt ihren Mund auf meinen und küsst mich heftig. Ich bin wie paralysiert. Sie öffnet meine Hose, holt meinen erigierten Schwanz heraus und reibt ihn.

»Doreen, hör auf, bitte, das dürfen wir nicht.« Es klingt total bescheuert.

»Greta ist es egal«, sagt sie.

Ich habe den Eindruck, ihr Dialekt sei plötzlich verschwunden. Sie rafft ihr Kleid hoch und schiebt meinen Schwanz an ihrem Slip vorbei in ihre Muschi. Wir vögeln an das Gitter gelehnt, das bei jedem Stoß vibriert und wie eine elektrische Leitung surrt. Ich schließe die Augen und sehe Kitty. Bevor ich komme, ziehe ich meinen Schwanz aus ihr heraus und spritze auf ihr Kleid.

»Das war überfällig, mein Lieber«, sagt Doreen, wieder ohne Dialekt. »Jetzt sind wir quitt!«

Sie streicht ihr hochgerafftes Kleid zurecht und wischt die Spermaspuren mit einem Papiertaschentuch ab.

»Gott fliegt über Afrika«, sagt sie. »Erinnerst du dich? Und weil er mal wieder gut gelaunt ist, denkt er sich, ich werde hundert Afrikanern einen Wunsch erfüllen. Er fragt den ersten Schwarzen: ›Was wünschst du dir?‹ Der Schwarze antwortet: ›Ich möchte weiß werden.‹ Der Wunsch wird ihm erfüllt. Auch der Zweite, Dritte, Vierte, Fünfte, alle neunundneunzig wünschen sich das Gleiche und werden augenblicklich weiß. Nur der Letzte krümmt sich vor Lachen. Gott fragt ihn: ›Und was wünschst du dir?‹ Der Schwarze sagt: ›Ich wünsche mir, dass alle wieder schwarz werden …‹

Kitty hat er gefallen. Ich finde ihn scheußlich.«

Sie zerknüllt das Papiertaschentuch, wirft es mir eine Spur zu theatralisch vor die Füße und lässt mich stehen. Es ist vor allem diese Abgeklärtheit, die mich aus dem Gleichgewicht bringt. Die Abgeklärtheit, hinter der sie sich versteckt. Darin ist sie mir ähnlicher und näher, als mir lieb ist. Vermutlich war sie auch Kitty näher, als ihr lieb ist. Vielleicht gibt sie sich deshalb so kühl, so unbewegt von ihrem Tod. Womöglich ist das ihre Art, mit dem eigenen Versagen, der eigenen Schuld umzugehen.

Sie verschwindet in der Nacht, ohne sich noch einmal nach mir umzudrehen. Ich komme mir albern vor, vollkommen lächerlich, wie ich an das Gitter gelehnt in diesem dunklen Park stehe, die Hose an den Knien, wie ein kleiner Junge, der eine Abfuhr erhalten hat. Mir ist kalt. Mich fröstelt.

Ich verfluche mich. Für meine Inkonsequenzen. Für mein verpfuschtes Dasein. Ich hasse mich für alles. Ich hasse Doreen, Greta, Kitty, diese verdammte Stadt, diesen beschissenen Fall.

Ich sehne mich nach dem Kloster. Nach Pater Aurelius.

Ich überlege abzureisen.

Der Teufelsberg im Grunewald spielte in meinem Leben bisher keine Rolle. Ich war noch nie hier. Warum auch? Dieser Schutthaufen interessiert mich nicht, ebenso wenig die Abhör- und Spionageanlagen, die es hier gibt. Veraltete Dinger, die in der Geschichte vielleicht mal eine Rolle gespielt haben, jetzt aber höchstens noch ein heruntergekommenes Relikt des Kalten Krieges sind.

»Jetzt wird es ernst«, sagt Kleeberg und ist ganz fahl im Gesicht. Mechthild Gotthoff erklärt mir, der Tote heiße Hans-Joachim Mühlbauer und sei SPD-Abgeordneter im Bundestag gewesen. »Er stammt aus Baden-Württemberg. Wie er hierher zum Teufelsberg kam und was er hier wollte, wissen wir noch nicht«, sagt sie.

»Bisher steht nur fest, dass er auf dieselbe Art und Weise ermordet wurde wie die vorherigen Opfer«, sagt Kleeberg und scheint sich selbst nicht im Klaren darüber zu sein, ob er froh oder eher bestürzt sein soll.

»Und was sagt Dr. Wenger dazu?«, frage ich und schaue mich demonstrativ um, als wäre er nicht weit, woraufhin Mechthild Gotthoff die Augen verdreht.

»Jetzt wird es ernst«, wiederholt Kleeberg, und das Timbre in seiner Stimme ist noch düsterer. »Womöglich haben wir es mit einem Verbrechen ungeahnten Ausmaßes zu tun. Vielleicht steckt etwas vollkommen anderes dahinter als gedacht.«

Ich schaue Kleeberg fragend an. Ich verstehe nicht, was er damit sagen will.

»Sie meinen doch nicht etwa was Politisches?«, fragt Mechthild Gotthoff. Offenbar befürchtet sie, der Fall würde ihnen vom BKA entrissen, was von der Presse längst versucht wurde herbeizuschreiben.

Kleeberg schüttelt den Kopf. »Glaube ich nicht. Eher das Gegenteil.«

»Was ist denn das Gegenteil von politisch?«

»Persönlich«, sagt Kleeberg. »Privat.«

Ich nicke, zeige auf den übel zugerichteten Politiker und frage, »Wer hat ihn gefunden?«

»Ein Obdachloser«, sagt Mechthild Gotthoff und ergänzt, dass dieser weder etwas gehört noch gesehen habe.

Kleeberg deutet mit einer Handbewegung an, dass der Mann getrunken hat. Gotthoff zeichnet mit ihrer flachen Hand auf Höhe des Mundes einen Strich in die Luft. »Bis zum Rand voll.«

Die Zeitungen der Hauptstadt machen am nächsten Tag ausnahmslos ihre Titelseiten mit dem Bericht über den Mord an Hans-Joachim Mühlbauer auf. Die Mordserie hält die Stadt in Atem. Wilde Spekulationen greifen um sich, die vom Psychopathen über die organisierte Kriminalität bis hin zu einem politischen Hintergrund der Taten reichen. Dabei werden erneut Forderungen laut, endlich das Bundeskriminalamt einzuschalten.

»Schwachsinn«, sagt Greta, als ich am Abend bei ihr in der Küche sitze. Sie steht am Herd und sagt es, ohne sich zu mir umzudrehen. »Laura und Mafia, das ist absurd.« Ihre Bewegungen sind leicht und grazil. Sie trägt eine kurze, zu knappe Turnhose und ein Trägershirt, ebenfalls zwei Nummern zu klein, wie mir scheint. Wenn sie sich vorbeugt, kann ich hin und wieder ihre Brüste sehen. Einmal ertappt sie mich dabei und lächelt ein wenig blasiert.

»Wo ist Doreen?«, frage ich.

»In ihrem Zimmer.«

»Isst sie nicht mit?«

»Nein.«

»Warum nicht?«

»Ist doch egal.«

Greta ist eher an einem Gespräch über die Morde interessiert.

»Was wollte dieser Politiker eigentlich auf dem Teufelsberg?«, fragt sie.

»Womöglich wurde er von seinem Mörder dahin bestellt. Auf jeden Fall hat er sich mit einem Taxi hinbringen lassen.«

»Wurde er auch mit Wasabi gequält?«

»Ja, und wie! Bei allen Opfern fand man das Zeug in allen Körperöffnungen, in den Schnittwunden und in den Augen.«

»Das muss höllisch brennen.«

»Ganz bestimmt. Das hat nichts mehr mit Sadomaso zu tun, sondern mit Folter.«

Noch ehe Greta auf meine Anspielung eingehen kann, deute ich auf die Pfanne und frage: »Was gibt's?«

»Lass dich überraschen.«

Es gibt Hühnchenbrust in einer Orangesoße, dazu Fisch. Spanische Küche.

»Eine oder zwei Portionen?«

»Eine.«

»Das Kochbuch hat Doreen mir geschenkt«, sagt Greta, während ich die spanischen Gerichte in dem Buch durchblättere, das auf dem Tisch liegt, und das halb volle Weinglas hinunterstürze wie ein Verdurstender. Ein wohliges Gefühl durchströmt mich. Ich merke, dass ich schon leicht angesäuselt bin.

Während Greta die Teller portioniert, will sie von mir wissen, ob ich mich schon mal gefragt habe, warum man gerade mich als verdeckten Ermittler auf diesen Fall angesetzt hat.

»Ist doch komisch«, sagt Greta, »dass sie dich holen, oder? Als hätten sie nicht genügend eigene Leute.« Sie sieht mich an, als wäre ich gar nicht so besonders, wie ich ihrer Vermutung nach zu sein glaube.

»Also, ich finde das komisch. Sehr komisch sogar.«

»Vielleicht glauben sie, etwas gutmachen zu müssen.«

Sie lacht. »Mensch, Hài, das ist doch kein karikativer Verein. Denen geht es um Verbrechensaufklärung. Das hat nichts mit Nächstenliebe und Barmherzigkeit zu tun.«

Sie hat recht. Aber womit dann? Womöglich hat das auch mit Kitty zu tun. Und ihrem Tod. Vielleicht ist es gar kein Zufall, dass ich hier bin, sondern es steckt etwas ganz anderes dahinter. Nur was? Greta stellt den Teller vor mir auf den Tisch ab.

»Lass es dir schmecken.«

»Danke.« Mir ist der Appetit vergangen. Ich trinke ein weiteres Weinglas leer und fühle mich taub. Während Greta die Hähnchenbrust in sich hineinschlingt, dabei immer wieder »Köstlich, wirklich köstlich« sagt und »Das mache ich jetzt öfters!«, wird mir zunehmend schlechter. Ich stochere in der Orangensoße herum, nehme ein, zwei Bissen von der Hähnchenbrust, entschuldige mich und verschwinde aufs Klo.

Mein Gesicht im Spiegel ist kaum von den Fliesen zu unterscheiden. Blass und ausdruckslos. Ich setze mich auf den Klodeckel, neben den Korb mit der schmutzigen Wäsche, und atme mehrmals tief ein und aus. Ich schwitze, mir wird schwummrig. Ich greife in den Wäschekorb, ziehe ein Unterhemd heraus und rieche daran. Es ist Gretas Geruch. Ich merke, wie ich nicht genug davon bekommen kann, wie er mich erfüllt und geil macht. Ich ziehe mir das Unterhemd über den Kopf, inhaliere den Geruch und halte die Luft an.

In diesem Moment werde ich von Gedanken wie von einer Woge überschwemmt. Ich kann an nichts anderes mehr denken als an Greta. Überall ist Greta, nackt, mit Striemen auf der Haut. Und Doreen. Ebenfalls nackt. Beide ineinander verschlungen mit glitschigen Körpern, nach denen ich wie ein Ertrinkender greife und die ich doch nicht fassen kann. Kurz bevor ich in Ohnmacht zu fallen drohe, klopft es an der Tür.

»Hài?« Es ist Greta. »Alles in Ordnung?«

Ich reiße mir das Unterhemd vom Kopf, schnappe nach Luft.

»Ja.«

Dr. Wenger hätte sein Jackett anbehalten sollen, dann würden den Zuschauern die Schweißflecken unter den Achseln seines weißen Hemds verborgen bleiben. Er scheint nervös zu sein. Mechthild Gotthoff wirkt unbeteiligt, Kleeberg cool. Alle drei sitzen leicht erhöht an einem Resopaltisch, umgeben von Mikrofonen.

Ich liege fast nackt auf meinem Bett, die eine Hand in der Unterhose, die andere an der Fernbedienung, und starre in die Glotze, als würde ich mir davon eine Art Befriedigung versprechen.

Die Pressekonferenz wird live auf RBB übertragen. *Die nachfolgenden Sendungen verschieben sich um dreißig Minuten.* Seit bekannt ist, dass das neueste Opfer niemand anderes als der Politiker Hans-Joachim Mühlbauer ist, nimmt der Druck auf die Sonderkommission zu. Die Presse, die Politik, die Öffentlichkeit stellt Fragen, die die Exekutive zu beantworten hat. Dabei redet eigentlich nur Dr. Wenger. Und wie. Er scheint diese Auftritte zu lieben, auch wenn sein Gesicht vor Schweiß glänzt, als wäre er nicht Chef der Kriminaldirektion, sondern Vorarbeiter bei der Druckrohrleitungsverlegung im Hoch- und Tiefbau in der prallen Mittagssonne.

»Wir gehen nach wie vor davon aus, es mit nur einem Täter zu tun zu haben. Womöglich auch mit einer Täterin.« Wenger gibt sich optimistisch. Nachdem einer der Journalisten wissen will, ob es eine ernstzunehmende Spur gäbe, fragt Wenger rhetorisch zurück: »Eine?« Um die Frage dann mit »Eine Vielzahl!« zu beantworten.

Kleeberg erschrickt. Gotthoff schaut noch immer, als ob das Ganze sie nichts anginge.

»Und welche?«

Dr. Wenger gibt sich abgeklärt, zögert, schaut selbstgefällig in die Kamera und sagt dann: »Haben Sie bitte Verständnis dafür, dass wir das hier und heute nicht offenbaren. Sonst würde unser Täter möglicherweise gewarnt und seine baldige Überführung gefährdet. Und das kann ja niemand wollen, nicht wahr?«

Geraune unter den Medienvertretern setzt ein.

»Na, sehen Sie.« Wenger scheint zufrieden. Kleeberg scheint sich nicht wohl in seiner Haut zu fühlen.

»Wie steht es eigentlich mit der asiatischen Spur, der Prostituierten, Stichwort: Wasabi?«, meldet sich eine weitere Journalistin zu Wort. »Bei der letzten Pressekonferenz waren Sie doch noch so zuversichtlich, dass der Fall bald abgeschlossen sein würde.« Die Frau kann die Ironie und die Häme in ihrer Stimme nicht ganz verbergen. »Warum musste diese dringend Tatverdächtige wieder freigelassen werden?«

»Ja, es stimmt«, sagt Dr. Wenger und scheint die Frage erwartet zu haben. »Die Verdächtige stammt in der Tat aus dem Umfeld des horizontalen Gewerbes und musste wieder auf freien Fuß gesetzt werden.«

»Warum?« Die Journalistin gibt sich hartnäckig.

»Kein Kommentar.«

Das Geraune im Zuschauerraum nimmt zu. Ein Zwischenruf ist zu hören: »Könnte es sein, dass die Opfer sich kannten?«

Auch die Presse scheint recherchiert zu haben und eine Verbindung zwischen Stefan Ehrenfeld, Laura Tessloff und Dr. Antonia Wagner-Zander herstellen zu wollen.

»Wir gehen tatsächlich davon aus, dass der Täter nicht willkürlich mordet.« Dr. Wenger wirft Gotthoff und

Kleeberg einen Seitenblick zu. Gotthoff erschrickt dabei, Kleeberg reagiert gar nicht. »Wir vermuten, dass er die Opfer ganz bewusst auswählt. Natürlich müssen wir auch in Betracht ziehen, dass sie sich kannten, dass sie irgendetwas miteinander verbunden hat.«

Wieder ein Zwischenruf: »Und was?«

»Tja, wenn *Sie* es wissen, sagen Sie es uns.« Dr. Wenger lächelt angestrengt, Kleeberg verzieht das Gesicht. Erneutes Gelächter unter den Medienvertretern im Zuschauerraum.

Ein weiterer forscher Zwischenruf, lauter als die vorherigen, der noch mehr Gelächter zur Folge hat: »Sind Sie die Ermittler oder wir?«

Dr. Wenger vergeht das Lächeln. Kleeberg und Gotthoff rutschen gleichzeitig kaum merklich auf ihren Stühlen herum.

»Meine Damen und Herren, ich bitte Sie! So kommen wir nicht weiter«, sagt Dr. Wenger offensichtlich bemüht um Sachlichkeit. »Wir müssen an ein und demselben Strang ziehen, um den Täter möglichst schnell festzunehmen, damit er nicht noch mehr Schaden anrichten kann, verstehen Sie? Glauben Sie uns, wir sind auf dem besten Wege.«

Jeder im Raum weiß natürlich, dass dies die üblichen Floskeln sind, um zu vertuschen, dass die Ermittlungsbehörden in Wirklichkeit nichts in der Hand haben, keine einzige verwertbare Spur.

Ich schalte den Fernsehapparat aus, setze mir einen Tee auf und wundere mich über Dr. Wenger und seine laienhafte Rhetorik. Ich wundere mich auch über Mechthild Gotthoff. Sie sah während der gesamten Pressekonferenz so aus, als wäre sie gedanklich schon im Sommerurlaub. Kein Wunder eigentlich, dass die Ermittlungen auf der Stelle treten. Was macht der aufgeblasene Trupp eigentlich den lieben langen Tag? Zumindest nicht genügend, um ernstzunehmende Hinweise oder gar Ergebnisse zu liefern. Ich habe den Eindruck, Wenger, Gotthoff, Kleeberg und die anderen sind bloße Statisten in einem Spiel, das völlig an ihnen vorbeiläuft. Und Mechthild Gotthoff vermittelt den Anschein, gut damit leben zu können. Eine Kommissarin, die offenbar nicht ausschließlich für ihren Beruf existiert, sondern der die Arbeit in erster Linie zum Gelderwerb dient. Nach Feierabend verschwendet sie keinen Gedanken mehr daran. Und manchmal auch schon vorher nicht. Kleeberg ist da ganz anders. Der Fall scheint ihm schlaflose Nächte zu bereiten. Oder Albträume.

Die Schlagzeilen anderentags in den Hauptstadtzeitungen sind die Quittung für die missglückte Pressekonferenz. Dabei kommt Kriminaldirektor Wenger ebenso schlecht weg wie alle anderen ermittelnden Beamten. Öffentlich wird spekuliert, ob es an der vermeintlichen Unfähigkeit des Personals liege oder am gewieften Täter, dass die Polizei dermaßen im Dunkeln tappe, dass bald mit weiteren Opfern zu rechnen sei. Panikmache und Hysterie ist in fast allen Artikeln spürbar. Das größte Blatt der Stadt drängt noch einmal darauf, dass der Fall schnellstmöglich der Sonderkommission entzogen werden sollte, um das BKA auf den Täter anzusetzen.

Kleeberg tobt wieder, wie Mechthild Gotthoff mir später erzählt. In seinem Wutanfall schreit er: »Arschlöcher! Alles Arschlöcher!« und »Die spinnen doch alle!«

Ich kann eine klammheimliche Freude nicht verhehlen.

3

Eine Sünde, so dick und so breit –
es stinkt, dass man die Engelchen zum Himmel
hinausräuchern könnt!

Georg Büchner, *Woyzeck*

Wir sind verwirrt. Wir vermissen die Stimme des Täters. Warum äußert er sich nicht mehr? War es bisher nicht bei allen Morden so? Warum sagt er jetzt nichts? Wir erwarten es von ihm und fühlen uns getäuscht, sind auch ein wenig enttäuscht.

Wir glauben dem Täter dennoch auf der Spur zu sein. Uns entkommt er nicht, das Schwein, schwören wir uns. Uns führt er nicht an der Nase herum. Wir durchschauen ihn.

Gleichzeitig bemerken wir aber auch, dass wir einen Hauch von Verständnis für ihn aufbringen. Ohne es zu wollen. Wie würden wir an seiner Stelle reagieren? fragen wir uns. Wir erinnern uns an unseren eigenen Hass, unsere Aggression, an unsere Rachegelüste, die sich nicht entfalten dürfen, die ständig unterdrückt werden und dabei anschwellen und versteckt in uns, im hintersten Winkel unseres Seins, ihr heimliches Dasein fristen. Als würden sie nur darauf warten, dass sich die Gelegenheit ergibt, endlich aus der Verborgenheit auszubrechen und unser Handeln zu bestimmen. Die Scham vor dem Gefühl, das tief in uns wartet und um Aufmerksamkeit buhlt, lässt uns entrüstet den Täter verdammen. Dennoch ertappen wir uns dabei, wie wir Mitleid für ihn empfinden, wie wir seine Trauer verstehen. Bei diesen Gedanken zwingen wir uns erschrocken und uns selbst disziplinierend, an etwas anderes zu denken. Doch immer wieder kehren unsere Gedanken zurück zur Frage nach der Gerechtigkeit. Wir überlegen, was so viel Leid mit uns selbst anstellen würde. Auch wir würden Gerechtigkeit fordern. Auch unsere Wut, unsere Kränkung, unsere Trauer verlangt nach Vergeltung. Aber was, wenn die Schuld nicht justiziabel ist? Wenn sich für die Taten kein Richter findet? Wenn es nur ein bedauernswertes Opfer gibt und keine Täter, die man zur Verantwortung ziehen kann?

Es will uns nicht einleuchten, dass niemand für das ganze Leid verantwortlich sein soll. Das wollen wir nicht akzeptieren, ähnlich wie der Täter. Plötzlich besteht zwischen ihm und uns ein Band, das uns nicht mehr unvoreingenommen und vorbehaltlos urteilen lässt. Ist Selbstjustiz ein Mittel zum Zweck, wenn alle anderen Mittel versagen?, denken wir und verneinen im selben Moment, heftig den Kopf schüttelnd. Doch der Gedanke ist faszinierend. Allein der Mut zu handeln fehlt uns. Die Angst vor den Konsequenzen lässt uns zögern. Wir wissen aber auch: Wenn das Schicksal zulangt und uns niederschmetternde Schläge verpasst – uns erschüttert, wie es den Täter erschüttert hat –, besteht auch bei uns die Gefahr, dieser Versuchung zu erliegen. Wir sind nicht so gefestigt, wie wir meinen. Deshalb verbieten wir es uns umso entschlossener, mit dem Scheusal zu sympathisieren. Wir wollen ihn für seine Taten verabscheuen. Es gelingt nicht. Ein Teil von ihm ist auch in uns. Ein Teil, das unser Verständnis einfordert …

ICH

»Hallo, wer ist denn da?«

Schon nach dem ersten Wort ist mir klar, dass es ein Fehler war, sie angerufen zu haben. Eine Sentimentalität, ein Leichtsinn, eine unverzeihliche Schwäche. Der Tonfall in ihrer Stimme ist wie immer. Missbilligend, freudlos, empfindlich. Er macht mich aggressiv. Ich hätte es wissen müssen und verfluche mich wegen dieser Nachlässigkeit.

»Bist du immer noch im Kloster?« Mehr Vorwurf als Interesse.

»Nein. Ich bin in Berlin.«

»In Berlin? Was machst *du* in Berlin?« *Gute Frage*, denke ich. *Was mache ich hier eigentlich?*

»In meiner Vergangenheit kramen«, antworte ich, wobei ich sie spüren lasse, dass auch sie für diese Vergangenheit verantwortlich ist.

»Na, das trifft sich doch gut. Dann kannst du ja deinen Vater besuchen«, sagt sie abgeklärt.

»Warum sollte ich? Ich habe ihn noch nie besucht.«

»Traurig genug!« Beachtlich, wie viel Hass und Ablehnung allein mit dem Klang der Stimme ausgedrückt werden können.

»Du hast ihn auch noch nicht besucht«, sage ich, nicht minder vorwurfsvoll.

»Ich bin auch nicht sein Sohn.«

»Nein, nur seine Frau.«

Sie lacht bitter. »Ich *war* seine Frau, Hài. Wir sind geschieden. Seit über dreißig Jahren, falls du's vergessen hast.«

Leider habe ich es nicht vergessen, denke ich und schweige.

»Er ist krank«, sagt sie, und es klingt, als wolle sie mich dafür verantwortlich machen.

»Woher weißt du das?«

»Er hat nach dir gefragt.«

»Ach ja? Jetzt auf einmal, was?«

»Sei nicht so hart, Hài.«

»Ich bin nicht hart. Er ist hart. Zumindest war er es all die Jahre.«

»Ich glaube, er wird bald sterben«, sagt sie und wartet auf eine Reaktion.

Ich sage nichts, versuche, nicht einmal zu atmen.

»Er will dich noch mal sehen.«

Ich bleibe so ruhig, als wäre ich nicht da.

»Hài? Sag etwas.«

»Nein«, sage ich.

»Er liegt in der Charité.«

»Und du?«

»Was ich?«

»Besuchst du ihn?«

»Mich will er nicht sehen.« Sie lacht, jetzt weniger bitter als erleichtert.

»Das verstehe ich«, sage ich.

Ihr Lachen ist dahin. Ihr Ton wird forscher. »Was wolltest du eigentlich von mir?«

Ich überlege, was ich eigentlich von ihr wollte. Ich könnte ihr von meinem Traum erzählen, lasse es aber und frage: »Kennst du einen Hans-Joachim Mühlbauer?«

»Den Politiker?«

»Ja.«

»Was heißt kennen. Die Zeitungen sind voll von ihm.«

»Hat er nicht in deinem Wahlkreis für die SPD kandidiert?«

»Ich interessiere mich nicht für Politik.«

Klar, du interessierst dich für nichts anderes als für dich selbst, denke ich. Selbst wenn sie etwas wüsste, würde sie es mir nicht verraten.

Noch ehe ich etwas entgegnen kann, fragt sie: »Sonst noch was?«

»Nein. Nichts.«

Wenn er an ihrem Bett saß, sprang ihre Schläfrigkeit auf ihn über. Er saß da und fühlte sich leblos, wie benommen. Er konnte nichts sagen, nur schauen. Er hielt ihre Hand, die immerzu kalt war und hatte das Gefühl, sie erkenne ihn gar nicht.

Auch sie hatte sich verändert. Sie war blass, fahl im Gesicht. Die wenigen Haarbüschel wirkten stumpf. Die Arme, der Hals, die Wangen schienen schmaler. Sie hatte abgenommen. Nur ihre Augen sahen größer und dunkler aus.

»Wie geht es dir?«, fragte er.

Sie schwieg. Nie sagte sie etwas, als hätte sie das Sprechen verlernt, und blickte ihn an. Es kam ihm vor, als schaute sie durch ihn hindurch. Was sie sah, konnte er nur erahnen. Womöglich das, was sie krank gemacht hatte. Aus der Ärztin war nicht viel herauszubekommen, sie berief sich auf ihre ärztliche Schweigepflicht. Er hatte den Eindruck, dass sie ihn nicht mochte. Männer wie ihn generell nicht. Väter. *Vielleicht, weil sie mit ihrem eigenen Vater schlechte Erfahrungen gemacht hat*, dachte er.

Er versuchte, Kitty zu verstehen. Es misslang. *Es hat mit der Vergangenheit zu tun*, überlegte er, *alles hat immer irgendwie mit der Vergangenheit zu tun.* Mit der unmittelbaren und mit der weit zurückliegenden. Mit Kittys Vergangenheit. Mit ihrer Mutter, mit Hajo dem Stiefvater, mit Doreen. Mit dem Theater, den Proben und dem Mann, der sie enttäuscht haben musste.

Alles zusammen war zu viel für sie, dachte er. *Alles zusammen hat sie verzweifeln lassen.*

Er strich ihr über die Stirn. Er merkte, wie seine Hand

ebenfalls kühl wurde. Ihre Kälte ging auf ihn über. Er konnte ihr nicht helfen. Er rief Doreen an und fragte, ob sie Kitty in der Klinik nicht besuchen wolle. Vielleicht könne sie ihr helfen. Zuerst wich sie aus, sagte, sie könne sich nicht vorstellen, dass Kitty sich über einen Besuch von ihr freuen würde. »Kitty ist mir zuletzt aus dem Weg gegangen«, sagte sie. »Unsere Freundschaft war nicht mehr die beste.«

Er ließ nicht locker. »Einen Versuch ist es wert«, sagte er.

Doreen ließ sich erweichen. »Aber nur, wenn Sie mir versprechen, dass Sie auch da sind.«

Er saß noch immer auf dem Bett, als die Tür aufging. Als Doreen das Zimmer betrat, zuckte Kitty zusammen. Sie schrie und kniff dabei die Augen zu. So lange, bis Doreen wieder verschwunden war. Danach ging es ihr noch schlechter. Sie zitterte am ganzen Körper. Ihr Blick war ständig unterwegs, als suche er irgendwo Halt.

Es war ein Fehler, dachte er.

»Sie wird nicht mehr kommen. Ich verspreche es dir.«

Der Anrufbeantworter blinkt und sendet unaufhörlich Signale. Rote Punkte aus einer anderen Welt. Von früher. Sie hört das Gerät nicht ab, starrt nur auf den leuchtenden Fleck, als könnte er sprechen. So lange, bis sie glaubt, dass er tatsächlich spricht. Sie hört zu, als könnten sich die blinkenden Zeichen in Buchstaben verwandeln, in Worte, Sätze, in einen Lebenszusammenhang.

»Geh nicht zu nah ran, sonst fällst du hinein«, sagt ihre Mutter.

Sie geht ganz nahe heran und fällt. Schlägt um sich, schwimmt. Das erste Mal geht sie nicht unter. Sie schwimmt, schluckt Wasser, hustet. Aber sie schwimmt. Damals verliebt sie sich in das Wasser. Damals weiß sie, wenn man um sich schlägt, geht man nicht unter. Damals weiß sie, wenn man schwimmt, kommt man voran.

Von da an ist sie lieber im Wasser als mit beiden Beinen auf dem Boden. Wenn andere Kinder im Sandkasten spielen, auf dem Spielplatz herumturnen oder mit dem Fußball auf Garagentore kicken, schwimmt sie. Immer wenn es geht, schwimmt sie. Im Schwimmbad, im See, im Fluss. Überall.

Am liebsten aber taucht sie. Vier Bahnen im Schwimmbad kann sie tauchen, ohne Luft zu holen. Die anderen Kinder stehen am Beckenrand und klatschen. Auch die Mädchen. Sie ist wer. Sie ist die, die am längsten tauchen kann, die am längsten die Luft anhalten kann. Sie ist wer! Sie schwimmt und schwimmt und taucht und taucht und schwimmt und glaubt dabei manchmal sogar ein Fisch zu sein. »Unsere Forelle!«, sagt ihre Mutter. Hajo lacht und bewegt dabei den Mund wie ein fetter Karpfen.

Sie zeigt ihm einen Vogel und bekommt eine Ohrfeige von der Mutter. Vogel gegen Karpfen. Der Kampf wird mit unfairen Mitteln entschieden. Am Ende ist sie dennoch die Siegerin. Hajo hält zu ihr, und die Mutter verlässt wütend die Wohnung. Hinter ihrem Rücken zeigt sie ihr ebenfalls einen Vogel, und Hajo lacht.

Als ihre Mutter zurückkommt, ist sie betrunken und singt. Es klingt falsch, unheimlich. Sie versteckt sich unter der Bettdecke und denkt an das Wasser, an Fische, an Hajo, an Doreen.

Sie stehen auf der großen Brücke und gucken über das Geländer nach unten. Sie spucken und zählen, bis die Spucke unten auf dem Wasser aufkommt.

»Sechs«, sagt Doreen. »Meine ist schneller.«

»Quatsch«, entgegnet sie. »Spucke ist Spucke.«

Ein Ruderboot taucht unter der Brücke auf und gleitet fast lautlos dahin. Sie verstummen und schauen dem Boot hinterher, wie es andächtig das Wasser durchschneidet und den Fluss abwärts fährt. Sie bringen kein Wort mehr heraus, bis das Boot hinter der nächsten Flussbiegung verschwindet.

»Das ist es«, sagt Doreen in das lange Schweigen hinein und nickt. Beide wissen, da hinten liegt sie, die Zukunft, ihre Zukunft.

Sie ist zehn, als sie ihr erstes Boot besteigt.

Ihre Mutter ist dagegen. »Rudern ist doch nichts für Mädchen«, sagt sie. »Du kannst Federball spielen, Tanzen, Eiskunstlaufen, Fechten. Aber Rudern?«

»Lass sie doch, wenn sie will«, sagt Hajo, »und melde sie an.«

Von da an ist das Boot ihr neues Zuhause. Backbord, Steuerbord, Gig, Riemen, Schlagzahl ihre Sprache und

Doreen ihre Vertraute. Zusammen sind sie ein Team, *das* Team, und unzertrennlich. Ein Herz und eine Seele. Sie ritzen sich die Unterarme auf, pressen sie aufeinander und mischen das Blut, wie sie es in den Indianerfilmen gesehen haben: Eine für alle, alle für eine, durch dick und dünn, bis ans Ende der Welt. Sie werden Zwillinge, Zwillinge im Zweier ohne Steuermann.

Jetzt schwimmt sie nicht mehr, sondern gleitet auf dem Wasser, im Boot, immer schneller, gradlinig, dem Horizont entgegen.

Rudern ist erhabener als Schwimmen. Auf dem Wasser gleiten ist das höchste der Gefühle. Sie ahnt, im Boot rudernd erreicht man schneller das Ziel.

Jetzt stehen sie nur noch selten auf der Brücke. Meistens fahren sie unten durch und blicken nach oben. Von unten sieht die Brücke noch höher aus.

»Was glaubst du, wie hoch?«, fragt sie.

»Ist doch egal«, sagt Doreen. »Konzentrier dich.«

Wenn sie dahingleiten, wenige Zentimeter über dem Fluss, immer weiter, immer länger, vergessen sie alles. Woher sie kommen, wohin sie wollen, wer sie sind. Sie lösen sich auf, werden Nichts, ein dahingleitendes Nichts. Es zählt nur noch, dass man da ist, dass man übers Wasser gleitet und rudert wie ein Uhrwerk, wie in Trance, den Blick zum Horizont, die Gedanken im Himmel, weit weg, davonziehend mit den Wolken.

Sie war schon lange nicht mehr auf dem Wasser. Sie war schon lange nicht mehr auf der Brücke und hat schon lange nicht mehr hinuntergespuckt und gezählt. Eins, zwei, drei, vier, fünf, sechs – platsch! Sie hat schon lange nicht mehr gelebt. Richtig gelebt.

Sie ist müde. Sie möchte schlafen, lange schlafen und dann aufwachen. Und dann ist alles vorbei. Alles Alte ist vergangen, alles Neue beginnt. Ohne das, was davor war, ohne Erinnerung. Ohne alles. Auch ohne die Gedanken an ihn.

Sie kann sich nicht mehr bewegen, ist schwer und leicht zugleich. Leer. Als wäre sie ausgehöhlt, nur noch Hülle, Haut, wie die abgelegte Haut einer Schlange, verdörrt in der Sonne. Es ist vollkommen öde in ihr. Sie fühlt nichts mehr. Nicht Schmerz, nicht Trauer, nicht Wut. Nur noch ein bleiernes Vakuum.

Lumpige Leere.

Leere.

Ich habe den Geruch ihrer Muschi in der Nase. Im Kopf. Überall. Den Geschmack im Mund. Alles schmeckt und riecht nach ihr. Selbst wenn ich mir die Nase zuhalte, habe ich das Gefühl, ich rieche sie. Schließe ich die Augen, sehe ich ihren nackten Arsch, ihre Spalte, die Brüste. Mein Körper ist von ihr infiziert. Ich bin angefüllt von ihr und drohe ihr langsam und gänzlich zu verfallen.

Wenn ich nicht an Greta denke, denke ich an Doreen. An ihren Arsch, ihre Spalte, ihre Brüste. Wenn nicht an Greta und Doreen, dann an Lucy. Ich bin wieder da angekommen, wo ich schon einmal war. Ich bin völlig sexualisiert und stelle mir vor, es mit jeder halbwegs gut aussehenden Frau zu treiben. In der U-Bahn, in Bars, im Park, beim Kaufhof am Alex. Überall. Ich habe Schwierigkeiten, mich auf den Fall zu konzentrieren. Auf irgendetwas anderes als auf Greta. Oder Doreen. Lucy.

»Was ist los, Hài?«, fragt Kleeberg. »Sie sehen schlecht aus.«

»Das täuscht.« Ich merke, dass er mir nicht glaubt.

Wir treffen uns am Nachmittag an der Weltzeituhr am Alexanderplatz.

»Es hat sich ein Zeuge gemeldet«, sagt Kleeberg und scheint zuversichtlicher als sonst.

»Was für ein Zeuge?«

»Wir haben die Anwohner rund um die ehemalige Frauenklinik befragt. Einer der Mieter hat zur Tatzeit an seinem Fenster gegenüber der Klinik gestanden und eine Zigarette geraucht. Dabei hat er einen Mann aus dem Gebäude kommen sehen.« Kleeberg schaut, als wolle er für diese Information belobigt werden.

»Gibt es eine Beschreibung?«

»Na ja, so genau wollte er sich nicht festlegen. Eins achtzig groß, muskulös, zwischen dreißig und vierzig.« Kleeberg scheint zu merken, dass sein Hinweis nicht viel taugt.

»Kommen ja nicht so viele infrage, was?«, sage ich. »Wenn ich's mir recht überlege, passt die Beschreibung auch auf mich.«

»Er hinkt«, sagt Kleeberg.

»Na, da hab ich ja noch mal Glück gehabt. Wie heißt der Mann?«

»Wenn ich das wüsste, wäre der Fall gelöst.«

»Ich meine nicht den Mörder«, sage ich. »Ich meine den Zeugen.«

»Ackermann.«

Wenig später statte ich Herrn Ackermann in seiner Wohnung gegenüber der ehemaligen Frauenklinik einen Besuch ab. Er gibt sich mürrisch und versucht mich an der Tür abzuwimmeln.

»Ich habe schon alles gesagt.«

Ich stelle meinen Fuß in den Spalt.

»Dann sagen Sie es eben noch mal. Also, wie sah er aus?«

»Wer?«

»Der Mann, den Sie in der Tatnacht beim Verlassen der Frauenklinik beobachtet haben wollen.«

»Es war dunkel«, motzt Herr Ackermann, als wäre das eine Erklärung. »Fragen Sie Ihren Kollegen.«

»Aber dass er hinkte, das haben Sie gesehen, was?«

Er nickt, und ich habe das Gefühl, dass er nicht mit offenen Karten spielt.

Ihr Tod traf ihn unerwartet. Alles konnte er sich vorstellen, nur nicht, dass sie sich umbringt. Schon gar nicht auf diese Art und Weise. Sie schien doch gefestigt. Sagte nicht die Ärztin, es bestehe keine Gefahr? Ein folgenreicher Irrtum.

Er nahm eine Woche Urlaub. Er fühlte sich wie gelähmt, lag die ganze Zeit im Bett, starrte zur Decke, trank bis zur Besinnungslosigkeit. Er rauchte nach Jahren wieder und kam sich überflüssig, nutzlos, völlig hilflos vor. Es war eine schreckliche Zeit. Eine tote Zeit.

Nach einer Woche zwang er sich zurück in den Alltag. Er ging seinem Beruf nach, knüpfte da an, wo er aufgehört hatte. Er versuchte, sich nichts anmerken zu lassen, wirkte nach außen hin stabil, fast schon gleichgültig. Die Arbeitskollegen zeigten Verständnis, nahmen Rücksicht und bewunderten, wie er damit zurechtkam. Äußerlich zumindest gelang es ihm, den Schicksalsschlag, wie die Kollegen es nannten, wegzustecken.

Dennoch hatte ihr Tod bei ihm Spuren hinterlassen. Von nun an drehte sich alles nur noch darum. Dabei spielte auch er mit dem Gedanken, sein Leben zu beenden, das ihm mit ihrem Tod sinnlos erschien. Es fehlte ihm der Mut. Schließlich glaubte er, ihr noch etwas schuldig zu sein. Er war überzeugt, versagt zu haben. Zuerst machte er sich selbst für ihren Tod verantwortlich, dann die anderen.

Lange brauchte er, zwei Jahre, bis sein Plan endlich Formen annahm. Das erste Jahr verhüllte die Trauer den Gedanken an Rache. Ein weiteres halbes Jahr stand ihm sein Perfektionismus im Weg. Natürlich war auch Angst im Spiel. Aber nicht Angst davor, sich schuldig zu machen, sondern davor, zu versagen.

Nach fast zwei Jahren war sein Verlangen nach Vergeltung endlich groß genug. Er merkte, wie sein Zorn immer größer wurde und ganz von ihm Besitz ergriff. Er konnte nicht mehr an ihren Tod denken, ohne wütend zu sein – und er dachte fast immer daran.

Die Wut bestimmte von nun an sein Leben. Je länger sie tot war, umso mehr sehnte er sich nach Vergeltung. Nur die Rache hielt ihn noch am Leben. Es war das Einzige, was für ihn noch zählte. Er wollte die Schuldigen zur Rechenschaft ziehen. Bestrafen. Noch wusste er nicht, wie, überlegte sich die unterschiedlichen Möglichkeiten und verwarf sie sogleich wieder.

Erst als er in der Stadt die Plakate des Zirkus Ramsani sah und darauf die angekündigte Sensation von sechs dressierten Hyänen las, entstand der Plan. Während der Vorbereitungen entwickelte er einen längst vergessen geglaubten Eifer, lebte auf, war wie ausgewechselt.

Dann schlug er das erste Mal zu.

Der Taxifahrer bestätigt, dass Hans-Joachim Mühlbauer am Tag seiner Ermordung um 22:00 Uhr mit ihm zum Teufelsberg gefahren war. Als er ihn gefragt habe, was er zu so später Stunde da oben wolle, habe er nur geantwortet, das könne er nächste Woche in der Zeitung lesen. Mühlbauer hatte sich getäuscht. Es stand schon am übernächsten Tag in der Zeitung. Mühlbauer muss auf jeden Fall verabredet gewesen sein. Sein Büro wusste nichts von diesem Termin. Seine Mitarbeiterin bestätigte zwar, dass eine Interviewanfrage vorlag, konnte aber nicht sagen, wann und wo. Mühlbauer habe nur gesagt, es sei eine große deutsche Tageszeitung, die etwas über ihn bringen wolle. Die Mitarbeiterin konnte sich nur an seine Formulierungen »Nicht das Übliche« und »Was ziemlich Großes« erinnern und an sein glückliches, auch stolzes Lächeln.

Ich fahre erneut in den Grunewald zum Teufelsberg. Dieses Mal mit dem Taxi, wie Hans-Joachim Mühlbauer. Die ehemalige Flugüberwachungs- und Abhörstation der US-amerikanischen Streitkräfte ragt hoch über den Berg hinaus. Die weißen Antennenkuppeln zeugen wie fünf hässliche Geschwüre von der vergangenen Zeit des Kalten Krieges.

Der dunkelhäutige Taxifahrer weiß über alles bestens Bescheid und glaubt offenbar, aufgrund meines wenig germanischen Aussehens, in mir einen Touristen zu erkennen. Er textet mich voll, als müsse er der vom Senat verordneten Hauptstadt-Kampagne gerecht werden: *sei offen, sei kommunikativ, sei berlin*. Dabei spricht er ein akzentfreies Deutsch und versprüht gute Laune in einem solchen Übermaß, dass meine proportional dazu in den Keller sinkt. Er geht mir nach wenigen Minuten ziemlich auf den Zeiger. Sei ruhig, halt die Fresse, fick dich, Berlin! Seine Augen sind mehr im Innenspiegel als auf der Straße. Als er die Stadtgeschichte und die Sehenswürdigkeiten endlich durchhat, fängt er auch noch an, den Arm-aber-sexy-Scheiß zu predigen. Ich bin froh, als ich endlich entkomme und bestrafe den Fahrer durch Trinkgeldentzug. *Auf dem Rückweg verflucht er mich bestimmt*, denke ich, was mich überraschend heiter stimmt.

»Soll ich warten?«

»Was?« Hat er tatsächlich gefragt, ob er warten soll?

»Sie müssen ja wieder zurückkommen, und da dachte ich …«

»Ich komme nicht zurück«, raunze ich ihn an, knalle die Tür zu und verschwinde. Der Fahrer macht keine Anstalten, wegzufahren.

Ich hätte mir denken können, dass mir diese Tatortbesichtigung keine neuen Erkenntnisse liefern würde. Was für Spuren sind schon in einer fast fünf Hektar großen Ruine zu erwarten? Überall zerbrochene Flaschen, Müll, Schutt, Schrott, Graffiti, Verfall. Ich verfluche mich für meine Naivität. *Den Weg hätte ich mir sparen können*, geht es mir durch den Kopf, als ich abseits vom Tatort – an der Stelle, an der Mühlbauer ermordet wurde – in einem der offenen Gebäude versteckt einen Schlafsack in einer Nische entdecke. Kerzenstummel, leere Flaschen, ein Gaskocher. Hier hat sich jemand gemütlich niedergelassen. My home is my castle. *Sei individuell, sei teufel, sei berg.*

Womöglich der Obdachlose, der den ermordeten Politiker gefunden hat. Ich bücke mich und durchsuche das Lager. Noch ehe ich mich wieder aufrichten kann, spüre ich einen stechenden Schmerz am Hinterkopf. Dann wird alles dunkel.

Schwarz.

»Es geht vorüber«, sagt Laura. »Du musst mir nur vertrauen, dann schaffen wir das, du und ich. Wir müssen in die nicht alltägliche Wirklichkeit reisen.«

Sie sagt es, als wäre dort das Paradies. »Es gibt eine untere, eine mittlere und eine obere Welt. Wir können nicht im Kreis denken, verstehst du?«

Ihre Hände liegen in Lauras. Sie sind warm und fühlen sich gut an.

»In der unteren Welt finden wir die Krafttiere. Such dir eins aus. Tiger, Löwe, Panther, egal was.« Laura lächelt. »Mein Lieblingskrafttier ist die Hyäne. Wenn du willst, kann es auch deins sein. Willst du?«

Kitty nickt. »Du kannst es mitnehmen. Das Krafttier ist in dir. Es nimmt dich mit. Es ist dein Schlupfloch, um der alltäglichen Wirklichkeit zu entkommen – in eine andere, die nicht alltäglich ist, verstehst du?«

Sie nickt erneut, obgleich sie Schwierigkeiten hat, Laura zu folgen. Die Worte sind ihr zu viel. Sie kann sie zwar hören, begreift sie aber nicht. Der Klang ihrer Stimme beruhigt sie.

»Setz dich auf den Rücken des Krafttiers und reite davon. Ich halte dich. Ich halte dich fest. Dir kann nichts passieren, verlass dich darauf.« Laura drückt zärtlich ihre Hände. Es tut gut.

»Wir müssen unsere Seelenanteile zurückholen, die verschüttet sind, und mit ihnen die Lebendigkeit. Sonst entschwindet der Rest der Seele, der noch da ist, für immer. Nach Hause.«

Sie schüttelt den Kopf, ihr Blick erstarrt.

»Nein, nein, bitte, nein.«

Laura hält ihre Hände noch fester.

»Ganz ruhig. Alles wird werden. Du musst nur wollen. Nur du kannst das Wunder vollbringen, okay?«

»Okay.«

»Stell dir vor, du bist ein Auto, ein richtig großes mit zwölf Zylindern, aber du fährst nur auf vieren. Du leidest, weil du um deine Stärke weißt und sie nicht nutzen kannst. Du gibst Gas und kommst nicht vom Fleck. Es frisst mehr Sprit, als du übrig hast. Du musst dir die anderen Zylinder zurückholen, deine verschwundenen Seelenanteile. Begib dich mit mir auf die schamanische Reise. Komm.«

»Wohin?«

»Frag nicht, komm einfach.«

Sie gehen. Vor ihnen tauchen Antennenkuppeln auf.

»Schön«, sagt sie und ist fasziniert von den Fetzen der zerrissenen Kuppelumhüllung, die im Wind flattern. Die Fetzen zischeln, als sprächen sie.

»Ja«, sagt Laura. »Kannst du sie verstehen?«

Sie nickt.

»Es ist ein ganz besonderer Ort. Einer, an dem sich die Krafttiere sammeln und auf uns warten. Einer, von dem aus wir uns auf die Reise begeben in die nicht alltägliche Wirklichkeit. Spürst du es?«

ICH

Ich spüre Schläge und komme langsam zu mir. Als ich die Augen öffne, sehe ich ein Gesicht über mir, das mich an mich selbst erinnert. Es kommt mir irgendwie bekannt vor. Es lächelt und sagt: »Na endlich.« Dieses dunkle Gesicht mit den unverschämt weißen Zähnen habe ich schon einmal gesehen. »Na, geht's wieder?«

»Scheiße.« Es ist der Taxifahrer, der mir die Hand reicht, die ich überheblich ausschlage.

»Ich hab's gewusst«, sagt der Taxifahrer und scheint sich zu freuen.

»Was hast du gewusst?«

»Dass Sie mich brauchen.« Ich liege noch immer auf der Erde und spüre einen dumpfen Schmerz am Kopf.

»Wie lange war ich weg?«

»Eine halbe Stunde, höchstens.«

Der Schmerz scheint zuzunehmen. Ich ertaste eine Beule, eine Wunde, dann Blut, am Hinterkopf. Ich habe das Gefühl, als hocke jemand in meinem Schädel und wolle raus.

»Verflucht!«

Obwohl ich nur verschwommen sehe, merke ich, dass der Schlafsack, der Gaskocher und die Kerzenstummel weg sind. Da war doch vorhin noch ein Lager? Oder nicht? Dafür liegt an seiner Stelle etwas anderes. Was ist das? Ich kneife mehrmals die Augen zusammen, bis mein Blick endlich scharf wird. Jetzt kann ich es erkennen. Es ist ein Einweghandschuh, mit getrocknetem Blut verschmiert. Ich versuche mich zu erinnern, ob der Handschuh vorher auch schon da lag. Ich weiß es nicht.

Ich stecke ihn in meine Jackentasche und versuche

mich aufzurichten. Alles dreht sich. Mir ist schlecht. Der Taxifahrer greift nach mir, zieht mich hoch und stützt mich. Ich stehe auf wackligen Beinen und sehe an der Mauer vor mir ein Graffito. Es fällt mir jetzt erst auf. *thcirb red sreV nie dnU ledähcS mi hcon run ierhcseG* steht in krakeliger Schrift an der Wand. Darüber ein Stencil. Es sieht aus wie ein Gehirn. Es ist ein Gehirn. Was soll das denn bedeuten? Das gibt doch keinen Sinn.

»So nicht, aber anders.« Der Taxifahrer geriert sich wieder als Besserwisser.

»Hä?«

»Rückwärts.«

»Was?«

»Sie müssen es rückwärts lesen.« Er spricht wie mit einem Kleinkind. Oder einem Vollidioten. *»Geschrei nur noch im Schädel Und ein Vers, der bricht.«* Er lächelt, als wüsste er nicht nur, was damit gemeint ist, sondern als stammte die Zeile von ihm selbst.

Auf den Taxifahrer gestützt, verlasse ich schwankend die Radaranlage. Draußen fängt es wolkenbruchartig an zu regnen. Eingehakt schleppt der Mann mich zu seinem Wagen und wuchtet mich auf den Beifahrersitz. Dabei kommt mir ein Gedanke, und ich taste panisch nach meinen Hosentaschen.

»Verflucht!«

»Was ist?«

»Mein Geld.«

»Weg?«

»Weg.«

Der Fahrer lacht. »Sei pleite, sei geyer, sei berlin.«

»Sehr witzig.«

Er startet den Wagen und fährt los, während ich mein

Handy und die Chipkarte endlich in den Innentaschen meiner Jacke finde. Die Scheibenwischer arbeiten im Akkord.

»Sie waren wegen dem Mord hier, stimmt's?«

Ich bin erstaunt. Der Mann klingt, als hätte er eine andere Schallplatte aufgelegt. Oder als würde er nun die B-Seite abspielen.

»Ich sehe es Ihnen an.« Zur Verdeutlichung schaut er mich tatsächlich an und vernachlässigt dabei den Verkehr. »Ja, Sie sehen aus, als hätten Sie etwas mit dem grausigen Mordfall zu tun.« Er zeigt auf die Armatur, wo zusammengefaltet eine Berliner Boulevardzeitung liegt. Ich schüttle den Kopf, starre in den Regen. Ich habe nicht vor, mit dem Mann in eine Konversation zu treten.

Er richtet den Blick wieder auf die Fahrbahn und fragt: »Polizei?«

»Nee«, schmettere ich ihn ab und hoffe, dass ihm damit die Lust auf ein Gespräch vergeht.

»Dachte ich mir. Sie sehen nicht aus wie ein Bulle.«

»Wie sehe ich denn aus?«

»Wie ein Vietnamese.«

»Ich *bin* Vietnamese.« Es klingt eine Spur zu trotzig, was mich sofort wieder ärgert.

Er schüttelt den Kopf. »Dafür sprechen Sie viel zu gut Deutsch. So gut spricht kein Vietnamese.«

Klugscheißer! »Du sprichst aber auch ganz gut, obwohl du nicht wie ein Deutscher aussiehst«, sage ich und werfe ihm einen verächtlichen Blick zu. Was ihn nicht zu beeindrucken scheint.

»Ich bin Deutscher.« Er betont alle drei Worte.

»Ah, ja.« Ich betone beide.

Er lacht.

»Mein Vater ist Afrikaner, Benin. Deshalb die Farbe.«

»Mein Vater ist Vietnamese, Hanoi. Deshalb die Augen.«

»Interessant!« Es hört sich ironisch an.

»Ja!«

Der Taxifahrer hupt mehrmals wie zur Bestätigung.

»Sehr witzig!«

Charles ist eigentlich Schauspieler. Abgänger der Ernst-Busch-Hochschule. »Als Schwarzer sind deine Chancen aber ziemlich beschränkt«, sagt er. »Schon mal 'nen schwarzen Romeo gesehen?«

»Oder Woyzeck«, sage ich schadenfroh.

»Eben.«

»Karl, Franz, Schiller«, zähle ich auf, um ihn noch mehr zu demütigen, während Charles wissend nickt.

»Othello«, sagt er.

»Alibi-Neger«, sage ich.

Wir lachen beide. Wir sitzen im Roses in der Oranienstraße in Kreuzberg, Charles' Stammbar. Kitsch, Plüsch, schwul. Laut, schrill, bunt. Es ist heiß und vor allem rot. Es sieht aus wie eine überdimensionierte Glitzervagina, die einem Angst einjagen soll.

»Hier.« Charles reicht mir den zusammengerollten Geldschein. Vor mir auf dem Tisch hat er eine weiße Linie geformt. Er zwinkert mir zu.

»Na los, trau dich.«

Ich lege den Geldschein an und ziehe zweimal kräftig, links, rechts. Meine Nase brennt, mein Hirn weitet sich. Es macht klick. In meinen Pupillen bewegen sich leuchtende Punkte wie Nadelstiche hin und her. Ich entspanne mich. Die Angst nimmt ab. Charles freut sich und bestellt einen weiteren Gin Tonic. *Der wievielte ist das?* überlege ich und komme nicht darauf. Ich muss mich auf jeden Fall seit ein paar Stunden in dieser Bar aufhalten, wobei ich immer mehr den Boden unter den Füßen zu verlieren drohe. Die Beule am Hinterkopf schmerzt nicht mehr. Dafür wird der Kopf immer matschiger.

»Kennst du Kitty?«

»Kennst du Sandra?«

»Welche Sandra?«, frage ich.

»Welche Kitty?«

»Schauspielerin am DT«, sage ich. »Hat sich umgebracht. Vor zwei Jahren.«

Charles denkt nach. Er guckt beschränkt, und seine Augen sind so rot wie die mit Samt bezogene Wand. Ich muss kichern und kann nicht mehr aufhören. Charles kichert mit, bis wir beide Tränen lachen. Als wir uns wieder beruhigt haben, frage ich: »Stefan Ehrenfeld?«

»Wer kennt den nicht.«

»Auch schon, bevor er tot war?«

»In Theaterkreisen war Ehrenfeld gefürchtet«, sagt Charles. »Er schrieb unter verschiedenen Pseudonymen. Aber allen war klar, dass die richtig böswilligen Verrisse nur von ihm stammen können. Manche Theater haben ihn zur Persona non grata erklärt. Ich glaube, der Intendant vom Berliner Ensemble hat sich sogar mal in einem offenen Brief über ihn beschwert.«

Charles hat einen weiteren Gin Tonic bestellt, der von einem Kellner serviert wird. Gleichzeitig setzen sich ein paar andere Gäste an unseren Tisch.

»Prost.« Charles stößt sein Glas an meines.

»Prost.«

Alle reden durcheinander, trinken, kiffen, tanzen. Die Bewegungen verschwimmen, die Leute verschmelzen zu einer einzigen Masse. Irgendwann ertappe ich mich dabei, dass ich mit einer fremden Frau herumknutsche. Zuerst finde ich nichts Seltsames dabei. Erst als ich ihr wie selbstverständlich unter den Rock fasse, merke ich, dass da was ist, was eigentlich nicht sein dürfte.

»Na, überrascht, Süßer?« Schlagartig wird mir klar, an wem ich die ganze Zeit rumgemacht habe. Ich war zu betrunken, zu berauscht, als dass ich Nora sofort erkannt hätte.

»Nora?« Ohne zu antworten, küsst sie mich. Lange, mit Zunge. Dabei fingert sie an meinen Brustwarzen unter dem halb offenen Hemd herum. In meinem zugedröhnten Kopf explodieren kleine Äderchen, vor den geschlossenen Augen vögeln Sterne, und in den Ohren tost das dazu passende Rauschen von Geilheit. Es ist wie ein unbeschreiblicher Fick im Kopf.

Ich schiebe meine Hand in ihre Unterhose und fange an, ihren Schwanz zu masturbieren. Ich spüre, wie sich auch in meiner Hose etwas regt und hart gegen den Stoff drückt, als fordere es sein Recht.

So lange, bis mein Kopf sich irgendwann ausknipst. Vor Erschöpfung? Vor Berauschtheit? Vor Geilheit?

Die Sterne sind erloschen, die Äderchen haben sich in Luft aufgelöst und die Geilheit ist verschwunden. Mein abgefülltes Ich ist jeder Erinnerung beraubt. Nebelbank. Filmriss. Blackout.

Aus der Ferne ist ein scheußliches Fiepen zu hören. Ein Klingeln. Es kommt näher. Ist ganz nah. Es quillt aus meiner Hosentasche, sagt: Da bin ich!

Ich bin wieder wach. Mein Kopf liegt auf dem Tisch der Bar wie auf einem Schafott. Mein Gürtel ist offen, die Hose ebenso. Es klingelt nach wie vor und vibriert gleichzeitig. Die Glitzervagina sieht stumpf aus, matt. Das Laute ist nicht mehr laut, das Schrille kaum noch schrill. Ein Schleier liegt über dem Roses. Nur das Rot ist noch rot und der Plüsch ist Plüsch. Die morgendliche

Ernüchterung relativiert den nächtlichen Hype. Mein rechtes Augenlid zittert, die Augen brennen, das linke tränt. Ich habe den Geschmack von Holz im Mund. Oder schmeckt so Sperma? Nora ist verschwunden. Charles ebenso. Zwei Männer an der Bar küssen sich, weniger leidenschaftlich als routiniert.

Ich schiebe mir eine Tablette von Greta in den Mund, die gegen alles helfen soll, und spüle sie mit einem Rest Gin Tonic hinunter.

Als ich das Glas zurückstelle, sehe ich auf dem Tisch vor mir etwas liegen. Es ist der mit Blut verkrustete Einweghandschuh vom Teufelsberg. Ist es wirklich möglich, dass er der Spurensicherung durch die Lappen gegangen ist?, frage ich mich und schüttele den Kopf. Womöglich hat ihn der Obdachlose, bevor die Spurensicherung anrückte, gefunden und ihn mir nun aus irgendeinem Grund vor die Nase geworfen.

Aus meiner Hosentasche klingelt noch immer das Handy, scheint mir sogar noch lauter als zuvor. Eine Handvoll Gäste sitzen ziemlich mitgenommen auf den Barhockern am Tresen und blicken mitleidig zu mir herüber, als wollten sie sagen: Geh endlich ran, Mann!

»Ja?«

Eine Frauenstimme redet am anderen Ende auf mich ein. Ich brauche drei Sätze, um sie zu erkennen. »Greta?«, frage ich.

»Doreen ist nicht nach Hause gekommen«, sagt sie und hört sich an, als hätte auch sie eine schlimme Nacht hinter sich.

Ich weiß im Moment nicht, was das mit mir zu tun haben soll und sage schmunzelnd: »Sie ist nicht bei mir.«

Greta stöhnt im Hörer auf, dass ich erschrecke. »Mensch, Hài!« Sie klingt noch besorgter als zuvor. »Verstehst du denn nicht? Doreen ist verschwunden!«

Es war nur eine kleine Traueranzeige. Er gab sie in allen Zeitungen der Stadt auf. »Kitty« stand da, und »Gerechtigkeit ist der Strohhalm des Wehrlosen, Rache der des Verletzten. Dein Tod lässt meine Liebe verzweifeln.« Mehr nicht. Daneben nur noch ein Porträt von ihr. Heiter, lachend, so wie sie gewesen war. Bevor ihr das alles widerfuhr. Bevor ihr das angetan wurde.

Das war er ihr schuldig. Die Anzeige war nur eine unzureichende Möglichkeit, seine Empfindungen in Worte zu fassen, und dennoch half sie ihm dabei, das Ganze zu verarbeiten. Immer, wenn er anfing zu zweifeln, holte er sie aus seinem Portemonnaie, betrachtete sie und versuchte, Kraft daraus zu schöpfen. Es gelang nur halbwegs.

Er fühlte sich verlassen. Allein. Obwohl er umringt war von Menschen. Alle waren schwarz gekleidet und hatten weiße Gesichter. Er hatte sie nicht eingeladen. Vermutlich steckte Kittys Mutter dahinter, die alles, was mit der Beerdigung zu tun hatte, an sich gerissen hatte. Oder Kittys beste Freundin Doreen. Er hatte Doreen noch nie leiden können. Sie wirkte immer verschlagen auf ihn. Als hätte sie etwas zu verbergen. Als wäre auch sie nicht ganz unschuldig an Kittys Tod. Außerdem hatte sie sich seit Kittys Zusammenbruch verändert.

Nur ein einziges Mal war sie zu Besuch gekommen, auf sein Bitten hin. Ansonsten war sie schlagartig aus Kittys Leben verschwunden. Erst auf der Beerdigung sah er sie wieder.

»Es tut mir leid«, sagte sie. Mehr nicht.

Er reagierte nicht, stand neben dem Grab und stierte vor sich hin.

Der Friedhof war voller Schauspieler und Menschen vom Theater. Der Regisseur, der Intendant, ehemalige Kommilitonen. Er wollte mit ihnen allen nichts zu tun haben, stand abseits. Am liebsten wäre er jetzt alleine gewesen. Allein mit ihr. Wenn es sein musste, auch im Sarg. Sie lag im Sarg in der Grube auf dem Friedhof an der Yorckstraße. Viel hatten sie nicht übrig gelassen. Die Hyänen.

Sicher hatte sie mit Bedacht die Zeit kurz vor der Fütterung gewählt. Für die hungrigen Tiere war sie ein ungeahntes Festfressen gewesen. Mit dem Unterschied, dass sich dieses Mal die Fleischbrocken vor ihren Augen bewegten. Wie in der freien Natur. Als die Tierpflegerin kam, war es längst zu spät. Allein der Kopf war noch unversehrt. Ihr Gesichtsausdruck schien zufrieden, wie der Gerichtsmediziner meinte. Womöglich wollte er nur Trost spenden.

Nach der Beerdigung blieb eine Frau vor ihm stehen. Sie sah ihn lange an. »Erkennst du mich nicht mehr?«, fragte sie dann.

Er schüttelte den Kopf.

»Ich bin's, Sonja. Kittys Mutter.« Sie lächelte verzagt. Ihr Gesicht war eine weiße Fläche. Da war nichts, was ihn an früher erinnerte, an das ostdeutsche Mädchen von vor fünfundzwanzig Jahren, mit dem er einmal bis ans Ende der Welt gehen wollte. Sogar in den Westen, wenn es denn hätte sein müssen. Obgleich bei jemandem in seiner Stellung schon der Gedanke daran verboten war. Aber noch ehe er daran denken konnte, war sie verschwunden. Ohne ihn.

»Das ist Hajo, mein Mann.« Sie zeigte auf den Typen neben sich. Er trug einen schlecht sitzenden Anzug, schwarzes Hemd, schwarze Krawatte. Hajo streckte ihm die Hand entgegen.

»Hajo arbeitet auch hier in Berlin«, sagte Sonja, wobei sie den Stolz in der Stimme nicht verbergen konnte. »Im Bundestag.«

Er schüttelte noch immer den Kopf, drehte sich weg und ging.

Irgendetwas stimmt mit der Wohnung nicht. Irgendetwas ist anders als zuvor. Der Geruch! Es riecht anders in meiner Wohnung. In meiner Abwesenheit muss jemand hier gewesen sein. Wieder fällt mir das Bild an der Wand ins Auge. Irgendetwas stimmt auch damit nicht.

Ich hole ein Messer aus der Schublade der Küchenzeile und schraube es damit ab. Es dauert lange, bis ich die acht Schrauben gelöst habe. Ich rutsche immer wieder ab, fluche. Als ich das Bild schließlich von der Wand nehme, verharre ich. Das kann doch nicht sein?! Da ist ein kleines Loch in der Wand, fingernagelgroß. Es scheint durch die Mauer bis in die andere Wohnung hinüber zu reichen. Ich halte das Bild gegen das Licht und sehe, dass die Leinwand an einer Stelle durchsichtig ist. Ich muss es nicht nachprüfen, um zu wissen, dass die Stelle sich auf der Höhe des Lochs in der Wand befindet.

»Scheiße!« Wer wohnt eigentlich da drüben? Wer schaut mir die ganze Zeit durch die Wand hindurch zu? Ich brauche nicht lange zu überlegen, dann ist mir klar, dass eigentlich nur Kleeberg weiß, dass ich hier wohne. Er hat mir die Wohnung vermittelt. Er hat mir die Wohnung zugeteilt. Es kann nur Kleeberg sein, der mich überwacht. Aber warum? Traut er mir nicht? Er traut mir ganz bestimmt nicht. Kleeberg hat mir noch nie vertraut. Schon damals nicht, während der Zeit, als ich noch ganz offiziell in seinem Team gearbeitet habe. Womöglich hört er auch mein Handy ab. Es stammt ebenfalls von ihm.

Von einer Telefonzelle am Alexanderplatz aus rufe ich Mechthild Gotthoff an und frage, ob sie mir einen Gefallen tun könne.

»Ich?« Sie scheint überrascht. »Warum wenden Sie sich nicht an Kleeberg?«

Berechtigte Frage, denke ich. »Der darf nichts davon wissen.«

»Warum sollte ich hinter seinem Rücken …?«

»Weil Sie ihn noch weniger mögen als mich«, gehe ich dazwischen.

Sie lacht und gibt mir damit recht.

»Worum geht es?«

»Nicht am Telefon.«

»Oh, das klingt aber spannend.«

»Ja, und es ist vor allem gefährlich.«

Eine Stunde später treffe ich mich mit ihr im Panorama-Restaurant im Fernsehturm hoch über der Stadt. Ich habe das Gefühl, sie hat sich für unser Treffen schick gemacht. Oder trägt sie vielleicht immer diesen knalligen Lippenstift, und es ist mir bisher nur noch nicht aufgefallen? Und die angemalten Fingernägel? Eine Kette mit weißen Perlen? Ich versuche sie mir nackt vorzustellen. Es gelingt nicht. Sie lächelt mitleidig, als könnte sie meine Gedanken erraten.

»Also, worum geht es?«

Ich lege einen Umschlag vor sie auf den Tisch. Sie schaut kurz hinein. »Was ist das?«, will sie wissen.

»Ein Einweghandschuh.«

»Interessant.« Es klingt ironisch und eine Spur gelangweilt. Offenbar hat sie etwas anderes erwartet.

»Könnten Sie überprüfen lassen, ob das Blut darauf möglicherweise von Hans-Joachim Mühlbauer stammt?«

Sie geht nicht auf meine Frage ein. »Wo haben Sie den Handschuh her?«

»Gefunden.« Ich sehe ihr an, dass sie abwägt, ob sie nachhaken oder es dabei belassen soll.

»Vielleicht sind Fingerabdrücke drauf.«

»Von wem?«

»Vom Mörder natürlich.«

Nun scheint Mechthild Gotthoff doch noch neugierig zu werden. »Und warum darf Kleeberg nichts davon wissen?«

»Kleeberg vertraut mir nicht. Er überwacht mich.«

»Und warum soll *ich* Ihnen vertrauen?«

»Ich weiß nicht. Aber Sie sind die Einzige, der ich vertraue.« Ein Argument, dem sie sich kaum entziehen kann.

»Na gut.« Sie wirkt geschmeichelt.

»Wer hat eigentlich die Videobänder im Hotel Park Inn ausgewertet?«

»Das hat Kleeberg selbst gemacht.«

»Und?«

»Was und?«

»Ist ihm da nichts Ungewöhnliches aufgefallen?«

»Weiß ich doch nicht.«

Sie hört sich plötzlich ein wenig mürrisch an.

»Die abweichenden Uhrzeiten. Sommer- und Winterzeit, verstehen Sie?«

Sie sieht mich an, als wäre ich völlig übergeschnappt.

»Reden Sie eigentlich nicht miteinander?«, frage ich. »Sie und Kleeberg?«

Mechthild Gotthoff steht abrupt auf und will gehen. Ich halte sie am Ärmel fest.

»Wo wohnt Kleeberg eigentlich?«

»Kleeberg?« Sie schweigt eine Weile, als müsste sie nachdenken. Wohl kaum über seine Adresse, sondern darüber, warum ich das wissen will.

»Ja. Kleeberg.«

»Memhardstraße, gleich da vorne.« Sie zeigt aus dem Fenster der Fernsehturmkugel.

Das habe ich mir beinahe gedacht.

»Nummer zwei?«

»Ich glaube ja. Warum?«

»Nur so.«

»Rufen Sie mich an, wenn Sie Näheres wissen?«

»Was wissen?« Ich halte ihr den Umschlag mit dem Einweghandschuh entgegen. Sie steckt ihn ein und geht.

Als sie weg ist, hole ich das Opernglas von Greta aus der Tasche und suche im vielleicht fünfzig Meter Luftlinie entfernten Hochhaus in der Memhardstraße 2 die Fassade ab. Ich erkenne das offene Fenster meiner Wohnung. Daneben sind die Vorhänge zugezogen.

ER

Als er unter dem Bett nicht nur ihre gesammelten Pillen in einer Zigarettenschachtel fand, sondern auch das kleine schwarze Heft, kam Licht ins Dunkel. Er wusste sofort, dass es von ihr ist. Zunächst wagte er nicht, es aufzuschlagen. Er traute sich nicht, darin zu lesen.

Er spürte, dass es Folgen haben würde. Er befürchtete, danach würde nichts mehr so sein, wie es war. Einen ganzen Tag lang trug er das Heft mit sich herum, bis er es schließlich doch aufschlug. Nur wenige Seiten waren beschrieben. Vermutlich hatte sie nicht mehr in Worte fassen können, was sie bewegte. Womöglich hatte es einfach keine Worte mehr dafür gegeben.

Er fing an zu lesen. Las es immer wieder. So lange, bis er es auswendig konnte.

Sie hat unsere Freundschaft verraten. Sie hat sich schon immer alles genommen, was sie wollte. Ohne Rücksicht auf andere. Sogar ohne Rücksicht auf mich. Und Hài? Ich hätte nicht gedacht, dass ich ihm so wenig bedeute. Für ihn war es vielleicht eine belanglose Geschichte, für mich die große Liebe. Und Doreen hat sie kaltblütig zerstört. Vielleicht hat sie mir es einfach nicht gegönnt. Auch wegen oder trotz unserer jahrelangen Freundschaft. Deshalb hat sie uns verraten. Ich will sie nie wieder sehen. Und ihn auch nicht. Nie wieder!

Dann folgen viele leere Seiten. Auf der letzten Seite stand nur ein einziger, scheinbar achtlos hingekritzelter Satz: *Ich sehne mich nach dem Lachen der Hyänen.*

Es waren ihre letzten Worte.

Zuhören. Die Augen schließen und zuhören. Die Töne schwirren in der Luft, tanzen. Wenn er spielt, möchte sie alles vergessen. Sie schließt die Augen. Ihr Körper wird leicht, schwerelos. Sie hebt ab, fliegt. Unter dem Dach liegen Strohballen. Bei jedem Schritt wirbelt sie Staub auf. Sie tanzt in einem weißen Ballkleid auf der Stelle im Kreis herum und dreht sich dabei immer geschwinder. Staub schimmert im Sonnenlicht. Alles verschwimmt. Nur die Musik ist so klar, dass sie glaubt, danach greifen zu können. Da ist er, in einem weißen Kommunionsanzug. Er nickt, lächelt, während seine Zahnspange funkelt wie die Sterne. Er wirft ihr einen Kussmund zu. Er trägt eine Vogelscheuche bei sich. Sie lacht, zeigt auf den Besenstiel, die löchrige Jacke, den alten Schlapphut. Sie tanzt immer noch schneller, immerzu im Kreis herum, bis das Kleid von ihr fliegt und am Dachbalken hängen bleibt, an einem rostigen Nagel. Er lacht. Die Vogelscheuche lacht ebenfalls und sagt, du siehst alt aus, hässlich, und um den Mund hast du einen bitteren Zug. Die Vogelscheuche sagt alt, nicht nackt. Sie sagt hässlich, nicht nackt. Und lacht kreischend, als wäre es Musik.

»Kitty, nicht so laut!«

Sie öffnet die Augen, sieht alles verwaschen. Überall verwackelte Bilder und so klein, als wäre die Welt nur Miniatur. Die Wohnung, die Zimmer, Küche, Bad. Ihr Vater, die Ärztin, Laura, Doreen, sie selbst, zusammengekauert vor dem Spiegelschrank auf dem Bett.

Sie zieht sich nackt aus und legt sich auf das Plumeau. Die Hände unter dem Hintern, den Körper ausgestreckt, die Muskeln angespannt. Sie spürt seine Fingerkuppen auf der Haut, im Gesicht, auf der Brust, am Bauch, am ganzen Körper. Jeder Ton eine Berührung. Cis, Gis, Dis. Jede Berührung ein Paukenschlag, der entspannt, löst. Eine Gänsehaut überzieht den Körper wie eine zweite Schicht. Eine Schlangenhaut. Es kitzelt, kribbelt. Sie lacht leise ins Kissen. Sie summt, singt, stöhnt. Sie steckt ihre Nase mitsamt dem Mund in einen seiner Schuhe, atmet ganz schnell ein, aus, ein, immer schneller, ein, aus, ein – und nicht mehr aus. Sie riecht ihn, seine Füße, die Beine, das Geschlecht, den Bauch, Brust, Gesicht. Sie schleckt an seinen salzigen Augenlidern, küsst den Leberfleck an der Wange und hält die Luft an. Bis sie um Nase und Mund ganz blau wird und die Töne flüstern hört. Willst du sterben oder leben, sterben oder leben.

Sie atmet aus und schreit: »Lieben!«

»Kitty, was ist denn?«

Ihr Vater klopft an die Tür.

»Nichts.«

Wenn sie an ihn denkt, weiß sie nicht mehr, was sie sagt. Die Worte verlassen unkontrolliert ihren Mund. Sie stammelt, redet in Halbsätzen, schüttelt den Kopf, nickt wahllos, ohne zu wissen, warum.

»Das ist Hajo«, sagt ihre Mutter. »Der Mann von Tante Margit.«

Sie setzt sich aufs Bett, die Schuhe im Schoß. Sie sieht sich selbst im Spiegelschrank. Das Gesicht blass, um die Augen schwarze Ringe, um den Mund einen bitteren Zug. Wie eine Vogelscheuche. Sie schneidet Grimassen, verstrubbelt sich die Haare.

»Mama hat heute wieder ihre Migräne«, sagt sie zu Hajo, der mit seinem Sportwagen auf den Hof fährt. Er sieht sie an, als käme er nicht wegen der Mutter, sondern ihretwegen.

»Wird schon wieder«, sagt Hajo. Er zieht die Schuhe aus und stellt sie in den Flur, neben den Fußabstreifer auf dem »Was du heute kannst besorgen, das verschiebe nicht auf morgen« steht. Er geht ins Wohnzimmer zu ihrer Mutter.

Sie bleibt zurück im Flur, neben dem Abstreifer, den Schuhen. Es sind Halbschuhe aus braunem Leder. Sie glänzen, sehen aus wie zwei Hundehaufen. Die Schnürsenkel hängen kraftlos herab. Die Absätze sind schief, nach außen hin ein wenig abgetreten. Sie hebt die Schuhe auf, verbirgt sie hinter ihrem Rücken, geht in ihr Zimmer und lässt die Tür nur angelehnt. Sie hört, wie er mit der Mutter spricht, die am Klavier sitzt und spielt. Der Drehstuhl quietscht, sie steht auf und lacht. Er küsst sie und setzt sich anschießend ans Klavier.

»Mach die Tür zu, Kitty.«

Ihr Vater öffnet die Tür, streckt den Kopf ins Zimmer.

»Alles in Ordnung?«

»Mach die Tür zu, bitte.«

Er schließt die Tür.

Sie huscht zur Wohnzimmertür, presst ihr Ohr ans Holz. Jetzt hört sie nur noch sein Spiel. Die Worte der Mutter dazwischen versteht sie nicht. Er spielt Chopin. Immer wieder Chopin. Sie zieht sich nackt aus und legt sich aufs Bett, die Hände in den Schuhen. Sie schließt die Augen und spürt seine Fingerkuppen. Auf der Haut, im Gesicht, der Brust, am ganzen Körper. Jeder Ton eine Berührung. Die Musik dringt in sie ein, füllt sie aus mit ihrem Klang. Sie fühlt sich ihm ganz nahe.

Ich tippe Kleebergs Nummer ein. Es läutet nur einmal, dann geht er ran, als hätte er auf meinen Anruf gewartet. Ich verabrede mich im Madam Bian mit ihm.

»Es ist wichtig!«

Dieses Mal bin ich zuerst da.

»Was gibt's?«, fragt er, noch ehe er sich zu mir an den Tisch setzt. Er hängt seine Jacke über den Stuhl und lässt sich mit einem Seufzer nieder. Er wirkt angestrengt, schwitzt.

»Wollen Sie etwas essen?« Er bestellt einen Jasmin-Tee. »Schießen Sie los.«

»Sagt Ihnen der Name Kitty Gerber etwas?«

Er verneint. »Wer ist das?«

»War«, sage ich. »Wer *war* das. Sie ist tot.«

Ich warte auf seine Reaktion. Er bleibt gelassen. Entweder kennt er sie wirklich nicht, oder er kann sich ausgezeichnet verstellen.

»Sie war Schauspielerin am Deutschen Theater«, sage ich. »Stefan Ehrenfeld hat eine vernichtende Kritik über sie geschrieben.«

Er reagiert noch immer nicht.

»Sie war eine Freundin von Laura Tessloff. Außerdem war sie bei Dr. Antonia Wagner-Zander in Behandlung.«

Kleeberg bleibt unbeeindruckt.

»Und Hans-Joachim Mühlbauer war ihr Stiefvater. Alle vier sind tot.«

Spätestens jetzt müsste sich etwas bei ihm tun. Spätestens jetzt müsste er fragen, woher ich das wisse, mich womöglich beglückwünschen zu diesen Erkenntnissen. Doch er bleibt seltsam gelassen, legt beide Hände um das

Teeglas und schweigt. Trotzdem merke ich, dass er nervöser ist als sonst, dass er krampfhaft nachdenkt. Und dass er gleichzeitig versucht, teilnahmslos zu wirken. Also doch nicht der perfekte Schauspieler.

»Und der Sicherheitsmann?«, fragt er, als würde dieses Detail meine ganze Theorie infrage stellen. Die Frage entlarvt ihn. Mit dieser Frage habe ich gerechnet.

Ich lächle, sage: »Kollateralschaden, vermutlich.« Er nickt schnell, scheint seinen Fehler zu bemerken.

»Glauben Sie an Zufälle?«, frage ich.

Er schüttelt den Kopf, etwas zu entschlossen.

»Ich auch nicht.«

Wir sehen uns an, als wäre es das alte Kinderspiel: Wer zuerst wegschaut, hat verloren.

»Und nach wem suchen wir jetzt?«, fragt er, ohne den Blick von mir zu nehmen.

»Ich weiß es nicht.«

Schließlich schaut Kleeberg weg. *Verloren*, denke ich, während er aufsteht und sagt: »Sie entschuldigen mich.« Er verschwindet auf die Toilette.

Ich durchsuche sein Jackett. Nichts. Auf Höhe der Innentasche steckt seine Dienstwaffe in einem Halfter. Ich nehme die Patronen heraus und stecke die Waffe zurück.

Noch ehe er von der Toilette zurück ist, verlasse ich das Lokal.

Sie hasst ihre Mutter. Seit ihrem sechzehnten Geburtstag hasst Kitty ihre Mutter und begehrt Hajo. Sie hält es nicht mehr aus bei ihr. Ihre Blicke, ihre Stimme, ihre ganze Erscheinung sind ihr zuwider. Wie sie neben der Tür steht, wenn Hajo kommt, zum Beispiel. Oder wie sie ihn anblickt, voller Gier, als wollte sie ihn mit den Augen zwischen Tür und Angel vögeln.

»Was soll das, Kitty?«

Ihre Hand liegt auf seinem Schenkel. Ihr Finger schreibt Wörter auf den Stoff seiner Bundfaltenhose.

»Was soll das heißen?«, fragt Hajo. Er schaut sie an, als vermute er das pubertäre Spiel einer Halbwüchsigen dahinter.

»Bums mich!«, sagt sie.

Er erschrickt. Ein roter Schimmer legt sich auf sein Gesicht. Gleichzeitig rückt er von ihr ab.

»Spinnst du?« Er wirkt verlegen, unsicher. *Er sieht süß dabei aus*, denkt sie und zwinkert ihm zu.

»Wenn du mich nicht bumst, sag ich Mama, du hättest mich belästigt«, flüstert sie ihm anzüglich ins Ohr.

Er braucht ein paar Sekunden, um das Gesagte zu realisieren, erwidert dann leise, fast wie für sich: »Du spinnst ja, Kitty.«

Sie grinst übers ganze Gesicht. Er wird wütend. Immer, wenn er wütend wird, zittert seine Oberlippe. *Süß*, denkt sie abermals und will wieder nach seiner Bundfaltenhose greifen. Er entzieht sich, steht auf, geht unruhig im Zimmer herum, zum Einbauschrank, zum Sessel, zum Glastisch, zum Fenster, als suche er die Erklärung für ihr Verhalten hinter den Möbeln. Kitty setzt sich auf die Tasten des Klaviers, zieht ihren Rock hoch und spreizt die Beine. »Komm schon!«, sagt sie, »Du willst es doch auch.« Den Satz hat sie schon oft in Filmen gehört.

»Warum tust du das, Kitty?« Er steht am Fenster, mit dem größtmöglichen Abstand zu ihr.

»Weil ich scharf auf dich bin.« Sie merkt sofort, dass es aus ihrem Mund nicht verführerisch, sondern lächerlich klingt. Er lacht verlegen, auch ein wenig abschätzig, sogar eine Spur mitleidig. »Red keinen Unsinn! Du weißt ganz genau, dass das nicht stimmt!«

Kitty schiebt ihr Höschen zur Seite.

Er sieht weg. »Lass das!« Er dreht sich um und geht zur Tür.

»Wie du willst.« Sie springt vom Klavier und stellt sich ihm in den Weg. Sie stehen sich gegenüber. Er ist beinahe zwei Köpfe größer als sie. Ihre Stirn ist auf Höhe seiner Brust. Am Hals sieht sie Härchen aus seinem Hemd lugen. Kleine schwarze Härchen. *Süß*, denkt sie ein drittes Mal und umklammert ihn, stellt sich auf die Zehenspitzen und versucht, ihren Mund auf seinen zu drücken. Es misslingt. Sie beißt ihm ins Kinn. Er schreit kurz auf und schiebt sie zur Seite, so heftig, dass sie zu Boden fällt, während er die Tür öffnet und hinaus in den Flur verschwindet.

In dem Moment kommt ihre Mutter in die Wohnung. Kitty steht vom Boden auf, setzt sich ans Klavier und spielt. Sie spielt so falsch wie noch nie.

Das Blut stammt tatsächlich von Hans-Joachim Mühlbauer. Mechthild Gotthoff hat mich sofort nach der Laboranalyse angerufen und sich danach mit mir in der Mittagspause gleich um die Ecke des Kommissariats in einem neu eröffneten Café getroffen. Außer uns sitzen ausnahmslos Touristen auf den Sesseln. Die Möbel sehen so verschlissen aus, als hätte die Berliner Stadtreinigung hier auf dem Weg zur Müllverbrennungsanlage haltgemacht.

»Sie hatten recht.« Wieder sieht Mechthild Gotthoff so aus, als hätte sie sich für unser Treffen schick gemacht. Wieder trägt sie eine auffällige Lippenstiftfarbe, wenn auch eine andere als noch am Tag zuvor. Sie gibt sich weniger reserviert, fast schon locker und kumpelhaft.

»Es gibt auch Fingerabdrücke«, sagt sie. »Im Einweghandschuh.« Es klingt wie: Wir haben ihn.

»Und?«

»Sie stammen nicht von Mühlbauer.« Das wiederum klingt wie: Pech gehabt.

»Klar«, sage ich, »wäre auch höchst ungewöhnlich, wenn er sie selbst getragen und sich die Verletzungen selbst zugefügt hätte.«

»Sehr witzig!«

»Von wem stammen sie?«, will ich wissen.

»Sie sind nicht in unserer Kartei.«

»Das wundert mich nicht«, sage ich. Dass der Täter vorbestraft oder anderweitig kriminell in Erscheinung getreten ist, scheint mir eher unwahrscheinlich.

»Warum?« Gotthoff wirkt überrascht. Die Stirn ist gekräuselt, der Gesichtsausdruck ein einziges Fragezeichen. *Irgendwie auch schön*, geht es mir durch den Kopf. »Das ist kein Autodieb, der eben mal mordet«, antworte ich. »Kein Kleinkrimineller, der sich zu Höherem berufen fühlt.«

Ihre Stirn glättet sich wieder.

»Der Täter war vorher unauffällig und unbescholten«, sage ich. »Der ist zuvor noch nie in Erscheinung getreten. Ein unbeschriebenes Blatt sozusagen.«

Das Fragezeichen wird zum Ausrufezeichen.

»Interessant«, entgegnet sie. »Ist das jetzt Ihr Täterprofil? Haben Sie noch weitere Profilerangaben?« Sie sieht mich provozierend an und lässt dabei ihre Finger aus der Faust schnalzen. »Geschlecht? Alter? Beruf? Sozialer Status? Bildungsstand?« Auch ihre Fingernägel haben eine andere Farbe als am Vortag. Die Ironie steht ihr gut.

»Männlich, zwischen fünfzig und sechzig, ledig, allein lebend, hohes Einkommen.«

Sie scheint beeindruckt, sieht mich an, als hätte ich soeben ihren Mann beschrieben. Die Ironie kann sie sich dennoch nicht verkneifen.

»Was *Sie* alles wissen. Das reicht ja fast für ein Phantombild.«

»Hochschulabschluss, Einzelgänger, hoher Bildungsstand.«

»Na, da gibt es ja nicht so viele.« Sie scheint das witzig zu finden. Ich lache nicht, kontere ihren Blick und signalisiere, dass ich der Auffassung bin, es gibt nur einen.

»Haben Sie das Kleeberg schon gesagt?«, fragt sie.

Ich schüttle den Kopf. Ich weiß nicht, ob sie ahnt, was ich vermute.

»Wie lange arbeiten Sie eigentlich schon unter Kleeberg?«, will ich wissen.

»Seit zwei Jahren.«

»Dann sind Sie quasi meine Nachfolgerin.«

»Scheint so.« Sie grinst, reibt dabei ihre Lippen aneinander. »Und? Haben Sie einen konkreten Verdacht?« Gespannt beobachtet sie mich.

Den Blick gesenkt, sage ich trocken, fast lautlos: »Ja.«

Sie erschrickt, fragt aber nicht weiter nach. Ich greife nach ihrer Hand und sage ein wenig zu pathetisch: »Liebe Frau Gotthoff, ich weiß, Sie denken bestimmt, ich hätte nicht mehr alle Tassen im Schrank. Dass bei mir nicht mehr alles richtig funktioniert. Zu lange im Kloster gewesen, vielleicht. Oder dass ich die Schmähungen und Demütigungen von damals nicht überwunden habe, stimmt's?«

Sie reagiert nicht, kneift ein wenig die Augen zusammen, als wüsste sie nicht, was sie davon halten solle.

»Ich kann Ihnen das nicht übelnehmen. Sie müssen mir aber glauben, dass ich aufgrund meiner Vermutung nicht anders handeln kann.«

»Was vermuten Sie denn?«

»Das kann ich Ihnen zum jetzigen Zeitpunkt leider nicht sagen.« Noch immer halte ich ihre Finger mit beiden Händen umschlossen.

»Und?« Gotthoff wirkt durch meine Ansprache wenig beeindruckt.

Ich lasse ihre Hand los, greife in meine Jackentasche und hole Kleebergs Taschentuch heraus. Ich habe es ihm seit meinem Übelkeitsanfall im Weinbergspark nicht zurückgegeben.

»Können Sie überprüfen lassen, ob die Fingerabdrücke auf diesem Taschentuch identisch sind mit denen im Einweghandschuh?«

»Wem das Taschentuch gehört, wollen Sie mir natürlich nicht sagen?«

»Doch, aber nicht jetzt.«

»Also gut, geben Sie her.«

Mechthild Gotthoff steckt das Taschentuch ein.

»Was machen Sie eigentlich, wenn der Fall gelöst ist?« Ihre Stimme rutscht in eine Tonlage, die die Frage wie ein anrüchiges Angebot klingen lässt.

»Ich gehe zurück.«

»Zurück wohin?«

Ich zeige zur Tür. Sie lacht. Ich könnte mir gut vorstellen, weiter mit ihr zusammenzuarbeiten.

»Und Sie?«, frage ich.

»Was, ich?«

»Sind Sie verheiratet?«

»Ja, glücklich.« Sie sagt es trocken, auch eine Spur zu entschlossen.

»Schade.«

Sie wird rot im Gesicht, will aufstehen. Ich halte sie an ihrem Arm fest.

»Sie sind nicht gerne Polizistin, nicht wahr?«

»Wie kommen Sie darauf?!«

Die Überraschung, die Empörung wirken unecht.

»Das merkt man Ihnen an. Die Ermittlungen interessieren Sie kaum. Sie wären lieber zu Hause, würden ein Buch lesen, gemeinsam mit Freunden kochen, nicht wahr?«

Meine Hand berührt noch immer ihren Arm.

»Wenn das alles hier vorbei ist, höre ich auf.«

»Wie, Sie hören auf?«

»Ich lasse mich beurlauben. Auf unbestimmte Zeit. Mein Mann ist Professor an der Freien Universität, hier in Berlin. Nächstes Semester wechselt er an die Universität in Wien. Ich gehe mit ihm.«

Sie steht auf, entschuldigt sich für einen Moment und flüchtet auf die Toilette.

Ich zahle und gehe.

4

Wenn die Natur aus ist, das ist, wenn die Natur aus ist. Wenn die Welt so finster wird, dass man mit den Händen an ihr herumtappen muss, dass man meint, sie verrinnt wie Spinneweb.

Georg Büchner, *Woyzeck*

WIR

Wir sehen ein Licht am Ende des Tunnels. Wir reiben uns verwundert die Augen, weil wir etwas erkennen, was vorher unmöglich schien. Wir wollen es nicht glauben, fühlen uns getäuscht von unserer eigenen Wahrnehmung. Der, welcher die Beichte abnehmen soll, sündigt. Der Feuerwehrmann löscht nicht die Flammen, sondern legt den Brand. Der Arzt verabreicht die tödliche Spritze. Der Glaube tötet, Gott frevelt. Was für eine Welt! Sie gerät aus den Fugen. Unser Koordinatensystem ist auf den Kopf gestellt. Die Beine zeigen in den Himmel, anklagend wie erhobene Finger, auf einen armseligen Gott, der überfordert und unfähig scheint. Ein Versager voll Schuld und ohne Gnade. Keine Hoffnung, nirgends. Kein Wunder also, dass der Täter die Bestrafung selbst in die Hand nimmt. Und damit bei uns um Verständnis buhlt. Um Mitleid. Wir fühlen uns verlassen, allein und hilflos in unserem löchrigen Moralgeflecht.

Das Ende naht. Die Schlinge zieht sich zu. Wir wissen nicht, wohin wir uns wenden sollen.

Dennoch ahnen wir plötzlich: Das Unvorstellbare wird wahr. Es ist, was nicht sein darf.

Das Finale rückt näher. Der Countdown läuft. Am Zirkus hinter dem Hauptbahnhof brennen die Glühbirnen. Der Schriftzug »Ramsani« leuchtet am Chapiteau. Obgleich heute der einzige vorstellungsfreie Tag ist. Bülent Ramsani, Zirkusbesitzer in dritter Generation, hat sofort Verständnis, dass sein Zelt für die Aufklärung eines Verbrechens herhalten soll. Ramsani widersetzt sich nur ungern der Polizei, das merkt er ihm sofort an. Das Ansehen eines Zirkusbesitzers bei der Exekutive ist ohnehin nicht das Beste. Ramsani steht permanent unter Beobachtung. Beschwerden von Anwohnern gehören zum Alltag. Mal ist es die Lautstärke, dann der Geruch der Tiere. Die Leute finden immer irgendetwas, ihnen das Leben schwerer zu machen, als es sein müsste. Das ist bei anderen Zirkussen genauso. Zirkusleute sind keine Sympathieträger. Außer bei Kindern. Da kann sich ein kooperatives Entgegenkommen langfristig auszahlen, das weiß Ramsani, als er einen Blick auf die Polizeimarke der Berliner Kripo wirft. Zweifel kommen da erst gar nicht auf.

»Wir kooperieren gerne«, sagt Ramsani und lächelt. Er mag keine Polizisten. Zumindest keine uniformierten. Der hier sieht anders aus, seriös und eher wie ein Finanzbuchhalter. Er nickt, steckt den Dienstausweis ein und erklärt, worum es geht.

»Und sorgen Sie bitte dafür, dass sich ab zweiundzwanzig Uhr keiner von Ihren Leuten mehr im Zelt aufhält. Es könnte gefährlich werden.«

»Selbstverständlich, Herr Kommissar. Heute ist ohnehin vorstellungsfrei. Ich gebe allen frei und schicke sie in die Stadt, sich vergnügen.« Ramsani schmunzelt wieder.

»Sehr gut. Gehen Sie am besten gleich mit.«

»Betriebsausflug«, sagt Ramsani und scheint es besonders witzig zu finden.

»Betriebsausflug.«

Der Kripobeamte will zurück zum Ausgang, als er noch einmal stehen bleibt.

»Eine Bitte hätte ich noch«, sagt er. »Wo befinden sich Ihre Hyänen?«

»Die Hyänen?«

»Ja. Sie haben doch Hyänen. Dressierte Hyänen.«

»Dafür sind wir berühmt. Wir sind der einzige Zirkus, der dressierte Hyänen hat. Sechs prachtvolle Tiere. Eine Tiernummer, um die uns so mancher beneidet. Kommen Sie.« Ramsani geht voraus, er folgt. Beide bleiben im Hinterzelt stehen.

»Hier sind sie.« Sie stehen vor einem Käfig, in dem die sechs Tiere ihre breiten Schnauzen an die Gitterstäbe drücken.

»Und hier, durch diesen vergitterten Gang, werden sie in die Manege gelassen?«, fragt der Mann von der Kripo und zeigt auf die Röhre aus Drahtgeflecht, die mit dem Käfig verbunden ist.

»Ja. Aber erst, wenn auch die Manege vergittert ist, sonst ...« Ramsani beißt mit dem Mund Löcher in die Luft und lächelt. »Wenn sie satt sind, sind sie harmlos. Aber wenn ihre Mägen knurren ...«

»Wann werden die Tiere gefüttert?«

»Morgens und abends.«

»Verzichten Sie heute auf die Abendfütterung.« Es klingt wie ein Befehl.

»Aber ...«

»Wollen Sie uns helfen oder nicht?«

»Natürlich.« Bülent Ramsani schaut nun doch etwas zweifelnd.

»Sie werden es nicht bereuen.«

Ramsanis Misstrauen löst sich im Nu auf.

Dann lässt der Kripobeamte sich die Lichtanlage erklären und alles, was für den Einsatz sonst noch notwendig ist.

ICH

Es war Greta, die mich auf die Spur von Kleeberg brachte. Kleeberg war es, der mich sogar gegen den Willen von Kriminaldirektor Dr. Wenger als verdeckten Ermittler durchsetzte. Ganz zu schweigen von den Kollegen. Nur weil meine Augenform der der Verdächtigen auf dem Foto der Überwachungskamera glich. Diese konstruierte Geschichte mit der Vietnamesin entpuppte sich ebenso schnell als haltlos wie die ganze Asiaten-Connection.

»Da stecken keine Asiaten dahinter«, sagt Greta, »dahinter steckt was ganz anderes.«

Sie hat recht. Greta ist ein kluges Geschöpf. Sie hat Abstand zu den Geschehnissen und betrachtet sie unvoreingenommen. Die Fähigkeit, die eigentlich zu meinen Stärken zählt, die mir aber während der Ermittlung abhandengekommen ist.

»Hast du schon mal daran gedacht, dass dieser Kleeberg ein falsches Spiel spielt?«

Natürlich habe ich mich im Verlauf der Ermittlung immer wieder über Kleeberg gewundert. Auf einmal erscheint vieles in einem anderen Licht. Kleebergs Empörung über das Interna-Leck zum Beispiel. Der ominöse Zeuge gegenüber der ehemaligen Frauenklinik. Meine Wohnung! Kleebergs Wohnung nebenan. Das Loch in der Wand. Ich brauche nicht lange, dann ist klar, dass mein Einsatz hier in Berlin bei diesem Fall nur Sinn macht, wenn Kleeberg dahintersteckt. Kitty Gerber hieß mit Nachnamen wie ihre Mutter und ist bei ihr in Stuttgart-Vaihingen aufgewachsen. Ihre Mutter stammt aus Berlin und ist noch vor der Wende aus der DDR nach Westdeutschland abgehauen.

»Mit dem Kind im Bauch«, wie sie mir am Telefon berichtet hat. Über den Vater von Kitty wollte sie nichts sagen. »Das sind alte Geschichten, die man ruhen lassen sollte.«

»Und wenn sie zur Aufklärung eines Mordfalles notwendig sind?«, frage ich.

Sie fängt an zu weinen. Noch ehe ich weiterfragen kann, legt sie auf. Hans-Joachim Mühlbauer war nicht nur Bundestagsabgeordneter für die SPD in Berlin, er war auch der Mann von Kittys Mutter und Kittys Stiefvater. Ich müsste mich stark täuschen, wenn Kleeberg nicht der leibliche Vater von Kitty wäre. Dann gäbe alles einen Sinn. Es ist leicht für Kleeberg, Hans-Joachim Mühlbauer zu ködern. Wo die Eitelkeit groß ist, ist das Misstrauen gering. Kleeberg gibt sich als Journalist aus und behauptet, er wolle einen großen Artikel schreiben, über einen Politiker aus der Provinz in der Hauptstadt. Der Tenor: Ein Leben zwischen zwei Welten. Unter der Woche die große Politik in Berlin, am Wochenende bei den Lieben auf dem Lande.

ER

»Und darüber, wie man das aushält, diesen Spagat, verstehen Sie?«

ICH

Mühlbauer versteht und sagt sofort zu. Der Hinterbänkler wittert den Ruhm, glaubt sich schon im Rampenlicht. Zum Herzeigen im eigenen Wahlkreis.

ER

»Haben Sie Lust?«

»Wann? Wo?«

»Wenn es noch nächste Woche erscheinen soll, dann möglichst sofort.«

ICH

Kleeberg merkt, wie Mühlbauer am anderen Ende der Leitung abwägt. Auf der einen Seite der volle Terminkalender, auf der anderen die Aussicht auf Aufmerksamkeit, Ansehen, Karriere.

ER

»Und?«

»Wie lange wird es dauern?«

»Nicht lange, ein, zwei Stunden. Wir können es gerne am Abend machen.«

ICH

Mühlbauer verlegt in Gedanken die Termine und sucht einen Weg, sich ein Zeitfenster von zwei Stunden freizuräumen.

ER

»Es soll etwas Außergewöhnliches werden. Nicht das lieblos zusammengezimmerte Porträt, das man liest und ebenso schnell wieder vergisst. Nein, es soll nachhaltig sein.«

ICH

Nachhaltigkeit ist das Zauberwort. Mühlbauer wittert plötzlich nicht mehr nur den kurzzeitigen Ruhm, sondern dauerhaften.

ER

»Da sind Bilder natürlich entscheidend.«

»Sie meinen Fotos?«

»Ja. Ich habe mir da etwas Besonderes ausgedacht. Ich würde Sie gerne für das Porträt an einem ungewöhnlichen Ort in Berlin fotografieren. Natürlich nur, wenn Sie wollen.«

ICH

Mühlbauer will. Alles, was ihn von der politischen Masse abhebt, ist ihm recht. Alles, was Aufsehen erregt im grauen Einheitsbrei der politischen Anzüge, kommt ihm gelegen.

Jetzt interessiert Mühlbauer nur noch, wo das Ganze stattfinden soll. Ein kurzer Augenblick der Ruhe entsteht. Als müsse Kleeberg nachdenken. Dann schlägt er den Teufelsberg vor.

ER

»Nehmen Sie ein Taxi. Fahren Sie den Berg hoch, bis es nicht mehr weitergeht. Steigen Sie an der Schranke aus und gehen Sie bis zur Kuppel hoch. Da warten mein Fotograf und ich auf Sie. Um halb elf?«

»Ist es da nicht zu dunkel? Für die Bilder, meine ich.«

»Wir arbeiten mit Blitz und ein paar Scheinwerfern, alles ganz professionell.«

»In Ordnung.«

»Also abgemacht?«

»Ja.«

»Gut. Ich freue mich.«

Er ist da.

»Hallo, Herr von Manske?«

Als er den Namen hört, muss er schmunzeln. Er hat ihn sich ausgeliehen. *Danke, liebe Berliner Zeitung*, denkt er und wirft einen Stein in die Richtung, aus der Hans-Joachim Mühlbauer auftaucht.

»Hallo? Wo sind Sie?«

Er ist genau hinter ihm. Noch ehe Mühlbauer die Chance hat, es zu bemerken, schlägt er ihm eine Holzlatte an den Kopf. Gerade fest genug, dass Mühlbauer zu Boden geht und für kurze Zeit das Bewusstsein verliert.

Als er wieder zu sich kommt und die Augen aufschlägt, ist er an Beinen und Händen gefesselt. Er liegt auf der Erde. Als er ihn über sich sieht, fragt er fassungslos: »Was machen *Sie* denn hier?«

»Was denkst du?«

Er setzt sich auf einen Stuhl neben Mühlbauer. Einige Grablichter brennen. Mühlbauer richtet umständlich seinen Oberkörper auf.

»Sie sind …«

»Exakt.«

»Aber warum? Warum wollten Sie …?«

»Glaubst du an Gott?«, unterbricht er ihn.

Mühlbauer sitzt wie ein Kind auf dem Boden. Die Hände sind hinter dem Rücken gefesselt, die Beine an den Füßen zusammengebunden. »Was soll das?«

»Ich habe dich gefragt, ob du an Gott glaubst.«

»Ja … natürlich.« Mühlbauer nickt mehrmals, um seine Worte zu unterstreichen.

»Ich glaube an die Gerechtigkeit. Und daran, dass es jemanden geben muss, der sie gewährleistet. Gott scheint das nicht zu sein.«

»Was hat das mit mir zu tun?«

»Das kannst du dir nicht denken, was? Das wundert dich, nicht wahr? Du hättest nicht geglaubt, dass da noch eine Rechnung offen ist, stimmt's?«

»Was für eine Rechnung?« Mühlbauer schaut ihn an, als verstünde er nichts, rein gar nichts.

»Du hast Unverschämtes verlangt. Jetzt musst du dafür bezahlen. Du brauchst es erst gar nicht abzustreiten. Ich weiß es. Die Mutter hat dir nicht gereicht. Du musstest auch die Tochter haben, nicht wahr? Du konntest nicht widerstehen. Sie hat dich zu sehr an ihre Mutter erinnert, nur zwanzig Jahre jünger. Die unverbrauchte Variante sozusagen, nicht wahr?«

»Was reden Sie da?«

»Du hast sie missbraucht. Du Drecksack.«

»Unsinn, das ist doch …«

Er tritt ihm hart in den Bauch. Mühlbauer kippt zur Seite.

»Sexuell traumatisiert, nennt man das! Die Psychiaterin nennt es so.«

Mühlbauer krümmt sich, schüttelt den Kopf und sagt immer wieder: »Nein, nein, das stimmt nicht, nein. Sie hat Sie angelogen, diese Psychiaterin hat Sie …« Er hustet, spuckt Blut. »Ich … ich war doch wie ein Vater für sie. Sie hatte ja keinen.«

Wieder tritt er zu, wuchtiger als zuvor. Mühlbauer schreit, krümmt sich auf der Erde wie ein Wurm.

»Sie hatte sehr wohl einen Vater, nämlich mich. Aber die Mutter wollte diesen Vater nicht.«

Mühlbauer versucht sich aufzurichten. Blut rinnt aus seinem Mund, wenn er spricht.

»Das spielt doch keine Rolle! Ich war zwanzig Jahre für sie da!« Es klingt wie ein Vorwurf.

»Ja, und wie du da warst. So was von da, dass sie glaubte, dich nur noch mithilfe einer Psychiaterin wieder loswerden zu können.«

»Was? Sie sind ja verrückt!«

»Komm mir bloß nicht damit. Verrückt!«

Erneut tritt er zu. Er streift sich die Einweghandschuhe über, holt das Teppichmesser aus der Tasche, die Tube mit dem Wasabi.

»Deine Karriere endet hier. Das Leben zwischen den Welten. Jetzt bist du gleich da, wo du hingehörst.« Er klebt ihm den Mund zu. »In das letzte Loch, in die Hölle.« Er schneidet ihm das Hemd auf, zieht ihm die Hose bis zu den Fußgelenken herunter. Ebenso die Unterhose. Die ersten Schnitte setzt er an Brust und Bauch an. Dann zieht er die Klinge mit einem tiefen Schnitt über Mühlbauers Penis.

Er dreht ihn auf den Bauch und bearbeitet seinen Hintern mit dem Messer. Stopft Wasabi in seinen Anus. Mühlbauers Körper zuckt, als würde er mit Stromschlägen traktiert.

Er dreht ihn wieder auf den Rücken, setzt sich auf den Stuhl und schaut Mühlbauer beim Leiden zu. Beim Sterben.

Erst im Morgengrauen verlässt er den Teufelsberg. Befriedigt und zufrieden. Dennoch wird er Mühlbauers Worte nicht los: *Sie hat Sie angelogen.*

ICH

Kleeberg wollte mich von Anfang an ganz nahe bei sich haben. Nur getrennt durch eine Wand. Dafür ging er auch das unkalkulierbare Risiko ein, mir im Hausflur oder im Aufzug zu begegnen. Anscheinend ging es ihm nicht nur um Überwachung: Er trieb ein perfides Spiel mit mir, indem er mich in der Wohnung seiner toten Tochter unterbrachte, mich in das Netz meiner eigenen Schuld zurückführte, an dessen Rand er, wie eine hungrige Spinne, saß und sich am Zappeln des ahnungslosen Opfers weidete.

Den endgültigen Beweis, dass Kleeberg der Gesuchte ist, liefert Mechthild Gotthoff. Die Fingerabdrücke im Einweghandschuh und die auf dem Taschentuch von Kleeberg sind identisch.

Seit fünf Stunden klebe ich an seinen Fersen. Ich bin sicher, dass er mich nicht bemerkt hat. Ich bin mit Gretas Wagen unterwegs. Kleeberg hält an einer Fleischerei in der Möllendorffstraße in Lichtenberg. Nach zwanzig Minuten kommt er mit zwei Einkaufstüten aus dem Laden. Was hat er da drin? frage ich mich und fahre weiter hinter ihm her. Auf einem unbebauten Gelände hinter dem Hauptbahnhof parkt er seinen Wagen schließlich neben einem Zirkuszelt.

Seit nunmehr anderthalb Tagen ist Doreen verschwunden. Nicht nur Greta macht sich jetzt Sorgen. Auch ich.

Bülent Ramsani ist ein netter Mensch. Er wirkt gar nicht so, wie man sich einen Zirkusbesitzer vorstellt: grobschlächtig, zwielichtig und schlecht riechend. An Ramsani ist nichts Derbes. Er riecht sogar gut nach einem teuren Eau de Toilette und scheint die Freundlichkeit in Person. Er wirkt zerbrechlich. Er bittet mich in seinen Wohnwagen. Seine Frau hängt davor die Wäsche auf. Zwei Kinder spielen vor der Tür. Er bietet mir Tee an und fragt, was er für mich tun könne.

Leute, die Tee trinken, können keine schlechten Menschen sein, überlege ich und denke dabei an Pater Aurelius. Zumindest behauptet er das immer wieder. Ich sage Ramsani, es gehe um den Mann, der soeben bei ihm gewesen sei. Mich würde interessieren, was der Mann von ihm wollte.

»Der Polizist?«, fragt Ramsani.

Ich bejahe.

»Ich weiß nicht, ob ich Ihnen das sagen darf«, entgegnet Ramsani höflich, als müsste er sich dafür entschuldigen.

»Sie dürfen.«

Bülent Ramsani sieht mich an, als wäre er nicht überzeugt. »Er sagte, wenn ich kooperiere, wäre das vorteilhaft für mich«, erklärt er schließlich.

»Stimmt«, erwidere ich. »Wenn Sie kooperieren, kann das für Sie nur von Vorteil sein. Wenn Sie allerdings mit den Falschen kooperieren, ist es nicht nur ein Nachteil, dann ist es eine Katastrophe.«

Bülent Ramsani sieht das erste Mal überrascht aus. Sein glattes, für einen Zirkusdirektor viel zu zartes Gesicht, verfinstert sich. Er ist nervöser als zuvor und verschüttet beim Eingießen ein paar Tropfen Tee auf der Tischdecke.

»Wie soll ich wissen, was richtig oder falsch ist?«, fragt er.

Ich lege meine Plastikkarte auf den Tisch neben die Teekanne, als sei dies Teil der Teezeremonie. Ich nehme einen kleinen Schluck Tee. Es ist Grün-Tee, leider schon zu lange gezogen. Er schmeckt bereits bitter.

»Das liegt nicht an Ihnen«, sage ich. »Das liegt an der komplizierten Sachlage.«

»Was für eine Sachlage?« Bülent Ramsani ist völlig verwirrt.

Ich schildere ihm meinen Verdacht. Ramsani hört mir aufmerksam zu. Das Gesagte scheint ihm dennoch nicht geheuer.

»Ich kann verstehen, dass Sie Zweifel haben«, sage ich und versuche mit Verständnis sein Misstrauen abzubauen.

»Wem soll ich denn nun glauben?«, fragt er. »Woher soll ich wissen, wer von euch beiden der echte Polizist ist und wer nicht?«

»Wir sind beide echt. Nur ist der eine ein Serienmörder und der andere versucht, ihn daran zu hindern, noch mehr Menschen umzulegen.«

Ramsani atmet tief durch und zündet sich eine Zigarette an. Er scheint sich entschieden zu haben und fängt bereitwillig zu erzählen an. Als er fertig ist, fühle ich mich in meiner Befürchtung bestätigt und frage: »Ist das alles?«

Er nickt. »Ja, ich glaube schon.«

»Ab wann sollen Sie den Zirkus verlassen?«

»Ab neun, hat er gesagt.«

»Ab neun? Sicher?«

»Sicher.«

Jetzt ist es vier. Kleeberg ist vermutlich damit beschäftigt, weitere Vorkehrungen zu treffen, bei sich zu Hause oder woanders. Bis neun sind es nur noch fünf Stunden. Das wird knapp, verdammt knapp.

»Okay, passen Sie auf, Herr Ramsani. Ich schlage vor, Sie fahren mit mir jetzt zum Präsidium.«

»Aber warum denn? Ich habe doch schon alles …« Die Zweifel und die Besorgnis sind wieder zurück.

»Keine Angst. Alles, was Sie mir bis jetzt erzählt haben, erzählen Sie noch einmal Dr. Wenger.«

»Dr. wem?«

»Dem Kriminaldirektor.«

»Aber warum?«

»Mir glaubt er nicht.«

»Aber …«

»Das erkläre ich Ihnen auf der Fahrt dahin.«

SIE

Es schneit. Überall begegnen ihr Menschen ohne Physiognomie. Überall leere weiße Flächen wie ausgeschüttete Milchtüten, Pfützen aus Weiß. Weiße Löcher, in denen sie am liebsten verschwinden möchte. *Alles Gespenster, Dämonen meiner Vergangenheit*, denkt sie.

Ist das nicht Hajo? Sie winkt. Hajo greift sich an den Kopf, zeigt ihr einen Vogel.

Sie lacht, dann weint sie, bis jemand sie fragt: »Kann ich dir helfen?«

Ist das meine Mutter? Sie schüttelt den Kopf, rennt davon, stolpert, stürzt, bleibt im Schnee auf dem Trottoir liegen. Sie dreht sich auf den Rücken, schaut zum Himmel, von dem weiße Flocken auf sie herunterrieseln. Sie sind kalt und weich. Sie fühlen sich gut auf ihrem Gesicht an. Sie öffnet den Mund und schmeckt Schnee. Es schmeckt nach Kindheit.

Weißt du noch?

»Nein«, sagt sie. »Nein!«

Sie schweigt. Der Mund ist ein schmaler Streifen. In ihren Augen spiegelt sich eine weiße Schneelandschaft mit zwei dunklen Flecken. Einer davon ist ein zugefrorener See, auf dem sie Schlittschuh fährt, immer im Kreis herum. Mit Doreen an der Hand. Sie malen mit ihren Kufen Figuren ins Eis. Ein Herz. Ein Fragezeichen. Einen Ball. Ein Strichmännchen. Ein Strichweibchen. Das Eis knarrt wie eine alte Tür.

»Gehen wir nach Hause?«

»Ja«, sagt sie.

»Auch wenn niemand auf uns wartet?«

»Auch wenn niemand auf uns wartet!«

»Sie ist bei Bewusstsein«, sagt jemand. »Hallo?«

Über ihr taucht ein Gesicht auf. Sie sieht einen schmalen Mund, zwei braune Augen, eine spitze Nase.

»Hài?«

»Die ist betrunken«, sagt das Gesicht.

»Soll ich Ihnen helfen?«

Sie steht auf und rennt davon. Auf dem Gehweg bleibt der Abdruck ihres Körpers im Schnee zurück. Er sieht aus wie die Umrisse einer Leiche bei einem Mordfall. Sie streckt die Arme aus, legt den Kopf in den Nacken. Die Leute gucken ihr kopfschüttelnd hinterher. Der Himmel hängt bleiern wie eine graue Decke über ihr und droht alles unter sich zu begraben. Alles, was gewesen ist. Alles, was noch kommen wird.

Alles.

»Wo gehen Sie hin?« hört sie hinter sich.

»Sterben«, sagt sie und verschwindet in der Dämmerung.

ER

Seit einer Stunde wartet er im Zelt.

Hài wird kommen. Mit Sicherheit weiß er mittlerweile, dass *er* hinter den Morden steckt. Hài kann kombinieren; das hat er schon oft unter Beweis gestellt. Aus Hài wäre ein guter Polizist geworden, das weiß er. Wenn er die Hände von seiner Tochter gelassen hätte. Oder wenn er ihre Liebe ernst und sich selbst weniger wichtig genommen hätte. Nachdem er seine Gunst verspielt hat, muss er für seine Schuld bezahlen. Wie alle anderen vor ihm.

Natürlich hat *er* ihm die Drogen untergeschoben. Natürlich war *er* es, der Hàis fristlose Kündigung vorangetrieben hat. Nachdem er davon erfahren hatte, dass Kittys Absturz auch mit seinem Verhalten zu tun hatte, tat er alles, um Hài ans Messer zu liefern.

Es ist ihm gelungen, ohne dass jemand dahinter kam.

Ab und zu ist eines der Tiere zu hören. Sonst ist es ruhig im Zelt. Er hat bis jetzt nicht begriffen, wie Kitty sich diesen hässlichen Viechern zum Fraß hat vorwerfen können. Er will es nicht begreifen. *Wie sehr muss sie sich gehasst haben*, denkt er, *dass sie solch einen Tod für sich gewählt hat.* Die Symbolik hinter dieser Art der Selbsttötung kann er nicht verstehen. Er will es auch nicht.

Doreen hängt am Haken. Es war einfach, sie in die Falle zu locken. Er hat sie angerufen und ein Treffen verabredet. Als sie kam, hat er sie überwältigt. Anschließend musste sie fast zwei Tage gefesselt im Kofferraum seines Wagens verbringen.

Jetzt hängt sie wie ein Paket verschnürt an einem Haken, ein breites Klebeband um den Mund, ihr Gesicht angsterfüllt. Als er sie mit einer Seilwinde hochzieht und ihr dabei direkt in die Augen blickt, sieht er ihr an, wie sie langsam begreift. Ihr Körper zuckt heftig, als versuche sie, sich zu befreien, als wisse sie aber gleichzeitig, dass es vergeblich ist. Sie scheint zu ahnen, was er vorhat. Sie riecht Schweineleber, spürt sie am ganzen Körper.

Jetzt hängt sie mehrere Meter über der Manege. Er löscht das Licht. Dann richtet er einen Suchscheinwerfer, der neben der Manege steht, auf sie. Auch den löscht er.

Vor drei Stunden hat er Hài bereits eine anonyme SMS von seinem Computer aus geschickt, in der stand, er solle sich ab 22 Uhr bereithalten. Und gewarnt: *Kein Wort zu den Bullen*. Jetzt drückt er abermals auf *Versenden*, dieses Mal von seinem Handy und nicht anonym. Wenn Hài die Nachricht öffnet, liest er: *Wenn du Doreen noch lebend sehen willst, komm zum Zirkus Ramsani.*

ER

Sein Kopf ist leer. Alles ist gelöscht. Kein Gedanke mehr an früher. Die Erinnerung ist abgeschafft, die Vergangenheit ein abgetragenes Kleidungsstück. Er ist nur noch eine Handbreit von seinem Ziel entfernt, dann ist es vorbei.

Endlich, denkt er, *endlich ist es dann vorbei. Dann kehrt Ruhe ein. Für immer.*

Er sitzt über der Tribüne im Technikschaltraum neben dem Mikrofon. Er wartet. Er kann nur mehr warten. Er weiß, dass Hài kommen wird. Bisher hat alles perfekt geklappt. Ein, zwei kleine Fehler, die aber nicht ins Gewicht gefallen sind. Ansonsten war es der vollkommene Plan.

Er hört Schritte draußen auf dem Kies und atmet auf. *Das ist er*, denkt er und freut sich.

Er bedient den Scheinwerfer, schwenkt zum Zelteingang. Der Lichtkegel trifft Hài, der gerade an der Plane vorbei ins Zelt schlüpft. Das Licht blendet ihn. Hài hält sich die Hand vors Gesicht. Es sieht aus wie ein Gruß.

»Schön, dass du gekommen bist«, spricht er ins Mikrofon. Das ganze Zelt wird von seiner Stimme beschallt.

»Seit wann sind wir per Du?«, kommt vom Eingang zurück, laut und ohne ein Zittern in der Stimme.

Für einen Moment ist er irritiert und überrascht. So viel Kaltschnäuzigkeit hätte er ihm doch nicht zugetraut. *Hài ist nicht zu unterschätzen. Es ist ein kluger Junge. Er wäre ein guter Schwiegersohn gewesen. Ein guter Polizist. In einem anderen Leben vielleicht.*

»Seit wir uns näher sind, als du es je für möglich gehalten hättest.«

»Sie meinen, seit Kitty tot ist.«

Bei dem Namen zuckt er zusammen. Lange Zeit hat er niemanden ihren Namen aussprechen hören. Jetzt wirkt er fremd auf ihn. Wie aus einer anderen Zeit. Aus einem anderen Leben.

»Ich sehe, du bist informiert.«

»Ich bin informiert, ja. Und Sie glauben, den Rächer spielen zu müssen.«

»Von spielen kann keine Rede sein, mein Lieber.«

»Seien Sie nicht albern, Kleeberg.« Hài steht noch immer in der Nähe des Eingangs, die Hand vor den Augen. »Die Toten machen Kitty auch nicht wieder lebendig.«

»Bitte«, sagt er, und noch einmal, nachdrücklicher: »Bitte! Wenn dir nichts Originelleres einfällt, dann halt den Mund.«

»Können Sie nicht das lächerliche Mikrofon abschalten? Damit machen Sie mir keine Angst. Außerdem verstehe ich Sie auch so.«

Er macht das Mikrofon aus, ohne darüber nachzudenken.

Das war ein Fehler, denkt er in dem Augenblick, in dem er wieder zu reden anfängt, und verflucht seine eigene Unachtsamkeit. Jetzt ist er lokalisierbar.

»Wie bist du eigentlich draufgekommen?« Er lässt den Scheinwerfer auf Hài gerichtet, während er langsam die Stufen hinuntersteigt.

»Das Foto im Buch in Laura Tessloffs Wohnung. Der Einweghandschuh auf dem Teufelsberg. Das waren nicht Ihre einzigen Fehler, Kleeberg. Sie glauben zwar, alles wäre perfekt gelaufen, aber Sie haben einen Fehler nach dem anderen gemacht. Wie ein Anfänger. Ihr einziger Schutz war der Glaube, dass nicht sein kann, was nicht sein darf. Das Unvorstellbare daran hat Sie geschützt, sonst nichts. Das Bild in meiner Wohnung, die Orchideen, hat Kitty das gemalt?«

Wieder zuckt er bei ihrem Namen zusammen.

»Natürlich hat sie es gemalt. In der Klapse, was?«, sagt Hài. »Sieht auf jeden Fall aus wie von einer Verrückten.«

»Halt's Maul, Hài! Du redest von etwas, von dem du nichts verstehst.«

Sofort ärgert er sich darüber, dass er sich von Hài so leicht provozieren lässt, und zwingt sich, ruhig zu bleiben.

»Ich habe es abgeschraubt, Kleeberg. Ich wollte sehen, was dahinter ist. Ich war sicher, dass irgendwas dahinter ist. Als ich das Loch sah, war mir klar, dass nur Sie ein Interesse daran haben konnten, mich zu beobachten. Ich wusste zwar noch nicht, warum, aber ich wusste, dass Sie es sein müssen.«

»Respekt!«, sagt er betont gelassen und hofft, dass ihm seine Wut nicht anzumerken ist.

Er steht unten in der Manege, neben dem ausgeschalteten Suchscheinwerfer.

»Wo ist Doreen?«

Kleeberg steckt den Stecker in die Kabeltrommel. Der Suchscheinwerfer flammt auf und beleuchtet das Chapiteau. Doreen hängt noch immer wie ein Paket verschnürt unter dem Zeltdach.

»Was soll das, Kleeberg? Doreen kann nichts dafür.«

»Du hast keine Ahnung, Hài. Gar keine.«

»Ich dachte, ich bin informiert.«

»Ja, aber nur über das, was dir in den Kram passt.«

»Und was ist das andere?«

»Das andere ist, dass Doreen Kitty verraten hat. Sie hat sie betrogen, mit dir. Sie hat ihre beste Freundin im Stich gelassen, weil ihre eigenen Bedürfnisse mehr zählten als Freundschaft. Dafür muss sie jetzt büßen.«

»Sie sind nicht Gott, Kleeberg.«

»Und du musst auch dafür büßen.«

Er verschwindet kurz im Hinterzelt, tritt an die vergitterte Röhre heran und hebt den Schuber hoch, an dem die Hyänen sich die Schnauzen platt drücken. Sie springen durch die Röhre und sind Augenblicke später in der Manege. Auch Kleeberg taucht wieder am Gitter neben der Manege auf. In der Hand hält er das Seil.

»Aber zuerst sie.« Langsam lässt er Doreen am Seil nach unten.

»Was soll der Scheiß, Kleeberg?«

Noch hängt Doreen zu hoch, sodass die Hyänen nicht an sie herankommen.

»Sie sind verrückt, Kleeberg!« Hài schlägt gegen das Gitter der Manege. Für einen Moment sind die Hyänen von dem Geräusch irritiert.

»Verrückt? Zuerst Kitty, jetzt ich, was? Du kennst dich ja aus, Hài, was?« Kleeberg greift unter die Jacke und holt seine Waffe hervor. »Damit du nicht auf dumme Gedanken kommst«, sagt er. »Wusstest du eigentlich, dass Kitty schwanger war?«

Hài zuckt gleichgültig mit den Schultern.

»Von dir. Sie hat das Kind verloren. Wegen dir. Es war alles zu viel für sie. Die Enttäuschung über dich, der Verlust des Babys, die Demütigung durch Doreen, Ehrenfelds Frechheiten.«

»Und warum musste die Buchhändlerin dran glauben? Und die Ärztin?«

»Die Ärztin hat Kitty ans Messer geliefert. Sie hat sie aus der Klinik entlassen, obwohl sie wusste, dass Kitty es alleine nicht schaffen würde.«

»Das sagen Sie.«

»Ja, das sage ich. Und diese dumme Buchhändlerin wollte sie mir wegnehmen. Sie konnte nicht akzeptieren, dass Kitty ihren Vater liebt. Sie wollte, dass sie mit mir bricht. Das ist doch lachhaft.«

Er lacht tatsächlich.

»Dieses schamanische Miststück war der festen Überzeugung, ich alleine wäre schuld an Kittys Absturz. Sie hat Kitty eingeredet, dass sie von mir weggehen müsse, um wieder zu sich selbst zu finden. Sie hat ihr auch den Irrsinn mit den Hyänen in den Kopf gesetzt. Von wegen Krafttiere – so ein Schwachsinn. Diese kleine Schlampe! Genauso eine kleine Schlampe wie die da.«

Er zieht am Strick, und Doreen schwingt über den Hyänen hin und her, die noch immer versuchen, zu ihr hochzuspringen.

»Und Hans-Joachim Mühlbauer?«

»Hajo hat sie missbraucht.«

»Quatsch!«

»Was weißt du denn davon?«

»Ich habe die Krankenakte gelesen, Kleeberg. Er hat sie nicht missbraucht. Er war für Kitty, was Sie nicht sein konnten. Ein Vater. Ein guter Vater.«

»Halt's Maul, Hài! Er war genauso schuldig wie die anderen.«

»Ah, verstehe! Dann wären mit Doreen und mir schließlich auch alle Schuldigen zur Rechenschaft gezogen und beseitigt, nicht wahr?«

»Exakt.«

»Dann wären Sie zufrieden und könnten …«
»Ich wäre glücklich, Hài, nicht nur zufrieden.«
»Irrtum, Kleeberg!«
»Was heißt hier Irrtum?«
»Wussten Sie, dass Sie jemanden vergessen haben?«
»Ich habe niemanden vergessen.«
»Greta!«
»Was hat Greta zur Mühlen damit zu tun?«
»Ach, Sie kennen sie?«
»Und ob ich sie kenne. Sie macht doch auch bei diesem schamanischen Scheiß mit.«
»Nicht nur. Greta ist auch Tierpflegerin im Tierpark Friedrichsfelde.«
Kleeberg ist irritiert, scheint zu überlegen, ob es eine Finte ist oder der Wahrheit entspricht.
»Na und?« Es fällt ihm zunehmend schwerer, sich zu beherrschen.
»Greta hat Kitty dabei geholfen, den Hyänen näher zu kommen, um es mal euphemistisch auszudrücken. Sie hat die Tiere auch auf Diät gesetzt, damit …«
»Hör auf!«
»Hier ist Greta!«
Kleeberg erschrickt. Greta schlüpft an zwei übereinander klappende Planen vorbei ins Zelt. Sie steht keine fünf Meter von Kleeberg entfernt an der Manege. Seine Souveränität ist dahin. Er richtet seine Waffe auf Greta und drückt ohne Vorwarnung ab. Doch es löst sich kein Schuss. Kleeberg erschrickt erneut. Er drückt sechsmal hintereinander ab, ohne dass eine Kugel seine Waffe verlässt.
»Scheiße!«, flucht er.
»Geben Sie auf, Kleeberg! Es ist vorbei!«

Kleeberg denkt gar nicht daran. Er stürzt sich auf Greta, die noch immer reglos ganz in seiner Nähe steht. Dabei lässt er den Strick los. Doreen fällt die letzten Meter am Strick nach unten und landet auf dem Manegenboden. Die Hyänen fallen sofort über sie her, als hätte sich das Warten gelohnt. Greta schreit, während Kleeberg sie zu Boden wirft, ihren Hals umklammert und zudrückt.

»Zugriff!« hört er plötzlich Hài schreien. Von allen Seiten stürmen uniformierte Beamte in Kampfanzügen ins Zelt. Kurze Zeit später haben sie Kleeberg überwältigt und das Seil mit der leblosen, blutüberströmten Doreen nach oben gezogen.

Die Hyänen lachen mit blutverschmierten Schnauzen.

SIE

Am Morgen steht sie am Fenster und beobachtet die Schulkinder an der Bushaltestelle. Sie haben Turnbeutel in der Hand und zu große Schulranzen auf dem Rücken. Sie treten mit den Füßen auf der Stelle, frieren. Vor den Mündern dampft es. Die Mädchen haben lange Zöpfe und tragen Wollstrümpfe, die Jungs Bommelmützen. Einer hat eine Brille auf. Das linke Glas ist zugeklebt. Ein Mädchen singt: »Schwarz, schwarz, schwarz, ist alles was ich habe, schwarz, schwarz, schwarz, ist alles was ich mag, weil mein Schatz Kaminfeger ist ...«

Die anderen lachen. Manche haben Zahnlücken und Zahnspangen. Mit offenen Mündern sehen sie hässlich aus. Sie scheinen sie zu bemerken, lachen nicht mehr und drehen ihr den Rücken zu. Hinter ihr tickt die Uhr an der Wand des Zimmers.

Sie hat seit vier Tagen nicht mehr geschlafen. Ihre Bewegungen erinnern an einen Film, der in verminderter Geschwindigkeit abläuft. Oder an fernöstliches Schattenboxen.

Sie legt zwei Holzscheite nach, kniet sich vor den Ofen und schaut ins Feuer. Es knistert, im Gesicht wird es warm. Die Flammen tanzen, und sie summt dazu. In Gedanken berührt sie den Kaminfeger und schließt die Ofentür.

Sie zieht den Mantel an und geht los.

Bald ist Weihnachten.

SIE

Es ist Winter. Es ist kalt. Es schneit. Sie friert nicht, sie schwitzt. Sie trägt nur einen leichten Mantel, keine Handschuhe und keine Mütze auf ihrem kahl rasierten Kopf.

Sie lässt sich treiben, fährt mit der S-Bahn, sieht sich selbst im Fenster und erkennt sich nicht.

Abends lässt sie sich im Tierpark Friedrichsfelde einschließen.

Am Morgen stopft sie sich Schweineleber in die Taschen, die Hose, unter den Pullover, in den BH. Sie steht lange am Zaun des Hyänengeheges. Dann klettert sie am Gitter nach oben, überwindet die zwei elektrischen Kabel und lässt sich fallen. Sie landet im Gehege und bleibt wie tot liegen. Sie hört die Tiere, die näher kommen. Sie riechen die Schweineleber, das Fleisch.

Sie schließt die Augen. Alles ist nur noch weiß. Wie eine Pfütze ausgelaufener Milch.

Dann nichts mehr.

ICH

Doreen ist tot. Die Verletzungen, die sie vom Angriff der Hyänen davongetragen hat, waren zu schwer. Sie starb noch im Zirkus.

Ich bin in Greta verliebt, auch wenn ich es mir zunächst nicht eingestehen will. Ich habe es ihr gestanden, noch an dem Abend, an dem Kleeberg festgenommen wurde. Sie lachte und sagte nur, *Ach, Hài*, als bedaure sie mich einerseits und könne mich andererseits auch ganz gut verstehen.

Kleeberg ist im Knast. Sehr wahrscheinlich kommt er in die Psychiatrie. Psychiater und Psychologen müssen seine Zurechnungsfähigkeit prüfen. Die Ärzte sind davon überzeugt, dass er stark suizidgefährdet ist. Er verweigert jede Aussage und ahmt das Lachen der Hyänen nach, wenn er zum Tathergang befragt wird. Ab und zu singt er oder summt vor sich hin.

Kriminaldirektor Dr. Wenger bestellt mich einen Tag nach Kleebergs Festnahme in sein Büro. Er entschuldigt sich, dass er mir anfangs so skeptisch gegenüberstand. Er entschuldigt sich auch, dass er mich für verrückt erklärt hatte, als ich ihm gegenüber behauptete, möglicherweise stecke Kleeberg hinter den Morden.

»Das müssen Sie verstehen«, sagt Wenger. »Ich konnte, wollte es einfach nicht glauben. Ihre Vermutung, Ihre verdeckte Ermittlung schien zwar eindeutig, obwohl ich insgeheim gehofft hatte, auch noch im Zirkuszelt, Sie würden sich täuschen.«

»Was hätten Sie denn getan, wenn ich mich getäuscht hätte?«, frage ich, während er einen Zigarillo aus einer Holzschachtel nimmt.

»Ich hätte Sie in der Luft zerrissen.« Er zündet sich den Zigarillo an.

»Wie die Hyänen.«

»Wie die Hyänen.« Er nimmt einen Zug und lässt Rauchringe aus dem Mund entweichen. Ich merke, wie er dafür bewundert werden will. Ich tue ihm den Gefallen nicht und frage: »Was sagt eigentlich der Polizeipräsident?«

»Der Innensenator hat ihm gedankt.« Dr. Wenger strahlt. Offenbar ist von diesem Dank auch eine Portion für ihn abgefallen.

Dann dankt er mir und sagt, dass es ohne mich bestimmt noch mehr Tote gegeben hätte. Er schiebt mir einen weißen Umschlag zu. Ich nicke und weiß, er hat recht. Ohne mich hätte es genau einen Toten mehr gegeben: mich.

»Bitte unterschreiben Sie hier«, sagt er und legt eine vorgefertigte Quittung vor mich auf den Tisch. Alles muss seine Ordnung haben, scheint er sagen zu wollen. Ich verziehe das Gesicht zu einem spöttischen Grinsen und unterschreibe. Dann stecke ich den Umschlag in meine Jackentasche.

Er pafft noch immer an seinem Zigarillo, und ich merke, dass er noch etwas loswerden will. Er druckst ein wenig herum, bis er schließlich sagt, er könne mich trotz allem nicht wieder in den Polizeidienst aufnehmen.

»Sie wissen ja, die Sache von damals.«

»Und Sie wissen ganz genau«, sage ich, »dass Kleeberg mir damals die Drogen untergeschoben hat.«

»Sie sind ja auch nicht belangt worden deswegen.«

»Aber suspendiert hat man mich trotzdem.«

»Anders ging es nicht.«

Es geht immer anders, denke ich.

Dr. Wenger drückt den Zigarillo im Aschenbecher aus und verstaut ihn anschließend in der Schublade.

»Wenn Sie jetzt wieder hier bei uns im Polizeidienst anfangen würden«, sagt er, »wäre das den Kollegen nicht zu vermitteln, verstehen Sie?«

»Nein. Aber ehrlich gesagt bin ich gar nicht scharf darauf, zurück in den Polizeidienst zu wechseln. Schon gar nicht hierher.«

Wenger scheint erleichtert. »Das verstehe ich, das verstehe ich nur allzu gut.«

»Ach ja?«

»Ja.«

Ein breites Grinsen legt sich um seinen Mund. »Aber sagen Sie mal, wenn wir mal wieder Hilfe brauchen, dann dürfen wir Sie doch wieder anrufen, oder?«

»Lieber nicht.«

»Oder wenn Kollegen Hilfe brauchen und einen engagierten verdeckten Ermittler benötigen, dürfen wir Sie dann empfehlen?«

»Lassen Sie mal.«

»Warum so bescheiden, mein lieber Hài?«

»Ich bin nicht bescheiden, Herr Dr. Wenger. Ich habe keine Lust mehr, meinen Arsch für Sie hinzuhalten.«

Wenger lacht, als hätte ich einen Witz gerissen.

»Sie wissen doch, eine Hand wäscht die andere.«

»Ja, und der Papst macht beim Scheißen die Beine krumm.«

Wenger lacht, als wäre dieser Witz noch gelungener.

»Sie doch auch, oder?«, sage ich.

Sein Lachen ist dahin.

Ich stehe auf und gehe zu seiner gepolsterten Tür.

»Gehen Sie jetzt wieder ins Kloster?«, fragt er und bleibt hinter seinem Schreibtisch stehen.

Ich bleibe ebenfalls stehen. »Woher wissen Sie …?«

»Kleeberg.«

Ohne mich umzudrehen, sage ich: »Das würde Ihnen auch mal guttun.«

Dann schließe ich die Tür von außen.

Er stirbt. Ich stehe an seinem Bett. Ich weiß nicht, ob er mich erkennt. Ich erkenne ihn kaum. Das ist nicht mehr mein Vater, das ist bereits ein Toter.

»Seine Lebenserwartung ist gleich null …«, behauptet der leitende Arzt in einem Vieraugengespräch.

So, wie er auf der Intensivstation im Bett der Charité liegt, sieht er tatsächlich aus, als sei er bereits gestorben. Die Wangen sind eingefallen, die Augen tief im Schädel, die Haut fahl, die Haare ausgefallen, die Lippen blutleer und rissig. Nichts erinnert mehr an früher. Das ist nicht der Mann hinter dem Wok aus der kleinen Garküche von der Dimitroffstraße. Das ist nicht der Mann aus meiner Erinnerung … Überall Schläuche, Infusionen, Maschinen. Er sieht mich an, als wäre *ich* das Gespenst.

Wir sind zwei Gespenster, denke ich. Mit dem Unterschied, dass er bald tot sein wird und ich die Chance habe, zu leben.

»Vater?«

Seine Augen sind wie matte Steine. Sein Gesicht ist eine Projektionsfläche, auf der ich mein eigenes Spiegelbild erkenne. Ich hocke in der hintersten Ecke der Garküche in seinem Rücken. Es riecht nach heißem Fett, nach angebratenem Gemüse. Es dampft, die Hitze dringt in alle meine Poren. Ich schwitze. Ich beobachte ihn mit flackerndem Blick, als wäre er ein Raubtier, das mich jeden Moment angreifen könnte. Er würdigt mich keines Blickes, als wäre ich nicht da. Als gehörte ich nicht hierher. Ein Fremdkörper, ein Aussätziger, ein Paria. Fremd in dieser Welt der Garküchen, der Vertragsarbeiter, der fernöstlichen Tradition, der Vietnamesen. *Du bist keiner von uns*, scheint er sagen zu wollen, mit seinen Augen in meinem Rücken. *Du wirst nie einer von uns werden. Auch wenn deine Augen anderes vermuten lassen. Auch wenn dein Gesicht dem unsrigen gleicht. Du gehörst nicht dazu. Nie!*

Er bewegt den Kopf, ganz leicht, fast unmerklich, als wollte er mir bedeuten: Ich habe auf dich gewartet. Ich habe durchgehalten, mich geweigert zu sterben und den Tod hinausgezögert, bis ich dich, meinen Sohn, noch einmal zu Gesicht bekomme.

»Hier bin ich.«

Sein Blick durchbohrt mich, es fühlt sich an wie eine Niederlage. Ich komme mir wie ein aufgespießtes Insekt auf einer Styroporplatte vor, als wäre ich der Tote und er das Jüngste Gericht.

»Ich soll dich von Mutter grüßen.«

Auf einmal scheint ihn Wehmut zu befallen. Meine Niederlage wird zu seiner. Im Angesicht des Todes wiegen die verpassten Gelegenheiten des Lebens umso schwerer.

»Du kannst nichts dafür«, sage ich und weiß, dass es nicht stimmt. Es ist nie einer alleine schuld. Auch der andere trägt immer mit dazu bei, dass etwas wird, wie es ist, selbst wenn er es nicht will. Kaputte Familien, kaputte Beziehungen, kaputtes Leben. Er ist nicht nur Opfer, sondern auch ein bisschen Täter. Wie ich, Mutter und alle anderen auch.

»Tut mir leid.«

Das stimmt nicht. Es tut mir nicht leid.

Er scheint es zu merken.

Ein Augenaufschlag noch, dann ist es vorbei. Er rührt sich nicht mehr, sieht mich aber noch immer an. Mit toten Augen. Die Herzkurve verliert ihre Zacken. Der Monitor über dem Bett ist stumm, nur noch eine grüne Linie. Das war's. Still, leise, ohne dass ich es bemerkt habe, ist er abgetreten.

»Vater?«

Der Faden ist zerrissen. Endgültig.

Er ist fertig. Fix und fertig. Und doch noch nicht am Ende. Ein Rest bleibt.

Der mehr schmerzt als alles andere.

Ich habe es verdammt noch mal nicht geschafft, Kitty nahezukommen, denkt er, *zu Kitty zu gelangen. Ich hänge in diesem Leben fest, während sie auf mich wartet. Kitty!* Er weint, schlägt mit der Faust mehrmals gegen die Wand, bis an den Knöcheln die Haut aufplatzt. Er spürt nichts, keinen körperlichen Schmerz, sieht Blutflecken an der Mauer. Flecken, die Gesichter ergeben, immer dasselbe Gesicht, ihr Gesicht. Kitty! Er sieht sie, sie lächelt, bewegt den Mund, die Lippen, er hört sie flüstern, »Komm, na komm schon, trau dich.«

Ich muss zu ihr! Jetzt!

Er sieht zum Gitter hoch. Dann betrachtet er das Leintuch auf der Pritsche.

Es kommt ihm eine Idee. Er lächelt.

ICH

Greta ruft öfter an. Ich versuche, das Handy zu ignorieren, schalte es schließlich aus.

Ich werde nicht nur Berlin, ich werde auch Greta verlassen. Für immer. Ich werde nichts vermissen, höchstens den U-Bahn-Geruch. Der Geruch der Berliner U-Bahn lädt zum Träumen ein. Anders als der in München. Oder in Stuttgart. Es ist ein Geruch, den ich mit Verwegenheit, Exotik, kindlichem Staunen und erkalteten Schweiß am Dekolleté einer schönen Frau in Verbindung bringe. Eine Geruchsmischung, die mir fehlen wird. Ansonsten wird mir nichts fehlen. Gar nichts.

Kurz bevor mein Zug fährt, rufe ich Greta vom Bahnhof aus an. Sie ist nicht da. Ich spreche ihr auf den Anrufbeantworter: »Das war's. Es war ein kurzer Ausflug in mein altes Leben. Jetzt bin ich auf dem Weg zurück zu mir selbst. Ich versuche, dich zu vergessen. Am besten, du vergisst mich auch.«

Ich lege auf und werfe das Handy in einen Mülleimer.

5

Der Mond ist wie ein blutig Eisen!

Georg Büchner, *Woyzeck*

WIR

Wir atmen auf. Wir schlagen das Buch zu und glauben, damit der Geschichte zu entkommen. Wir wissen, dass das nicht stimmt. Die Geschichte liegt nicht nur hinter, sondern auch in uns. Wir selbst sind ein Teil davon geworden. Wir, als vermeintlich unbeteiligte Beobachter, als unterhaltungshungrige, konsumierende Randfiguren rücken ins Zentrum und beobachten ab jetzt uns selbst. Bemerken Veränderungen an uns. War da nicht ein leichtes Zucken über dem Auge? Ein Kribbeln in der Nase? Der Geruch von Schweineleber? Ein Anflug von Suchtverhalten? Färben die Neurosen der anderen auf uns ab? Wird die fiktionale Paranoia real? Sind wir noch die, die wir waren? Oder ist das WIR ein Stück weit auch das ICH. Sind ER und SIE auch WIR?

Wir können nur hoffen, dass unsere Vernunft und unsere Liebe den Hass und das Böse in uns im Zaum halten. Und doch ahnen wir, dass der Abgrund wartet. Immer, jeden Tag, an jedem Ort, überall.

Der Autor dankt dem wunderbaren Wolfgang Neuhaus.
Der ebenso wunderbaren Caterina Kirsten.
Sowie Georg Simader und seiner Literaturagentur copywrite.

Die Zitate aus Georg Büchners *Woyzeck* auf den Seiten 5, 11, 12, 184, 217, 269, 309 stammen aus folgender Ausgabe: Georg Büchner: Woyzeck. Stuttgart: Reclam, 1978.

Karl Olsberg

Eine mörderische Wirklichkeit

Karl Olsberg
Delete

Vier Studenten werden vermisst. Sie alle haben dasselbe Online-Computerspiel gespielt – und offenbar die reale Welt, in der sie leben, für eine Simulation gehalten. Während Hauptkommissar Eisenberg noch rätselt, ob überhaupt ein Verbrechen vorliegt, verschwindet eine weitere junge Frau spurlos. Gemeinsam mit seiner »Sonderermittlungsgruppe Internet« beginnt Eisenberg zu recherchieren. Hat ein Serienkiller fünf Menschen auf dem Gewissen? Oder ist das ganze bloß ein perfider Scherz? Doch bald gerät Eisenberg selbst in ein grausames Spiel mit der Realität ...

»Olsberg lässt das Internet lebendig werden.« *NDR*